「科幻推進實驗室」的誕生

雖然生物技術已經愈來愈高深
可是《科學怪人》的憂慮卻似乎離我們愈來愈近

雖然「一九八四」已經過去二十幾年
可是人類卻好像愈來愈走向《一九八四》

偉大的科幻心靈就像宇宙中原子聚合的恆星
發光發熱，照亮銀河中黑暗的角落

「科幻推進實驗室」立志要集合這些既精采又深刻
既娛樂又啟發的科幻傑作，逐年出版

把科幻推進到這個社會
讓我們享受這些非凡想像力所恩賜的心靈奇景

讓我們在娛樂中獲得啟發
在通俗中得到智慧

這就是「科幻推進實驗室」誕生的目標

時間漩渦
VORTEX

威爾森◎著
張琰◎譯

貓頭鷹出版社
科幻推進實驗室

時間漩渦
VORTEX

第一章　珊卓與柏斯

夠了，珊卓．柯爾在她那悶熱難耐的公寓醒來，心裡這麼想著。今天是她最後一次開車上班，最後一次跟一群憔悴瘦弱的娼妓、還沒熬過戒毒過程汗流浹背的第一階段的癮君子、說謊慣犯，還有罪行輕微的罪犯相處一整天。她今天就要遞出辭呈。

她每周一到周五早上醒來都是這麼想。結果昨天沒辭職，今天沒辭職，但是總有一天一定會實現的。**夠了**，珊卓洗澡、穿衣時滿腦子都是這個念頭。懷著這個念頭喝下今天的第一杯咖啡，吃下優格搭配奶油土司的簡便早餐。吃完早餐，她已經勇氣滿滿，可以迎戰新的一天了——面對一個終究「什麼都不會改變」的現實。

ઙ　ઙ　ઙ

那個條子帶著一個男孩進入國家照護，要登記做心理評估，珊卓這時剛好路過櫃台。

珊卓接下來一個禮拜要負責這個新個案，男孩的檔案資料已經放進珊卓的晨間個案清單。他叫奧林．馬瑟，應該是沒有暴力傾向，他的樣子根本就是嚇壞了，眼睛睜得大大的，眼眶有些溼潤，一下子往左看，一下子往右看，好像麻雀時時刻刻提防著天敵逼近。

珊卓不認得帶他來的這個條子，他不是常來的那幾個，當然這也沒什麼好奇怪，對休士頓警局的那群條子來說，把犯行輕微的罪犯送到德州國家照護收容中心並不是什麼光榮的任務。不過奇怪的是這個條子好像很關心奧林。男孩沒有畏畏縮縮閃到一邊，而是緊緊依偎著他，好像要他保護。條子的一隻手一直放在男孩的肩膀上，對著男孩說了些話，說什麼珊卓聽不見，不過男孩聽了好像就沒那麼焦慮了。

條子跟男孩的模樣正好相反。那條子高大壯碩，不過並不胖，皮膚、頭髮和眼睛都是深色的。男孩比條子矮個十五公分左右，身上的囚衣鬆鬆垮垮地塌在他那乾瘦的身體上。男孩非常蒼白，彷彿過去半年都住在籠子裡一樣。

國家照護的櫃台現在是護理員傑克．格迪斯值班，根據可靠的八卦消息，他也在市中心的酒吧兼差當門口警衛。格迪斯對待病患一向很粗暴，珊卓覺得他太粗暴了。他一看到奧林一副焦慮的模樣，就從櫃台後面的座位撲上前來，值班護士馬上拿著鎮靜劑和針筒之類的醫療設備跟在後面。

那個條子不偏不倚站在奧林和護理員之間，說：「那些都不用了。」這還真是**咄咄怪事**。他的聲音是德州口音，帶點外國腔調：「我送馬瑟先生去就可以了。」

珊卓站上前去，覺得有點尷尬，她應該先開口說話的。她自我介紹是柯爾醫師，然後說：「我們要先進行收容面談。馬瑟先生，這樣你了解嗎？我們要在走廊盡頭的房間面談。我會問你一些問題，把你的答案記錄下來。然後會安排一個房間給你，這樣了解嗎？」

奧林．馬瑟呼吸了一口氣，鎮定一下情緒，點點頭。格迪斯與那位護士往後退，格迪斯的臉色有點難看。條子打量了珊卓一眼。

「我是柏斯。」他說，「柯爾醫師，妳把奧林安頓好之後，我能不能跟妳談談？」

「你恐怕要等上一會兒喔。」

「沒問題，我可以等。」柏斯說，「如果妳不介意的話。」

這真是天下第一怪事。

連今天在內，休士頓白天的氣溫已經連續十天超過攝氏三十八度了。國家照護評估中心的冷氣常常冷到不像話（珊卓還得在辦公室放件毛衣），但是在收容面談專用的那間房間裡，只有微微的一絲冷空氣能衝出天花板的冷氣格柵進到房間。珊卓拉起奧林對面的椅子，奧林已經滿頭大汗了。「馬瑟先生，早安！」她說。

奧林聽見珊卓的聲音，稍微輕鬆了一些：「小姐，叫我奧林就好。」奧林有著藍眼睛，大大的睫毛跟他那張有稜有角的臉不太搭調。他的右臉頰有一道深長的傷口，現在慢慢結疤了。「大部分的人都叫我奧林。」他說。

「謝謝你，奧林，我是柯爾醫生，接下來幾天我們會一起聊聊。」

「妳是決定我到哪裡去的人？」

「也可以這麼說，我會評估你的精神狀態。我不是來批判你，你明白嗎？我是來看看你需要什麼樣的幫助，看看我們能不能提供你所需要的幫助。」

奧林點頭，下巴貼在胸膛上：「妳要決定是否把我送去國家照護病房大樓？」

「並不是我一個人決定，所有的員工或多或少都會一起做決定。」

「不過是妳要跟我談？」

「目前是這樣沒錯。」

「好，」他說，「我懂了。」

房間裡天花板與牆壁之間的四個角落，各架設了一台監視錄影機。珊卓看過她自己的錄影畫面，也看過其他面談的錄影畫面，知道自己在隔壁房間的螢幕上是什麼模樣：身材短短的，穿著藍色襯衫和裙子，看起來很樸素。坐在普通松木桌前身體向前傾的她，掛在脖子上的識別證會在胸口懸盪。透過閉路電視，年輕的奧林在螢幕上不過就是個平凡無奇的受訪者。奧林雖然外表很年輕，但是珊卓實在不該把他當成小男生。根據檔案資料，他已經十九歲了。就像珊卓的媽媽以前常說的，這個年紀應該懂事了才對。「奧林，你是北卡羅萊納州人，對不對？」

「妳在看的檔案上面應該是這麼寫的吧！」

「檔案寫的有沒有錯？」

「是的，小姐，我是在拉雷出生，到德州之前一直都住在那裡。」

「我們以後再聊這個，現在我只是要確認一下基本資料正不正確。你知不知道警察為什麼要拘留你？」

他的目光垂了下來：「知道。」

「能跟我說說嗎？」

「流浪罪。」

「那是法律用語，你自己會怎麼形容呢？」

「我也不知道，就是睡在巷子裡吧！還有被那些男人狠揍。」

「被別人狠揍並不構成犯罪。警察拘留你是為了保護你，對不對？」

「應該是吧！他們發現我的時候，我全身上下都是血。我又沒招惹那些傢伙。他們是喝醉了才找我麻煩。他們要搶我的書包，我不肯。要是警察早點來就好了。」

巡邏員警發現奧林倒臥在休士頓西南區的人行道上，半昏迷又淌著血。奧林沒有地址，沒有身分，似乎也沒有收入來源。根據時間迴旋之後頒布的流浪罪法令，警方必須拘留奧林，評估他的精神狀況。他身上的傷還容易治療，精神狀態可就沒那麼好捉摸了。珊卓接下來的七天就要解決這個難題。「奧林，你有家人嗎？」

「只有一個姊姊叫愛瑞兒，住在拉雷。」

「警察有跟她聯絡嗎？」

「有，警察說有。柏斯先生說她會坐公車到這裡接我，那她得坐很遠的車啊！這個時候應該很熱吧？愛瑞兒不喜歡炎熱的天氣。」

珊卓心想，這得跟柏斯確認一下。通常如果家人願意承擔責任，就不需要把犯了流浪罪的人送進國家照顧。奧林的逮捕紀錄並沒有提到他有暴力行為，而且他顯然很清楚自己的狀況，並沒有明顯的妄想症狀，至少現在沒有。不過這個奧林真的是給人一種奇奇怪怪、說不上來的感覺（這不是專業意見，珊卓不會寫在紀錄裡）。

她根據《診斷與統計手冊》的規定，開始標準訪談作業，問一些「你知不知道今天幾月幾號？」之類的問題。奧林的回答大部分都很直接也很連貫。珊卓問他會不會聽到奇怪的聲音，奧林這回卻遲疑了一會兒才說：「應該沒有吧！？」

「你確定嗎？說出來沒關係的，有問題我們可以跟你一起解決。」

奧林認真點點頭：「這個我知道……這個問題很難回答。我沒有聽到奇怪的聲音，沒有，沒有聽到……不過我有時候會寫東西。」

「寫什麼東西呢？」

「我自己有時候也看不懂。」

這個應該記下來。

珊卓在奧林的檔案加了幾句話：**會寫東西，寫的東西可能是妄想**，之後再來研究。她看奧林顯然不想談這個話題，就微微一笑說：「好，今天就聊到這裡。」他們聊了半個鐘頭了。「我們很快會再聊，我會請一位護理員送你到你的房間。你這幾天就住在那裡。」

「房間一定很舒適。」

跟休士頓市區的暗巷比起來，應該算舒適啦！「有些人在國家照護的第一天會不適應，相信我，其實沒那麼糟。六點鐘到餐廳吃晚飯。」

奧林一臉狐疑：「餐廳？是類似自助餐廳嗎？」

「沒錯。」

「請問一下，那邊會很吵嗎？我吃飯不喜歡太吵。」

病人餐廳就是個動物園，也跟動物園一樣吵，不過有員工在，安全是沒問題的。珊卓又在紀錄加上一筆：**對噪音敏感**，她說：「是有點吵，你可以接受嗎？」

他沮喪地看了她一眼，還是點點頭：「我儘量，謝謝妳先提醒我，真的很感謝。」

又是一個失落的靈魂，比大部分的靈魂來得脆弱，也沒那麼好鬥。珊卓希望奧林在國家照護待上一個禮拜，得到的好處會比壞處多。不過她可不敢保證。

ꩫ ꩫ ꩫ

珊卓離開訪談室，負責押解的警察還在等，這倒是讓珊卓吃了一驚，通常條子都是把人送到這裡就拍拍屁股不管了。在時間迴旋最糟糕的那些年，還有時間迴旋之後的歲月，監獄都人滿為患，所以才會成立國家照護吸收一些人。監獄人滿為患的緊急狀態二十五年前就結束了，可是警察抓到精神明顯有問題的輕罪犯，還是扔到這裡來。這對警方來說是很方便，可是就苦了工作量過多、財務又困難的國家照護。警方很少會追蹤犯人的狀況，對警方來說，移送就等於結案了，講難聽一點就是馬桶沖過了。

雖然天氣很熱，柏斯身上的休士頓警局制服還是乾乾淨淨的。他問珊卓覺得奧林如何。已經過了午餐時間了，珊卓下午又排得滿滿的，所以珊卓就請他一起到自助餐廳去，這是員工餐廳，不是那間奧林肯定受不了的病人餐廳。

珊卓禮拜一都是喝湯吃沙拉，今天也不例外，柏斯也跟進，她等了一下柏斯點菜。早就過了午餐時間，所以他們馬上就找到一張空桌子。「我想追蹤一下奧林的狀況。」柏斯說。

「這倒稀奇。」

「妳說什麼？」

「休士頓警察局很少會到這裡追蹤。」

「我想也是，不過奧林的案子還有些疑點沒釐清。」

珊卓注意到了，他說的是「奧林」，不是「囚犯」，也不是「病人」。顯然柏斯對奧林這個人有興趣。珊卓說：「我看他的檔案沒什麼奇怪的。」

「另外一個案子也跟他有關係，我不能透露細節，不過我想問問看……他有沒有提到他寫的東西？」

珊卓的興趣提高了一些：「有，稍微提了一下。」

「我們拘留他的時候，他背著一個皮革書包，裡面有十二本橫條筆記本，滿滿都是他寫的東西。他寧願被打也不肯讓那些人搶走他的筆記本。奧林一直都很合作，可是我們費了好大的勁才從他手中拿來這些筆記本。我們還要跟他保證會好好保管，等案子一結就還給他。」

「那你有沒有做到？我是說還他筆記本。」

「沒有，還沒。」

「如果他這麼重視那些筆記本，那我應該要參考一下再來評估他的狀況。」

「柯爾醫師，這個我明白，所以我才想找妳談。筆記本的內容跟我們在調查的另一個案子有關。我已經請人把筆記本的內容抄錄下來，這要花不少時間，因為奧林的筆跡不太容易看。」

「抄下來的內容我可以看嗎？」

「我來就是要跟妳說這個，不過我也要請妳幫我一個忙。妳在看完全部的筆記之前，能不能先不要向官方透露這事？」

這個要求很奇怪，珊卓遲疑了一下才回答：「我不曉得你說的官方是什麼意思，我觀察到的都要寫在奧林的評估報告裡面，這是沒得商量的。」

「妳高興寫什麼就寫什麼，只要別抄筆記本的內容就好，也不要直接引用。等我們解決一些問題再說。」

「我只負責照顧奧林七天，七天之後我得交出建議報告。」珊卓沒說的是「我的報告可以改變奧林的一生」。

「我知道，我不是要干涉妳做事，我只是想知道妳的想法。我想私下聽聽妳對奧林寫的東西的看法，尤其是妳覺得他寫的東西有多可靠。」

珊卓終於慢慢懂了。原來奧林寫的東西可能是一樁懸案的證據，柏斯想知道奧林寫的東西有多可靠（還有奧林這人有多可靠）。珊卓說：「如果你是要我出庭作證……」

「不是不是，只是想聽聽妳私底下的意見。只要不違反保密原則，不違反妳其他的專業原則，妳能說的都請告訴我。」

「我不曉得……」

「妳看過他的筆記之後會比較明白。」

珊卓看到柏斯的熱忱，終於同意，雖然還是有點猶豫。她對筆記本的內容也真的很好奇，也想知道奧林為何死抓著筆記本不放。如果她發現與她的專業有關的事情，那就算她得背棄對柏斯的承諾，她也不會覺得內疚。她要忠於病患，把病患放在第一位，她也再三跟柏斯強調這一點。

柏斯答應她開出的條件，沒有多說。他站了起來，沙拉沒吃完，萵苣上面的小番茄他一個一個都吃掉了，最底下的萵苣倒是沒碰。「柯爾醫師，謝謝妳，真的感謝妳幫忙。我今天晚上會把最前面的幾頁用電子郵件寄給妳。」

他遞給她一張休士頓警局的名片，上面有他的電話、電郵還有他的全名：傑弗森．安瑞特．柏斯。珊卓看著他的身影消失在一群聚集在餐廳門口的白袍醫師之間，唸了一遍他的名字。

꩜ ꩜ ꩜

珊卓結束了一天例行的訪談，乘著夕陽餘暉開車返家。

她看到日落，常會想起時間迴旋。在時間迴旋時期，時間大幅濃縮，太陽變老了，也變大了。太陽在西方的天空看起來平淡無奇，不過那是製造出來的錯覺。真正的太陽是一頭老邁又臃腫的怪獸，在太陽系的中心急速死亡。太陽致命的輻射經過假想智慧生物強大無比的科技過濾與調節，所剩的就是珊卓在天際看到的景象。珊卓成年以後的這些年來，人類能活著，都要感謝這些無聲外來生物的寬容。

天空是刺眼的藍色，雲朵好似一叢光亮的珊瑚，遮蔽了東南方的天空。氣象報告說休士頓市中心的氣溫是攝氏四十一度，跟昨天一樣，也跟前天一樣。新聞廣播都在談「白沙號」即將升空的事，也就是派一群火箭把硫磺氣溶膠注入大氣層上層以延緩全球暖化。對於這個近在眼前的末世災難，假想智慧生物完全沒有防禦措施（他們也不是罪魁禍首）。他們會保護地球不受膨脹的太陽傷害，至於大氣層裡面的二氧化碳，那顯然不關他們的事。誰都看得出來這是人類的事。可是一艘一艘的油輪還是繼續載著石油爬上休士頓運輸航道。有了拱門後面的新世界提供源源不絕的赤道洲原油，現在人類擁有取之不盡、用之不竭的便宜石油。珊卓心想，我們現在可是有兩個星球的化石燃料可以把自己煮熟！車子裡操勞過度的冷氣哼哼叫，指責她這個偽君子，可是她實在捨不得關掉強烈的冷氣。

自從珊卓結束了在加州舊金山大學的實習生涯，到國家照護工作後，她每天就忙著評估精神病患的狀況，寫下通過或是不通過，給病患做一些正常成人輕易就能通過的測驗。受試者對時間和地點有沒有概念？是否了解自己行為的後果？珊卓心想，要是給全人類做同樣的測驗，不知道會出現什麼樣的結果：**受試者腦袋不清楚，常做出傷害自己的行為。受試者為了追求眼前的滿足，甘願犧牲自己的福祉。**

她回到她在淨湖的公寓，黑夜已經降臨，氣溫稍微降低了一兩度。她用微波爐熱過晚餐，開了一瓶紅酒，打開電腦看看柏斯的電郵寄來了沒有。

寄來了，總共有幾十頁，柏斯說這是奧林寫的，珊卓看了一眼就知道不可能。

她把文件列印出來，找了張舒服的椅子坐下，開始閱讀。

文件的開頭是：我的名字叫特克．芬雷

第一章　特克的故事

一

我的名字叫特克．芬雷，我要說的是在我所熟悉、深愛的一切都逝去很久之後所發生的故事。故事的開頭是在一個我們以前稱做赤道洲星球的沙漠，至於結尾嘛……嗯，很難說會發生在哪裡。

這些都是我的記憶，是事情發生的經過。

ஒ　ஒ　ஒ

二

應該有一萬年了吧！我離開世界已經一萬年了。這實在很恐怖，我有一段時間什麼都不知道，就只知道這個。

我在一個露天的地方醒過來，頭暈腦脹、全身赤裸。空蕩蕩的藍色天空，太陽正緩緩露臉。我好渴好渴，快要渴死了。我全身都痛，舌頭在嘴裡感覺很厚重，好像沒有生命。我掙扎著坐起來，差點整個人翻倒。我的視線很模糊。我不知道身在何處，也不知道是怎麼到這裡的。我也不太記得我從何處來。我只知道一件悲哀的事情，那就是時間大概已經過了一萬年（這又是誰算的呢？）。

我硬逼著自己一動也不動地坐著，閉著眼睛，等到最嚴重的暈眩過去再抬起頭來，看看四周，看看能不能理出個頭緒來。

我發覺我身處戶外，好像是在一片沙漠裡。我視線所及，方圓幾公里之內都沒有半個人，不過我也不是獨自一人，許許多多的飛行船在我頭上慢慢飛著，這些飛行船的形狀很怪異，沒有機翼，也沒有旋轉翼，實在看不出來是如何浮在空中的。

暫時不管這個了。我現在該做的第一件事情是要遠離陽光，我的皮膚都曬紅了，也不知道我在太陽底下曬多久了。

沙漠是一片緊實的沙子，一路延伸到天際，不過上面倒是散落著看起來像是巨大玩具碎片的東西：幾公尺之外有半個曲線圓滑的蛋殼，至少有三公尺高，是灰綠色的。遠方還有幾個形狀類似的東西，顏色很明亮，卻也逐漸褪色了。整個看起來就像是一場鬧得不愉快的巨人茶會，杯盤狼藉。最後面是一座山脈，好像一塊變黑的下頜骨，空氣中瀰漫著礦物粉末與炙熱的岩石的味道。

我爬了幾公尺，爬進破碎的蛋殼陰影下，這裡很涼快很舒服。接著我要找點水喝，也許還要找個東西遮羞，但是身子一動又頭暈目眩。有一個奇怪的飛行船好像在我頭上飄浮，我想揮揮手，吸引它的注意，可是我全身上下一點力氣都沒有。我閉上眼睛，昏過去了。

三

我醒來的時候，一群人正把我抬上一個像是擔架的東西。抬我的那些人穿著黃色的制服，戴著防塵口罩，遮住鼻子嘴巴。同樣穿著黃色制服的女人走在我旁邊。我和她眼神交會，她說：「我知道你很害怕，鎮定一點，不要緊張。我們要趕時間，相信我，我們一定會把你送到安全的地方。」

幾架飛行船在地面降落，他們把我送進其中一架。穿著黃色制服的女人跟同伴說了幾句話，她說的語言我聽不懂。這群不知道是來抓我還是來救我的人扶著我站了起來，我發現我現在可以站著不會跌倒了。一道門降了下來，遮去沙漠與天空，飛行船裡面充滿比較柔和的光線。

一群穿著黃色套衫的男女在我身邊忙來忙去，我一直留意著剛剛那個說英語的女人。她握著我的手臂說：「穩著點兒！」她的身高應該在一百五十公分左右，她拿下口罩，露出人類的臉龐，我鬆了一口氣。她的皮膚是棕色的，五官有點像東方人，深色的頭髮剪得短短的。她問我：「你現在感覺怎樣？」

這真是個大哉問，我勉勉強強聳聳肩。

我們在一個大房間裡，她把我帶到一個角落。一個像床的東西從牆壁滑出來，一個應該是醫療設備的架子也滑了出來。穿著黃衣的女人叫我躺下。其他人（我不知道該稱呼他們軍人還是飛行員）都沒管我們，忙著做自己的事，操作著牆上的控制面板，不然就是匆匆忙忙跑到飛行船的其他房間。我有種電梯向上的感覺，應該是起飛了吧！除了他們的說話聲之外，我什麼也沒聽見，完全沒聽到起飛的聲音，他們說的語言我也聽不懂。沒有上下晃動，沒有螺旋槳轉動的聲音，也沒有亂流。

黃衣女子把一根鈍鈍的金屬管刺進我的前臂，接著又刺進我的胸腔。我感覺到滿心的焦慮平息下來，變成麻木。我想她應該是給我注射麻醉藥，這也無所謂。我也不渴了。她問我：「能不能告訴我你的名字？」

我用青蛙呱呱叫的嗓音說出特克．芬雷。我說我是美國人，只是最近都住在赤道洲。我問她叫什麼名字？是哪裡人？她微微一笑：「我叫崔雅，來自巴克斯。」

「我們現在是要去巴克斯嗎？」

「沒錯，很快就到了，能睡的話就睡一會兒吧！」

我就閉上眼睛，複習一下我的個人資料。

我的名字叫特克．芬雷。

特克．芬雷，生於時間迴旋的最後幾年，當過按日計酬的臨時工、水手和小型飛機駕駛。當年是搭著沿海貨輪穿越拱門到赤道洲，在麥哲倫港住了幾年。認識了一個在尋找父親的女人麗絲．亞當斯。這一趟尋父之旅，我們遇到一群喜歡拿火星人藥物實驗的人，又在塵埃開始從天空降落，地面長出詭異東西的時候深入赤道洲沙漠的石油地帶。我深愛麗絲，知道我配不上她。我們在沙漠分開……我相信假想智慧生物就是在那個時候把我抓走，就像波浪攜帶著一粒沙那樣帶著走，一萬年之後把我丟在這個沙灘，這個沙洲。

這就是我的過去，我能想起的只有這些。

ᔓ ᔓ ᔓ

當我恢復意識，發現自己身處飛行船另一個較小、較隱密的艙房。崔雅（她算是我的保鏢呢，還是我的醫生？我也不知道）坐在我的床邊低聲哼著歌。我身上穿著簡單的上衣和褲子，不曉得是她還是別人幫我穿的。

已經是晚上了，我從左手邊的一扇狹窄窗戶看出去，發覺飛行船每次轉彎的時候傾斜飛行，四散在夜空的星斗就會像輪胎上的點一樣旋轉。我看到小小的赤道洲月亮掛在地平線上（也就是說我人還是在赤道洲，不管赤道洲改變了多少），下方的白浪閃耀著磷光。我們已經離陸地很遠了，是在海上飛行。

「妳在哼什麼歌？」我問。

崔雅稍微顫抖了一下，看到我醒過來，她嚇了一跳。她很年輕，我想大概二十或二十五歲吧！眼神充滿關心，卻也很戒備，好像有點怕我。不過她聽到這個問題倒是微微一笑：「隨便哼哼而已……」

這首歌聽起來很熟悉。時間迴旋之後，一些華爾滋舞曲拍子的耶利米哀歌風行起來，這首歌也是其中之一。「我想起一首以前聽過的歌，叫做……」

「〈當我們〉。」

是啊，我在委內瑞拉的一間酒吧聽過，那時我還年輕，獨自一人闖蕩江湖。這首歌還挺好聽的，只是過了一萬年竟然都沒有失傳，實在很神奇。「妳怎麼知道這首歌？」

「嗯，有點一言難盡呢！可以說我是聽這首歌長大的。」

「真的假的？妳**到底**幾歲？」

她又微微一笑：「特克，我年紀不會比你大，我也有一些記憶，所以他們才派我照顧你。我不但是你的護士，還要當你的翻譯，你的嚮導。」

「那妳應該可以告訴我……」

「我可以告訴你很多事情，但是現在不行。你需要休息，我可以給你讓你睡覺的藥。」

「我**睡過**啦！」

「你跟假想智慧生物在一起就是這種感覺對不對？像在睡夢中一樣？」

這個問題嚇了我一跳。我知道我應該算是「跟假想智慧生物在一起」，可是那段經過我完全不記得。她在這方面知道得好像比我還多。

「也許你會想起來。」她說。

「妳能不能告訴我我們在逃離什麼？」

她皺起眉頭：「我不懂你的意思。」

「你們好像很急著要離開沙漠。」

「唔……你被假想智慧生物帶走之後，世界經歷了一些變化。這裡發生了幾場戰爭。赤道洲的人口大幅減少，一直都沒有恢復到以前的水準，也可以說這裡還在打仗。」

這時飛行船猛然轉彎斜飛，好像在附和崔雅的話。崔雅緊張兮兮瞄了窗戶一眼。一道白光遮住的星斗照亮了下方起伏的波浪。我坐起來，想看得清楚一些。閃光漸漸變弱，我好像看到地平線那裡有東西，好像是遙遠的大陸，又好像是一艘大船（因為形狀幾乎是完全扁平）。接著那個東西就消失在黑暗中。

「不要起來。」她說。飛行船沿著更陡的曲線飛行。她閃入連接最近一面牆的椅子。窗戶又出現幾道光。「我們已經離開他們的遠洋飛行船射程範圍了，可是他們的飛行船……我們花了一些時間才找到你。」她說，「其他人現在應該很安全了。就算我們的飛行船被毀，你待在這間艙房也很安全，但是你要躺下來才行。」

她話才說完，慘劇就發生了。

（我後來發現）我們這一隊總共有五艘飛行船，我們是最後飛離赤道洲沙漠的一艘。對方的攻擊比預料中更早、更猛烈。四艘護衛飛行船下來保護我們，之後我們就毫無防備了。

我記得崔雅握著我的手。我想問她這是什麼戰爭，想問她「其他人」是誰，但是沒有時間問。她緊緊握著我的手，她的手很冷。我突然感到一陣熱氣，還有一道刺眼的亮光。我們開始墜落。

ஐ ஐ ஐ

四

多虧了飛行船的緊急應變程式，再加上我們運氣好，殘破的飛行船才勉勉強強到了距離最近的巴克斯島。

巴克斯是一艘遠洋飛船，用最廣義的話來說，是**一艘船**，不過絕對不是普通的船。巴克斯是一群漂浮的島嶼，比我這輩子看到的海上的東西都要大出許多。巴克斯是一種文化與國家、一部歷史和宗教。將近五百年來，這群島嶼都在「世界連環」的海洋航行，「世界連環」是崔雅發明的詞彙，指的是假想智慧生物的拱門串連起來的星球。崔雅說巴克斯的敵人很強大，而且已經兵臨城下。赤道洲現在是空無一物，但是「大腦皮層民主國家組成的聯盟」已經派出驅逐艦，鐵了心要阻止巴克斯到達連接赤道洲與地球的拱門。

她不相信他們能得逞，但是最新一波的攻擊實在刀刀見骨，我們乘坐的飛行船就在傷亡名單之列。

我們能活下來，是因為崔雅跟我所處的艙房暗藏複雜的維生機制：還好有氣凝膠，我們才沒有因為飛行船減速而死亡。也還好有能拆卸的機翼，我們才能滑翔到可以降落的地方。我們降落在巴克斯群島的一座外島上，這裡目前無人居住，距離崔雅口中的「巴克斯核心」城市很遠。

「巴克斯核心」是巴克斯群島的中心，也是這一波攻擊的主要目標。在曙光中，我們看到一柱煙從迎風的地平線升起。崔雅用傷心的語氣說：「看，那煙……一定是從巴克斯核心冒出來的。」

太陽從地平線升起，我們離開悶燒的救生船，站在綠草如茵的草地上。崔雅說：「網絡很安靜。」我不曉得她說的「網絡」是什麼，也不知道她怎麼會知道這個「網絡」安不安靜。她心情哀戚，表情很僵硬。我們的飛行船只剩下我們這一間艙房，其他的部分一定都掉進海裡了。其他人都死光了，只剩我們兩個。我問崔雅，怎麼會只有我們兩個活下來呢？

「不是**我們**。」她說，「是**你**。飛行船保住了你的命，我只是剛好在你旁邊而已。」

「幹嘛要保護我？」

「我們等你等了幾百年，我們要等你，還有其他跟你一樣的人。」

我不懂她的意思，不過我看她神志不清，又全身都是傷痕，就沒追問下去了。她說會有人來救我們。她的人會找到我們。就算巴克斯核心被摧毀，他們也會派出飛行船來找我們，絕對不會把我們丟在荒野不管。

後來證明她錯了。

我們被擊落的艙房外層還在冒煙，把下面的草皮都燒焦了，內層也太熱，連暫時棲身都沒辦法。崔雅和我徒手搬出一些還能用的東西。艙房裡有很多東西，我想應該是藥物與醫療用品，另外還有幾包東西，崔雅說是食物。她指給我看的每一箱東西我都搬出來，堆在附近的一棵樹下（我不曉得那是什麼樹）。這棵樹拿來當棲身之所也足夠了。外面的氣溫很溫暖，天空萬里無雲。

搬東西花了不少力氣，不過我還是覺得身體很舒服，比我第一次在沙漠醒來的時候好多了。我不覺得累，甚至也不怎麼焦慮，一定是因為崔雅給我注射的藥物。我也不覺得像打了鎮靜劑，只覺得很平靜、很有精神，不想對眼前的危險想太多。崔雅在她身上割傷與擦傷的地方擦了點藥膏，傷口馬上就癒合了。她又用一根藍色的玻璃管刺進她的手臂，幾分鐘之後，她似乎變得跟我一樣有精神，只是臉上還是浮現哀戚的神情。

太陽從地平線升起，我們比較能看清楚我們降落的地方。這裡的景觀多采多姿。我記得小時候，媽媽拿附插圖的兒童版《聖經》讀給我聽，這個島讓我想起那幾幅描寫人類墮落之前伊甸園的水彩畫。高低起伏的草地遍布三葉草一般的小型植物，融入盤根錯節、到處都是的果樹樹叢。沒有羔羊，也沒有獅子；沒有人，也沒有道路，連一條小徑都沒有。

「我想，」我說，「妳還是跟我說明一下這到底是怎麼回事比較好。」

「我受訓就是為了這個，就是要讓你了解狀況。但是沒有網絡，實在不知道要從何說起。」

「妳就當作是說給局外人聽就好了。」

她抬頭仰望天空，看著迎風飛來的那陣不祥的煙。她的眼睛映照著雲朵的顏色。

「好吧。」她說，「我把我知道的告訴你。我們邊等待救援邊說好了。」

ᔓ ᔓ ᔓ

巴克斯是由一群男女建立的，他們認為自己命中注定要前往地球，與假想智慧生物面對面交流。崔雅說那是四個世界與五個世紀以前的事了。從那時候開始，巴克斯就一直朝向目標邁進，穿越了三道拱門，與其他人短暫結盟，跟敵人宣戰打仗，衍生出新的社群與新的人造外島，最後形成現在的巴克斯群島。

巴克斯群島的敵人（就是「大腦皮層民主國家」）認為吸引假想智慧生物注意一定會失敗，還會引火燒身，不只巴克斯會遭殃，還會殃及他人。雙方意見不合，有時還會因此開戰，過去五百年來，巴克斯有兩次差點被摧毀。不過巴克斯人民比敵人更守紀律、更聰明，至少崔雅是這麼認為。

崔雅一口氣說了這麼多，好不容易放慢速度，我說：「你們怎麼會從沙漠把我給抓出來？」

「那是一開始就計畫好的，在我出生很久之前就計畫好了。」

「你們知道我會在沙漠？」

「我們按照經驗和觀察判斷，知道假想智慧生物的身體如何自我修復。我們研究地質，發現這個循環每隔九千八百七十五年就會重複一次。我們看歷史資料，發現有些人就被這個更新的循環帶到赤道洲沙漠，你就是其中之一。進入這個循環的也會出來，這都是意料中的事，絲毫不差的。」她的語氣變得畢恭畢敬：「你見過假想智慧生物，所以你很特別，所以我們才需要你。」

「需要我幹嘛？」

「連接赤道洲與地球的拱門在幾百年前停止運作了，這段時間都沒有人到過地球。我們覺得只要帶著你還有其他人，就能到達地球。這樣你了解嗎？」

不了解，不過我也沒追問。「妳說『其他人』，誰是其他人啊？」

「就是那些捲入假想智慧生物更新循環的人，特克，你到過那裡，就算你不記得，也一定看見了。你一定有看到一道拱門從沙漠伸出來，這個拱門比那些連結世界連環的拱門小，不過還是很大。」

我記得，就像在清晨想起晚上做的噩夢一樣。我記得拱門伸出來的時候，發生了致命的地震。散落在太陽系的假想智慧生物機器被拱門吸引，像有毒的灰塵一樣從天而降。我有幾個朋友就是死於這場災難。崔雅說那是「時間拱門」，又說是假想智慧生物生命周期的一部分。那個時候我們並不知道這些。

氣溫很溫暖，鎮靜劑又在我的血管裡流動，不過我還是打了個寒顫。

「這道拱門吸收了你，」她說，「讓你的時間停滯了將近一萬年。特克，這道拱門鎖定了你，假想智慧生物**知道**你。所以你才會這麼重要，你跟其他人都很重要。」

「其他人叫什麼名字？」

「我不知道他們叫什麼名字。我是人家派來照顧你的。如果網絡運作正常……問題就是不正常。」她遲疑了一下，「巴克斯被攻打的時候，其他人大概在巴克斯核心，你可能是唯一的生還者。一定會有人來救我們。他們會儘快來救我們，會找到我們，帶我們回家。」

她說完這些話。天空依舊蔚藍，萬里無雲。

那天下午我在我們降落的地方四處看看，沒有距離營地太遠，收集引火柴生火。崔雅說巴克斯群島的這一座島嶼上面很多樹都長出能吃的果實，我也摘了一些。我用救生船上拿下來的一段絲帶般的繩子把引火柴捆起來，把水果（菜椒大小的黃色莢果）放進救生船上拿下來的布袋。能做點有用的事情感覺真好。除了偶爾聽見鳥叫，還有樹葉的沙沙聲之外，唯一能聽見的就是我的呼吸聲，還有我在草地上行走的聲音。要不是有那柱黑煙弄髒了地平線，高低起伏的草地看起來還真宜人。

我回到營地，心裡還想著那黑煙。我問崔雅，戰爭有沒有動用核子武器？我們會不會受放射性塵埃與輻射影響？她說她不知道，「自從第一次正統戰爭以來」，巴克斯就不曾遭受熱核攻擊，那是她出生兩百多年前的事了。她學的歷史並沒有探討熱核攻擊的影響。

「我想應該無所謂。」我說，「反正我們也無能為力，而且風向好像對我們有利！」那柱黑煙已經開始朝著跟我們平行的方向飄來。

崔雅皺起眉頭，用手遮住眼睛上面，朝著風向看。「巴克斯是一艘航行中的船。」她說，「我們在船尾，我們應該是在巴克斯核心的下風處。」

「那怎麼樣呢？」

「我們可能沒有舵。」

我不曉得沒有舵會怎樣（我也不知道一個小島大小的船隻該有怎樣的「舵」），不過現在倒是可以確定巴克斯核心受創嚴重，救兵可能沒辦法像崔雅期盼的那麼快到。我想她也是這樣想。她跟我一起挖了個淺坑生火，只是她心情不太好，都不說話。

ᔕ ᔕ ᔕ

我們沒有時鐘，不知道幾點幾分。興奮劑退了，我睡了一會兒。我醒來的時候，太陽才正要出現在地平線上。現在氣溫比較涼爽。崔雅教我用一個從救生船上拿下來的工具點燃引火柴。

燃燒的火劈啪作響，我開始思考我們的位置，也就是巴克斯相對於赤道洲沿岸的位置。我生活在赤道洲的時候，赤道洲是新世界裡一個有人定居的前哨基地。從蘇門答臘島穿過假想智慧生物的拱門，就會到達赤道洲。如果巴克斯要前往地球，應該會前往同一道拱門在赤道洲的那一邊，再從赤道洲穿過拱門到地球。所以太陽才剛剛下山時，看到拱門的頂端在逐漸變暗的夜空中閃耀，我並不覺得驚訝。

拱門是假想智慧生物的建築，規模無與倫比。在地球，拱門的腿伸進印度洋的海底，頂端伸出地球的大氣層之外。赤道洲的拱門也是一樣的大小，也許根本就是同一道拱門。一道拱門，兩個世界。太陽下山很久了，拱門的頂還是映照著陽光，在我頭上的高空形成一道銀光。一萬年過去了，拱門還是沒變。崔雅從容地抬頭看著天空，用自己的語言悄聲說話。她說完之後，我問她是在唱歌還是在禱告。

「應該都是吧，也可以說是一首詩。」

「可以翻譯給我聽嗎？」

「這是在說天空的循環，假想智慧生物的生命。這首詩說天底下沒有『開始』與『結束』這兩件事。」

「這個我不知道。」

「恐怕有很多事情你都不知道。」

她的表情毫無疑問就是不開心。我說我不知道巴克斯核心發生了什麼事，但是我替她的損失感到難過。

她回我一個悲淒的微笑：「我也替**你的**損失感到難過。」

我之前不覺得我的遭遇算是損失，不覺得需要難過。不過她說得對，我離家的那一萬年再也找不回來，我熟知的一切都消失了。

不過我這輩子大部分的時間都忙著在我自己和我的過去之間築一道牆，到現在還沒築起來。有些東西是被奪走了，有些東西是自己丟棄的，有些東西則是帶在身邊，直到永遠。

隔天早上，崔雅又給我注射藥劑，她身上帶的藥好像取之不盡，用之不竭。她只能這樣安慰我，我也樂於接受。

五

「如果有人來救我們，現在也應該到了。我們不能一直在這裡等，我們要用走的。」

她的意思是步行到巴克斯核心，走路到她那個漂浮國家正在焚燒的首都。

「用走的到得了嗎？」

「應該可以。」

「我們需要的食物都在這裡，我們靠近廢墟的話他們應該比較容易找到。」

「不對，我們要在巴克斯跨越拱門之前到達巴克斯核心，再說網絡也還沒修好。」

「那會怎樣呢？」

她皺起眉頭，我發覺她每次不知道該如何用英語表達，就會這樣皺眉頭。「網絡並不只是被動的連結，我身體某些部分還有大腦都要倚賴網絡。」

「為什麼要倚賴網絡？妳看起來很正常啊！」

「我自己注射的藥還挺有效的，但是藥效總會過去。相信我，我一定要回到巴克斯核心才行。」

她這麼堅持，我也沒資格跟她爭論。她說藥效總會過去，這話也有道理。她那天早上自己注射了兩次，顯然藥效比前一天短暫。我們把能帶的東西通通捆好，開始步行。

那天早晨我們以穩定的速度走著。不曉得戰爭結束了沒有，就算還在打，我們也沒看到跡象。（崔雅說敵軍在赤道洲沒有固定的基地，這波攻擊是孤注一擲的猛攻，就是要阻止我們跨越拱門。巴克斯在防線瓦解之前，曾經做出反擊。我看藍色的大空萬里無雲，反擊大概很成功。）高低起伏的陸地沒有什麼障礙，還挺好走的。黑煙仍舊從地平線竄出，我們朝著黑煙前進。大約中午左右，我們爬上一座小山的山頂，看到島嶼的邊緣，這座島嶼三面環海，迎風的這一面有隆起的陸地，一定是下一個連鎖的島嶼。

更有意思的是我們眼前天棚似的森林裡，佇立著四座塔，都是黑色的人造建築，沒有窗戶，大概二十到三十層樓高，四座塔之間間隔好幾公里，要走向任何一座都要繞很遠的路。我想裡面如果有人，應該可以幫幫我們。

「不行！」崔雅猛搖頭，「不行，裡面沒人。那些塔是機器，不是人住的地方。塔是負責收集周圍的輻射，輸送到下面去。」

「到下面去？」

「就是到島嶼下面中空的地方，農場都在那裡。」

「你們的農場在地下？」地面上明明就有很多肥沃的土地，何況還有陽光呢！

崔雅說這也有個緣故。巴克斯一路上會經過世界連環，途中會經過惡劣的環境，也會遇到變動的環境。世界連環的每一個世界都可以居住，但是每個星球的環境不同。巴克斯群島的食物資源必須嚴加保護，免得因為一天、一個季節的長度不同、氣溫的劇烈變化，還有陽光與紫外線輻射的多寡而受到影響。所以長期來看，在地上耕種就像在航空母艦的甲板上面種稻一樣不可行。這裡的森林很茂密，但那是因為巴克斯在過去幾百年來都遇到宜人的氣候。（崔雅說：「我們到了地球，氣候可能就沒那麼好了。」）這些島嶼本來都是厚厚的人造花崗岩，非常荒蕪。現在的表土是經過幾百年的累積而成，從鄰近兩個世界的島嶼和大陸來的變種植物與風吹來的種子在此生長。

「我們能不能到下面的農場去？」

「應該可以，不過還是不要比較好。」

「為什麼？農民會攻擊我們嗎？」

「沒有網絡，他們搞不好會攻擊我們。這很難解釋，網絡也是一種社會控制機制。除非網絡修好，否則我們最好還是避開沒受教育的暴民。」

「那些農民沒人管就會搗亂啊？」

她輕蔑地看了我一眼：「不懂的事拜託不要隨便評論。」她調整了一下她的行李，走了幾步，走在我前面，顯然是不想談下去了。我跟在她後面下山，又來到陰涼的森林。每跨越一座山脊，我都記下黑塔的相對位置，看看我們走了多遠。我想我們再走個一兩天應該就能到迎風的岸邊。

那天下午天氣變差了。天空烏雲密布，幾陣怪風之後又下了幾場傾盆大雨。我們不屈不撓地繼續前行，直到黑夜降臨。我們找到一個可以遮蔽的樹叢，打開一塊防水布，鋪在緊密交錯的樹枝之間，暫時棲身一晚。我生了一個小火堆。

到了晚上我們就窩在防水布下面。空氣中瀰漫著木頭燃燒還有潮溼土壤的味道。崔雅自顧自哼歌，我把今日配糧拿出來加熱。她哼的就是在飛行船墜毀之前哼的那一首。我又問她，怎麼會知道一萬年前的流行歌？

「我受訓學會的，不好意思，我不知道你不喜歡。」

「不會不會，我知道這首歌，我在委內瑞拉等油輪勤務時第一次聽到。那裡有個小酒吧會播放美國歌。妳是在哪裡聽到的？」

她看著火堆前方幽暗的森林。「我是在我臥房的檔案伺服器聽到的，那天我爸媽不在家，我就把音量調大，邊聽邊跳舞。」她的聲音很微弱。

「妳家在哪裡？」

「夏普倫。」她說。

「夏普倫在哪？」

「紐約州，接近加拿大邊界。」

「是**地球上**的夏普倫？」

她用奇怪的眼神看著我，眼睛睜得好大，用手摀住嘴巴。

「崔雅，妳還好吧？」

顯然她不好，她抓起背包，往裡面亂翻一通，拿出藥劑往手臂注射。

她在呼吸恢復正常之後說：「對不起，我剛剛說錯了，拜託不要再問這些事情了。」

「妳要不要跟我說說是怎麼回事？也許我能幫上忙。」

「現在不行。」

她靠近火堆窩著，閉上眼睛。

ꕥ ꕥ ꕥ

隔天早上雨停了，取而代之的是霧氣。風也緩和下來了，昨日的狂風吹落了很多成熟的果實，正好拿來當早餐吃。

天空陰陰的，我們看不到巴克斯核心的那柱黑煙，還好兩座黑塔距離夠近，可以當地標。早晨過了一半，霧比較淡了，到了中午，雲也都散了，我們聽見海的聲音。

崔雅整個早上都滔滔不絕地說個不停，大概是因為注射了不少藥劑。（她已經注射了兩安瓿了。）顯然她是用藥劑彌補失去「網絡」的痛苦，我也不知道網絡到底對她有多重要。顯然她的狀況愈來愈糟了。我們一拔營她就開始說話，也不是在跟我對話，而是一種緊張兮兮、心不在焉的自言自語，這要是在一萬年前的地球，就是古柯鹼打太多的模樣。我仔細聽她說話，沒有打岔，她說的話有一半都是沒頭沒腦。她難得暫停的時候，樹叢間的風聲突然顯得很大聲。

她說她出生在工人家庭，她家在巴克斯核心遙遠背風的區域。她的父母身上都安裝了神經介面，各種專門的工作都能做，「會監督基礎設施，也會操作新奇的工具」。他們的社會階級比「主管」低，不過對於自己的多才多藝還是很得意。崔雅一出生就跟一群治療師、學者還有醫護人員一起受訓。他們唯一的任務就是要跟赤道洲沙漠救出來的生還者互動。她是我的專屬「聯絡治療師」（她對我的了解就只有歷史資料記載的事情，知道我的名字、出生年月日，也知道我是被時間拱門吸入），要能說一萬年前的口說英語才行。

她是從網絡學的英語，網絡給她的可不只有語言而已，還給了全套的第二身分，也就是一整套植入的記憶，內容是由二十一世紀的文件綜合而成。她出生時脊髓上就有一個互動節點，記憶就是從這裡輸入。她說這個第二身分是「化身」，不只是一套詞彙，也是一個生命，有思想、有感覺，會到形形色色的地方，遇見形形色色的人。

她的化身主要是取材自一個叫做艾莉森．寶若的女人。艾莉森．寶若是在時間迴旋結束後不久，在紐約州夏普倫出生。她的日記流傳下來，成為歷史文獻，網絡就從日記內容歸納出崔雅的化身。「我需要講英語的時候，艾莉森就會告訴我。她好喜歡文字，喜歡寫字，寫像是『柳橙』之類的字，柳橙是一種水果，我從來沒看過，也沒吃過。艾莉森很喜歡柳橙，她給我的是『柳橙』這個字彙還有概念，就是柳橙是圓圓的、亮亮的東西，還有柳橙的顏色，她沒有告訴我柳橙的特質，柳橙的味道……不過這種記憶很危險，一定要有個界線。如果沒有網絡的神經系統控制，艾莉森的人格就會開始轉移。我想要喚起我的回憶，結果卻喚起她的。這實在……很混亂，而且只會愈來愈糟。用藥，用藥有效，但是只是暫時有效……」

崔雅說完這些，又說了一些話。以我的理解，我想她應該是在說實話。我相信她，因為她的聲音出現了美語的鼻音，用字遣詞可能是直接從艾莉森的日記拿來用。難怪她會不由自主地哼那首歌，難怪她不時會心不在焉，難怪她會眼神空洞看著前方，頭還歪向一邊，好像在聽某個我聽不見的聲音一樣。

「我知道這些記憶不是真的，是網絡從古老的資料推論、核對出來的，不過光是講這些都覺得很怪，好像……」

「好像什麼？」

她轉過頭來，盯著我看。她大概不知道她剛剛在大聲說話，我不該打斷她的。

「好像我不屬於這裡，好像身在某個奇怪的未來一樣。」她拖著腳跟走進潮溼的土壤。「好像我跟你一樣，在這裡是陌生人。」

ꕥ　ꕥ　ꕥ

我們在日落前不久走到島嶼的邊緣。我說的是邊緣，不是岸邊。在這裡，島嶼的人造痕跡非常明顯。森林的後面是一道矮樹叢斜坡，還有一個裸露的岩石，幾乎是垂直往下延伸個幾百公尺到海裡。另一頭，隔著一個八百公尺寬的裂口，則是巴克斯群島的下一座島嶼，遙遙與這座島嶼相望。「可惜這裡沒有橋。」我說。

「有啊。」崔雅簡短地說，「應該算是橋吧！我們從這裡應該看得見。」

她趴在地上，很快匍匐前進到懸崖的邊緣，打手勢要我照做。我不會怕高，我在前一個世界是職業飛行員，但是朝著垂直的峭壁匍匐前進實在有點恐怖。「在下面，」崔雅指著下面說，「看到了嗎？」

太陽逐漸西沉，黑影已經籠罩著裂口。幾百年的風雨在堅固的人造岩石挖出了凹洞，海鳥在此築巢。在遙遠的左方，我看見崔雅指的東西了。一條有圍牆的通道連接了這座人工島和下一座人工島，不過我們只能看見通道的遠端，也就是靠近島嶼岩壁的一個彎曲處。通道是黑色的，上面像灑了一層鹽，跟下方的海同樣顏色。我有些眩暈，看的角度又很怪，所以沒辦法判斷通道的真實大小，不過我想應該可以把十二輛貨櫃車分成兩排，從通道的這一頭開到那一頭，路面也不會太擠。通道沒有木頭、繩索、金屬線與大樑支撐，好像是單靠自己的力量浮在空中。巴克斯群島的每一座島嶼都有自己的驅動系統，隸屬於巴克斯核心的中央控制器。這條通道位在兩個巨大的漂浮島嶼之間，雖然只承載一點點重量，我還是覺得通道承受的壓力一定很大。

「自動化的貨車載著生物質能原料走過通道，運到巴克斯核心，再把精製過後的成品載回給農民。」崔雅說，「這個通道不是給人步行用的，不過我們非得走過去不可。」

「我們怎麼進去呢？」

「沒辦法進去，我們從下面的農場應該可以進去，從這裡進不去，我們得從外面過橋。」

我想了一會兒，儘量不去想出事會怎樣。

「懸崖上有挖好的階梯。」她說，「你從這裡看不見，階梯是在當初建築的時候就挖好的，現在大概有點風化了。」這些島嶼雖然是發泡花崗岩材質，還是不能永遠抵擋風與海水的侵蝕。「要爬上去會很辛苦。」

「通道頂部的表面是彎曲的，看起來好像很滑。」

「應該比你想像的寬。」

「那可**不一定**。」

「我們別無選擇。」

再過一兩個小時天就要黑了，現在開始爬太晚了。

§ § §

我們回到森林重新紮營。我看著崔雅又注射了一劑。我說：「妳的藥是永遠用不完嗎？」

「它會自動補充，它有自己的新陳代謝。我每次注射，注射器都會抽走一點點血，當作製作活性分子的原料。只要有體溫與光線就可以運作。注射器幫你製造了能降低焦慮的藥劑，幫我製造的藥劑就不太一樣。」

崔雅之前給我注射器，我都說不用了。我就繼續焦慮下去吧！無論如何，我都不要再注射了。

「注射器怎麼知道要做什麼藥？」

她又皺起眉頭，每次她遇到不熟悉的事情，她的幽靈老師艾莉森・寶若也不能替她解惑時，她就會像這樣皺眉頭。「注射器會根據血液的化學成分判斷，但是不會做個不停，也需要休息才行，這一支愈來愈疲乏了。」她說，「你要用就拿去。」

「不用，它給妳的是什麼藥？」

「一種……可以說是認知增強劑，可以讓我分清楚真實記憶與虛擬記憶，不過只是暫時有效而已。」她在火光中打了個寒顫：「我還是需要網絡。」

「跟我說說這個網絡，網絡是什麼？是一種內部無線介面嗎？」

「不完全是，不過也差不多，只是我收到的信號都是生理與神經的調節信號。巴克斯的每一個人身上都有節點，網絡把每一個人串連在一起。網絡讓我們形成一個大腦邊緣共識。我不曉得網絡怎麼會還沒修好，就算巴克斯核心的轉發器被摧毀了，工人現在也應該已經恢復基本的運作了，除非處理器也壞掉了……可是只要不是被高效能武器直接攻擊，應該不會壞掉才對啊！」

「也許就是被直接攻擊了。」

她聳聳肩，不太高興，算是回了我的話。

「所以我們很可能正往有輻射的廢墟前進。」

「我們別無選擇。」

∽ ∽ ∽

崔雅睡著了，我坐起來，看著火堆。

沒有注射鎮靜劑，我最近的記憶變得愈來愈清晰。不過就在幾天前，時間拱門結束了在赤道洲沙漠的休眠狀態，動了起來，引發一連串的地震，那時我還忙著避難活命。現在我卻到了巴克斯。我想我們大概永遠無法了解發生的事情，只能默默承受。

我放著火堆不管，任它燒到只剩餘燼。假想智慧生物的拱門在我頭上閃著微光，像是眾星當中一抹諷刺的微笑，海水湧動的聲音因為附近懸崖的共鳴，顯得更大聲了。我在想那些用核武攻擊巴克斯核心的人，就是那個「大腦皮層民主國家」，他們為什麼要攻打巴克斯核心呢？原因真的像崔雅說的那麼簡單嗎？

我在這場戰爭是保持中立，至少到目前為止都是儘量保持中立。這場戰爭跟我沒關係，我在想「夏普倫鬼魂」艾莉森．寶若會不會也跟我一樣是中立派。也許崔雅就是因為這樣才會覺得尷尬，「艾莉森」和我都是無人聞問的過去遺留下來的孤魂，都不見得會對巴克斯核心忠誠。

ꕥ ꕥ ꕥ

六

我們在黎明時分拔營，沿著彎曲的懸崖走，走到崔雅口中的「階梯」，也就是在花崗岩表面挖的寬廣下坡。經年累月下來，階梯變得平坦一些，成了斜坡岩架，三公尺長的下坡階梯走起來讓人頭暈目眩。每個階梯表面都有青苔與鳥糞，所以很滑。我們愈往下走，海浪波濤的聲音就愈大。到最後相鄰的兩個島嶼高高的邊緣把天空完全遮住，我們只能看見一兩道傾斜的陽光。我們走得很慢，兩度停下腳步，因為崔雅又要用高科技注射器了。她的表情很嚴肅，在嚴肅的表情之下是一顆戰慄的心。她一直往後看，也往上看，好像擔心有人跟蹤我們。

從陽光的角度看來，現在應該過了中午了，我牽著崔雅走下最後一段垂直的路，來到通道的頂部。現在覺得通道的頂部比較寬，之前從上面看不覺得有這麼寬，我們站在上面也不會覺得危險。當然，光站在一個往兩側滑下去都是萬丈深淵的圓弧形表面上，實在也夠嚇人的。從這裡要走到另一頭島嶼的定位點大概要走個八百公尺，現在霧很濃，所以我們看不清楚那一頭的定位點，等到了那裡，又得花一番功夫往上爬，希望我們運氣夠好，能在天黑之前到達。這裡很早就天黑了。

我覺得應該轉移一下注意力，就問崔雅她（或者艾莉森．寶若）對夏普倫還有多少印象。

「我覺得回答這個問題好像很危險。」她說。不過她還是嘆口氣，接著說：「夏普倫，冬天很冷，夏天很熱。在鯰魚岬的湖游過泳。我家裡大半時間都很窮。那是時間迴旋過後幾年，很多人都說也許假想智慧生物對我們是有好處的，會保護我們。我從來就不相信。走在夏普倫的人行道上，你知道水泥在夏季的陽光下會閃著微光？我的年紀絕對沒有超過十歲，但是我記得我以前覺得我們在假想智慧生物的眼裡應該都是這樣，不只是我們，整個地球都一樣，只是腳下閃爍的微光，看過就忘。」

「崔雅不會這樣形容假想智慧生物。」

她生氣地看了我一眼：「我**就是**崔雅。」又走了幾步：「艾莉森錯了。正常人都知道假想智慧生物是神，但是他們不會**漠不關心**。」她停下腳步，瞇著眼看我，抹去眼中的海霧：「你應該知道的！」

也許吧！沒多久我們走到半路，風在裂口裡面呼嘯，形成一股集中的大風。我們得趴下來，用雙手和膝蓋匍匐前進，好像螞蟻緊緊抓住被雨水打溼的曬衣繩一樣。要說話是不可能了。我的手心感受到通道傳來一陣一陣的震動，好像金屬承受了不可承受之重，在呻吟一樣。我在想要怎樣才能把受創的群島拆開呢？再來一場核武攻擊嗎？還是說毀壞已經夠嚴重了，只要打個大浪、吹個強風就夠了？我在腦海中想像跟地鐵列車一樣大的纜線喀嚓斷裂，島船像打爛的彩罐一樣，裡面的東西全灑進海裡。真是愈想愈害怕。要不是崔雅，我搞不好會掉頭。但是話又說回來，要不是崔雅，我又怎麼會在這裡呢？

我們終於走到了另一頭的崖壁陰影下，這裡的風比較弱，只有低微的聲音，而且我們可以站直了。這裡的花崗岩懸崖階梯跟峽谷另一頭一樣飽受侵蝕、青苔滿布，陡峭又充滿海洋的氣味。我們爬了十二階左右，崔雅突然倒抽一口氣，停下腳步，動也不動。

我們上面的岩架滿滿都是人。

ᔕ ᔕ ᔕ

他們一定有看到我們走來，之前一定是躲起來了，想露面才露面。看起來不像是列隊歡迎。

崔雅低聲說：「他們是**農民**。」

他們大概有三十個人，男女都有，全都一臉嚴肅盯著我們看。很多人手上都有工具，可能是武器。崔雅很快往後瞄了一眼我們剛剛過的橋。現在要掉頭逃命太晚了，天色也太暗了。我們寡不敵眾，等於被逼到牆角。

崔雅伸出手來握住我的手，她的手很冷，我感覺得到她的脈搏跳動。「我們跟他們談談吧！」她說。

我把她扶上石階，她上去之後把我拉上去，我們就跟那群農民面對面了。農民把我們團團圍住，崔雅伸出雙手，像是要和談的架勢。帶頭的男人走上前來。

我想他應該是帶頭的人啦！他身上並沒有配戴徽章，看不出他的身分，我看也沒人質疑他的權威。他拿著一根金屬棒，像手杖一樣長，愈靠近尾端愈細，尾端細細尖尖的。他的身材高大，站在他後面的人也一樣。他深色的皮膚有許多細紋。

他還沒開口，崔雅就用母語說了些話。他不耐煩地聽著。崔雅又用英語低聲和我說：「我跟他說你是『入門人』，不曉得他會不會通融……」

他不肯通融。他對崔雅吼了幾句。崔雅畏畏縮縮回了一句。他又吼。崔雅低下頭去，全身顫抖。

「不管怎樣。」她低聲對我說，「千萬不要干涉。」

那個帶頭的男人把雙手放在她的肩膀上，用力推了一把，崔雅跌倒在光滑的花崗岩上。他又推了她一把，崔雅就趴在地上，顴骨擦到岩石，都流血了。她痛得閉上眼睛。

我也打過架，雖然不是很在行，但是也不能坐視不管。我衝向那傢伙，還沒打到他，就被他的人拉住，硬是讓我跪倒在地。

那個農民頭子一腳踩在崔雅的肩膀上，崔雅爬不起來。他高舉武器，慢慢往下揮。金屬棍的尖端碰到崔雅脖子下方脊椎的節點，棍子一壓下去，崔雅就全身僵硬。

那個頭子用力把棍子往下一壓。

第三章　珊卓與柏斯

珊卓那天晚上上床就寢，心想這份文件鐵定是假的，是個蹩腳笑話，只是現在太晚了，不能打電話把柏斯罵一頓。如果這**真是個**笑話，那也是個精心設計又毫無意義的笑話。她不相信那個害羞口拙的奧林．馬瑟，那個她在國家照護訪談過的年輕人奧林．馬瑟，會寫出這些東西。她覺得他應該是抄襲科幻小說，假裝是他的作品，至於奧林為何這樣做，珊卓就猜不透了。

她把無解的謎題擱在一旁，打算先好好睡一晚再說。

天方破曉，珊卓心想她頂多才熟睡了三個小時吧！所以她八成會眼睛乾澀、脾氣暴躁度過一天。夏季的薄霧給她家客廳窗戶的景色增添了色彩，這種薄霧只有在八月的休士頓才能看見，今天想必又是個熱天。

她用汽車儀表板上的電話打給柏斯，結果是語音信箱。她留下姓名與辦公室電話，又留下幾句話：「你會不會是寄錯檔案給我了？還是我應該訪談**你**，看看你要不要進國家照護？麻煩儘快回電，把事情搞清楚。」

珊卓在大休士頓區國家照護待得夠久，對這裡的一切感覺都很敏銳，比方說內部的權力傾軋，還有日常事務的節奏。換句話說，如果有事不對勁，她一定能察覺。今天早上，珊卓就覺得有事不對勁。

ട ട ട

即使在最好的時候，她的工作也或多或少遊走在道德的灰色地帶。時間迴旋之後，全國一片混亂，流浪漢與精神病患像瘟疫一樣盛行，美國國會就成立了國家照護。立法的出發點是好的，對真正的精神病患來說，在國家照護也的確比流落街頭好。這裡的醫生都是真誠地關懷病人，醫療方式也經過精心設計，病人宿舍雖然簡單，也夠乾淨，管理也好。

不過很多被塞進國家照護的人並不適合這裡，他們之中有犯下輕罪的罪犯、愛挑釁的窮人，還有被經濟困境逼到精神錯亂的普通人。一旦被認定需要強制治療，要出去可不容易，當地警察齊了心堅決反對把病患「扔回街頭」，政府的中途之家計畫也一直遭到預定地附近居民的強烈反彈。這樣一來，國家照護收容的病患自然愈來愈多，但預算卻不動如山。結果就是員工薪資過低，病患宿舍人滿為患，三不五時鬧出醜聞登上媒體。

珊卓身為負責判斷是否收容病患的醫師，必須在第一線想辦法避免這些問題，收容真正需要幫助的人，拒絕那些只是有點困惑的正常人（或者是將他們轉介其他社福機構）。這個工作理論上很簡單，就是觀察病人的症狀，寫個建議書就得了。其實她的工作需要大量推測，還要做出很多痛苦的決定。拒絕太多人，警察跟法院就會跳腳；收容太多人，主管就會抱怨「收容標準太低」。更糟的是她要對付的不是抽象的東西，而是活生生的人，受傷、疲憊、憤怒和悲傷，偶爾還會出現暴力行為的人。這些人通常覺得進入國家照護就等於是入監服刑，其實也是。

所以內部緊張是無法避免的，隨時都要維持一種平衡。國家照護內部有看不見的電線，正常時候會震動，不正常的時候也會震動。珊卓進入她辦公室所在的區域，發覺櫃台的護士用表情對她打了個暗號。電線震動了。珊卓發覺不對勁，在一小格一小格的塑膠文件架前面停下腳步，員工都把未結的檔案資料放在這裡。這位叫做華特摩爾的護士說：「柯爾醫師，不用找奧林·馬瑟的檔案了，康格里夫醫師已經拿走了。」

「我不懂，康格里夫醫師拿走奧林·馬瑟的檔案？」

「我剛不就是這麼說的嗎？」

「他幹嘛拿走？」

「這個妳得問他。」華特摩爾轉回頭看著螢幕，敲了幾下鍵盤，不打算再搭理珊卓。

珊卓走進辦公室，撥電話給康格里夫。亞瑟·康格里夫是珊卓在國家照護的上司，負責管理所有診斷醫師。珊卓不喜歡他，覺得他很高傲，專業不怎麼樣，一心一意只想拿出一連串漂亮的數字，討好預算委員會。自從他去年當上主管，國家照護已經有兩位頂尖的診斷醫師寧願辭職，也不向他訂的「病患額度」屈服。珊卓實在想不透，康格里夫怎麼連個招呼都不打，就把奧林·馬瑟的檔案抽走。康格里夫從來不會插手個案，這次是怎麼了？

康格里夫一接電話就開始說話：「珊卓，找我有事啊？我在B區，等一下要開會了，有什麼事趕快說。」

「華特摩爾說你把奧林．馬瑟的檔案拿走了。」

「是啊……我看到她那雙賊眼一亮。妳聽我說，沒跟妳打招呼是我不對，不好意思。我們最近新來了一位診斷醫師，阿倍．費恩醫師，下次全院會議我會把他介紹給大家。我想先拿一個簡單的案子，帶他一起走過一趟。奧林．馬瑟是我們手上最不找麻煩的病患。我不想讓新來的醫師一開始就接觸有敵意的病患。放心，我會全程替費恩擋子彈的。」

「我不曉得我們有新進醫師。」

「看一下妳的備忘錄。費恩是在達拉斯的貝勒實習，前途非常看好。我剛說了，我會先帶他一陣子，等他把業務摸清楚再說。」

「可是我已經跟奧林．馬瑟做過初步訪談了，他跟我處得還挺好的。」

「我想該有的資料應該都在檔案裡了。珊卓，妳還有事嗎？不是我想掛電話，人家在等我開會。」

珊卓知道逼他也沒用。康格里夫雖然沒有顯赫的醫學學位，董事會也是看重他的管理長才才請他來的。對他來說，診斷醫師就跟雇來的傭人沒兩樣。珊卓只得說：「沒別的事了。」

「好吧，之後再談啊！」

這是約定還是威脅？

珊卓在桌子後面坐定，康格里夫這樣先發制人，她當然很失望，也有一點生氣，不過康格里夫也不是第一次這樣了。

她想想奧林．馬瑟的檔案。她沒有在裡面寫下柏斯對這個個案有興趣。她答應過柏斯不會把所謂奧林寫的科幻小說透露出去。現在檔案被拿走了，她還需不需要保密？

在職業道德上，她應該跟康格里夫（或者是新來的費恩醫生）透露任何跟評估有關的事情。但是診斷評估要花上一個禮拜，珊卓覺得現在還沒有完全透露的必要。至少要等到她搞清楚柏斯為何對奧林感興趣，還有她看的那篇科幻小說到底是不是奧林寫的再說。她得找柏斯問個清楚，愈快愈好。

至於奧林嘛……她私底下去看看他也不違反規定，不是嗎？就算他已經不是她的病人，也無所謂呀！

ᘐ ᘐ ᘐ

國家照護一向鼓勵那些沒有暴力傾向、還在等待評估的病人在一間有人監督的休息室多多交流，但是奧林不喜歡社交。珊卓想他應該是一個人待在房間，果然不出她所料，她看到他盤著腿坐在床上，活像一尊瘦骨嶙峋的佛祖，盯著窗戶對面的煤渣磚牆看。這些小房間還挺舒適的，只要不去想這其實是牢房就好了。房間裡防碎的窗玻璃裡面有玻璃纖維，室內很明顯沒有掛勾、衣架和尖角。這個房間最近重新油漆過，遮掉了牆上這些年來累積的淫穢塗鴉。

奧林看到珊卓，微微一笑。他一臉老實樣，喜怒哀樂都寫在臉上。他的頭很大，顴骨很高，眼睛很好看，但是睜得太大了，一副很好騙的樣子。「嗨，柯爾醫師，人家跟我說我不會再見到妳了。」

「奧林，他們派了另外一位診斷醫師給你。如果你想聊天的話，我們還是可以聊聊天。」

「好啊。」他說，「沒問題。」

「我昨天跟柏斯先生說過話，你還記得柏斯先生嗎？」

「記得，當然記得。他是唯一對我感興趣的警察。」奧林住在拖車屋，說話有一種腔調，「警察」兩個字被他講成「敬ㄙ——察」。奧林說：「就是他打電話給我的姊姊愛瑞兒。她來了嗎？妳有沒有聽到消息？」

「我不知道，不過我還會跟柏斯先生聯絡，我可以幫你問。」珊卓不知道怎麼開頭，只好直截了當說：「他跟我提過你被捕時身上帶的筆記本。」

聽到珊卓知道那些筆記本，奧林好像既不驚訝也不生氣，不過他那歡樂的表情稍微陰暗了一些。「柏斯先生說警方要暫時保管，有一天還是會還給我。」他皺起眉頭，高高的髮線下面彎起一道V形的皺紋。「他應該是說真的吧？不管我在這裡怎樣，都會還我筆記本吧？」

「我相信柏斯先生應該會說到做到。筆記本對你來說很重要嗎？」

「是的，我想是吧！」

「能不能跟我說說裡面的內容？」

「唔，那很難說。」

「是故事嗎？」

「可以這麼說。」

「奧林，這個故事是在講什麼？」

「唔，我不太能記在腦子裡，所以我喜歡把筆記本放在身邊，不記得的時候可以隨時參考。這個故事跟某個男人還有某個女人有關，不只是這樣，還有……應該是上帝吧！至少是假象之衛生物。」（他的意思是「假想智慧生物」。）

「是你自己寫的嗎？」

奧林臉紅了，實在很詭異啊！

好不容易奧林才開口：「是我**寫下來**的，不曉得能不能說是我寫的。我不擅長寫作，從來就不擅長。公園峽谷的學校有個老師，那是我在北卡羅萊那唸的學校，他說我連名詞跟動詞都分不清楚，永遠也不會搞懂。他說的應該也對，我對文字從來不在行，除了……」

「除了什麼，奧林？」

「除了**那些字**。」

珊卓不想再追問下去了。「我了解。」她說。其實她並不了解。再試一次：「那個特克・芬雷……他是虛構出來的人物，還是真有其人？」

奧林的臉更紅了：「小姐，我想這個人應該不存在，應該是我杜撰出來的。」

很顯然他在說謊，珊卓也沒有追問，只是微笑點點頭。

珊卓起身離開，奧林問起長在煤渣磚牆房間窗戶外小花園的花朵，他問珊卓那都是些什麼花？

「那些花啊？那些叫『天堂鳥』。」

奧林的眼睛睜得好大，露齒而笑：「那是真名嗎？」

「嗯哼。」

「這樣啊！因為看起來真的很像鳥，對不對？」

黃色的鳥嘴，圓圓的頭，還有一滴晶瑩剔透的汁液，像一隻眼睛一樣閃閃發光。「是啊，看起來很像鳥。」

「好像是有一隻鳥的概念在裡面的花，只是沒人放鳥在裡面，除非真要說的話，是上帝放了吧！」

「上帝或者大自然。」

「也許都一樣。柯爾醫師，祝妳今天過得愉快。」

「你也一樣，奧林，謝謝你。」

ᔕ ᔕ ᔕ

柏斯在下午三點左右終於回電，只是他的聲音很難聽清楚，他那邊好像有一大堆人在呼口號。

「抱歉。」他說，「我在休士頓運輸航道這裡。好像有環保人士在抗議。大概有五十個人坐在鐵軌上，坐在一排油罐車前面。」

「正好給他們加油。」珊卓完全站在環保人士這一邊。環保人士希望政府能禁止從假想智慧生物拱門之外進口化石燃料，把全球暖化控制在攝氏五度之內。他們認為地球的碳資源就已經足夠，珊卓覺得不用想都知道他們是對的。就珊卓所知，開採赤道洲的沙漠地下大量石油簡直是災難，一場還沒結束的災難，帶來了瘋狂的經濟繁榮，代價卻是二氧化碳排放量加倍。時間迴旋之後成長的這一代要的是便宜的天然氣，要的是經濟繁榮，不喜歡聽到苛責的聲音，結果全世界都在為此付出代價（或者就要付出代價）。

柏斯說：「環保人士被貨運火車輾死，政府就會聽他們的嗎？我寄給妳的文件妳看了嗎？」

「看了。」她說，不知道要怎麼說下去。

「妳看了？」

「看了，柏斯先生……」

「叫我柏斯就好，我的朋友都這麼叫。」

「好，聽我說，我還是不知道你要我幹嘛，你真的覺得那個文件是奧林．馬瑟寫的啊？」

「我知道這有點不可思議，就連奧林本人也不太願意承認是他寫的。」

「我問過他了，他說是他寫下的，可是他不確定是不是他寫的。好像是有人口述給他寫下來的，我想這樣應該比較合理。所以你到底要我怎樣？要我發表書評啊？我可不怎麼愛看科幻小說。」

「妳看到的只是一部分，還有別的。我今天應該可以再寄給妳幾頁，我們可以見個面，明天中午一起吃個飯吧！到時再談細節。」

這個詭異的事情她還想再跨近一步嗎？說來奇怪，她還真的想。也許是好奇吧！也許是同情那個害羞的大男孩奧林．馬瑟，再說她也覺得柏斯還挺好相處的。她跟柏斯說再寄幾頁來沒問題，又覺得應該告訴他：「有件事你還是知道一下比較好，奧林的案子不是我負責了。我老闆把他轉給一個新來的。」

現在換柏斯停頓了。珊卓仔細聽著那一頭呼喊的口號。什麼什麼我們的孩子的孩子的。「唔，真糟糕。」柏斯說。

「我想我老闆也不太可能跟你說心裡話，別生氣啊，他這個人……」

「妳說康格里夫？休士頓警察局的人都說他是個死官僚。」

「這個我不予置評。」

「好啦……妳還接觸得到奧林吧？」

「我能跟他說到話，不曉得這樣算不算你所謂的接觸。只是我沒有任何決策權。」

「這樣事情就比較複雜了。」柏斯說，「不過我還是想聽聽妳的意見。」

「我還是想知道你為什麼這麼重視奧林還有他的筆記本。」

「我們還是明天再說比較好。」

珊卓跟柏斯敲定了午飯的細節，挑了一個離國家照護不遠，比公路旁邊商業區的館子稍微高級一點的地方。柏斯說：「我得掛電話了，謝謝妳，柯爾醫師。」

「叫我珊卓就好。」

第四章　崔雅的故事
艾莉森的故事

一

你想知道巴克斯發生了什麼事嗎？想知道後來怎麼樣嗎？

我現在就告訴你。

你也許覺得這些事情應該拋在腦後。

這些事情應該留給風和星斗看。

ʖ ʖ ʖ

二

我的名字叫崔雅，至於我的姓氏嘛……有五個音節那麼長呢！我在這裡就不說了。你們還是把我當成艾莉森・寶若二代比較好。我是經過十年的懷孕期，八天痛苦的生產期，還有飽受折磨的生產過程才生出來的。我出生的第一天就知道我是個冒牌貨，也知道我別無選擇。

我在巴克斯要跨越拱門到古老地球的七天之前出生。我一出生就由叛亂的農民負責照顧，出生的時候我的血沿著我的背往下流。等到我想起來該怎麼說話，血都乾得差不多了。

農民把我的身體打壞挖空，接著又摧毀我的大腦邊緣植入體，也就是我的網絡介面，我的節點。我的節點幾乎是打從我出生就在我的第三根脊椎骨上，所以我痛得不得了。我醒來的時候，一波波烈火般的痛楚從我的脖子一路燒到我的頭顱。最糟糕的是我**感覺不到**的東西，我感覺不到我身體的其他部分。我肩膀以下的部位都沒有感覺，是無法想像的麻木、無助、疼痛與害怕。後來那些農民用他們原始的藥典做出一種陽春的麻醉劑，戳了我一針……我想他們大概不是慈悲心發作，只是聽煩了我的尖叫哀嚎。

我醒過來的時候，全身痛癢難當，這都沒關係，會這樣表示我的身體在復原。就算少了節點，我身上新增的人體系統也忙著接合受損的神經，還有修復骨骼。所以總有一天我一定能坐起來，站起來，甚至能走路。所以，我開始注意周遭環境。

我在一輛大車的後車廂，躺在一個乾燥蔬菜鋪成的「床」上。大車跑得很快。四面車體都太高了，我看不到車子外面的景象，不過日光倒是能照進車裡。我看見雲彩斑駁的天空，偶爾也看見搖曳的樹頂。我腦海裡裝著一堆問題，最想問的就是：我被抓來到現在已經過了多久了？但我沒辦法知道。我也想知道我們距離巴克斯核心有多近？巴克斯距離假想智慧生物的拱門又有多近？

我的嘴巴很乾，不過發出聲音還沒問題。「嘿！」我叫了一兩次，後來發現這是英語，就改用巴克斯語：「維克，欸！維克，欸，咪！」

我這樣大呼小叫，全身都很痛，我發覺沒人在聽，只好閉上嘴巴。

ᔕ ᔕ ᔕ

大車終於在晃動之中停下，已經是黃昏時分了。夜空出現第一批星斗。夜空的藍色讓我想起夏普倫一間教堂的彩色玻璃。我對教堂不怎麼感興趣，不過我一向很喜歡彩色玻璃，喜歡看星期天早晨的陽光照亮彩色玻璃的景象。我聽見農民說話的聲音。他們說起巴克斯語都有一種腔調，好像嘴裡含著石頭說話。我也聞到他們燒菜的氣味，都沒人拿東西給我吃，聞到食物的氣味簡直是折磨。

終於有張臉孔出現在大車旁邊的高處，是張男人的臉，皮膚很黑，皺紋很多，不過農民都是這樣。他沒頭髮，眉毛倒是很濃密，眼睛虹膜周圍是黃色的。他看著我，毫不掩飾心中的反感。

「妳，」他說，「妳能坐起來嗎？」

「我要吃東西。」

「妳要坐起來才能吃東西。」

接下來的幾分鐘，雖然我的身體還是很笨重，我還是強迫我自己坐起來。那個農民沒有幫我一把。他一臉冷漠看著我。我好不容易才背靠著車身坐了起來，我說：「我坐起來了，拜託給我東西吃。」

他瞪我一眼就走開了。我想他大概不會再來了，沒想到他拿來一碗綠綠黏黏的東西，放在我旁邊。「妳能用手抓，」他說，「就拿去吃。」

他轉過身去。

「等一下！」

他嘆了口氣，回頭看著我：「怎樣？」

「你叫什麼名字？」

「幹嘛？這很重要嗎？」

「不重要，我只是想知道而已。」

他說他叫邱伊，他家是收割部門第三級的挖掘者。我就自動把他的名字翻譯成挖土的邱伊。

「妳是外圍治療部門的工人崔雅。」他用嘲諷的口氣講出巴克斯核心的稱謂。

我聽見自己說：「我叫艾莉森．寶若。」

「我們看過妳身上的節點，妳騙不了人的。」

「我就是叫艾莉森．寶若。」

「妳愛叫自己什麼就叫什麼。」

我把我不聽使喚的一隻手伸進碗裡，撈了一點東西到嘴裡，是一小團、一小團的綠色泥巴，味道像割下來的草。我每抓一把，都有一半漏在外面，不過我飢餓的身體倒是吃得很快樂。挖土的邱伊一直在我身邊沒離開，我吃完以後，他把碗拿走。我還是很餓，挖土的邱伊不肯再給我幾碗。

「你們就是這樣對待戰俘的啊？」

「我們不收戰俘。」

「那我是什麼？」

「人質。」

「我在你們眼裡那麼有價值？」

「也許有，要是沒有，要殺妳還不容易？」

ᔕ ᔕ ᔕ

現在我的身體可以動了，那些農民就把我的手綁在我的背後。我就這樣被綁著耗了一個晚上，從某些方面來說，這比癱瘓還糟。到了早上，他們把我拖出車外，帶到另一輛大車，跟之前那輛幾乎一樣，唯一的不同是裡面坐著特克．芬雷。

我在換車的過程當中，看了一下農民的營地。我們已經到了巴克斯核心所處的島嶼，不過在邊陲這裡的景象很像外島，一片沒有耕種的荒野，當地果樹上結的果實都被摘去給行軍的農民吃了。

農民人數很多，很大一群。我想光是在這片草地上就有大概一千個活人，我也看到其他營地冒出的煙。這些農民身上都帶著臨時拼湊而成的克難刀子，還有從收割機、打穀機偷拿來的零件……這種武器讓連結網絡的巴克斯核心衛隊看了，一定會笑掉大牙，不過以現在的情況，那也不一定。農民皮膚都很黑，皺紋很多，是很久以前大遷徙而來的火星人的後代。挖土的邱伊拉著我走過一群農民兄弟，他們都給我臉色看，還吼了我幾句難聽的話。

他拉我換乘的另一輛大車比之前那一輛大，從外面看就是放在兩個輪子上的大箱子，前面有長長的杆子，這樣動物、機器人或者手腳健全的農民就可以拉車。這是簡單的科技，不過沒有表面上看起來那麼簡單。農民的手拉車是用智慧型原料做的，可以把隨機的顛簸轉換成前進的動力。手拉車能夠自動維持平衡，也能適應高低不平的地形。只要把囚犯綁好綁牢，手拉車也是個不錯的監牢。

特克被綁得牢牢的，我也一樣。挖土的邱伊把手拉車的後車門拉低，把我推進去，把我背後的車門鎖了起來。我撞到特克．芬雷，他的手也綁在背後，我們花了點時間很克難地調整了一下位置，把腿綳緊，才能面對面坐著。特克全身傷痕累累，農民要抓他的時候，他可是奮力抵抗。他左顴骨的皮膚是烏雲的顏色，慢慢褪成青色。他的左眼腫到睜不開。他斜瞄了我一眼，毫不掩飾心中的訝異。他大概以為我死了，以為他們把我的大腦邊緣節點拿出來以後我就死了。

我想說點能安撫他的話，可是不知從何說起。他把我當成巴克斯核心的崔雅，這也沒錯，我從某方面來說仍然是崔雅，但是只有**某方面**而已。

我有兩段歷史，崔雅說艾莉森．寶若是教她二十一世紀美國語言與習俗的虛擬老師。「艾莉森．寶若」並不真實，在多數人的眼裡並不真實，但是我現在是艾莉森了，是安裝完成、運作正常的艾莉森。現在艾莉森是主角，我就是主管口中的「**經過心理鍛鍊**」。

不管怎樣，我們眼前最大的問題不是這個。

「妳還活著。」他說。

「顯然是啊。」

他給了我一個奇怪的眼神，大概是因為這不像是崔雅會說出的話。

「我還以為妳被他們殺了，妳流了一大堆血。」這血已經乾了，在我的套衫上結成棕色的一塊。

「他們殺的不是我，是我的網絡介面。我的脊椎上有節點，可以跟我的大腦說話。農民身上也有節點，但是網絡一故障，他們一定就把節點弄壞了。他們討厭節點，因為節點會讓他們被控制，被利用。」

「所以他們是，唔，奴隸嗎？這是奴隸造反？」

「不是，事情沒有那麼簡單。」我現在是艾莉森・寶若，沒有人告訴我巴克斯的社會結構，不過我有鮮明的次級記憶，記得崔雅強烈的忠誠。崔雅雖然是個懶人寄生蟲，卻也不是壞人。我不希望特克認為崔雅是管奴隸的人。「這些農民的祖先幾百年前就被俘虜了。他們是激進標準生物，其中有些人是遷徙來的火星人。他們不願意被吸收，就提出交換條件，用勞力耕種換取免死。」

特克還是用不安的眼神看著我，畢竟我衣服上有血，說話的方式也不太一樣。我想還是儘量用最淺顯直接的語言解釋比較好。「他們把我的節點拿掉了，」我說，「崔雅是個譯者，對不對？這些年來崔雅把艾莉森・寶若當成第二個人格，我就像是她的次級大腦，這樣你了解嗎？崔雅自己的記憶與個性很多都輸出給網絡。我跟崔雅，我們都是相連的，不過因為有節點，所以崔雅一直都是主導的人。現在沒有節點了，就換我主導了。她過去十年來一定是把整堆神經都轉讓給我。這對她來說實在是一大敗筆，不過話又說回來，她也沒想到一群叛亂的農民會把她的網絡介面拿掉。」

「不好意思，」特克慢慢地說，「妳再說一次我現在是跟誰說話？」

「艾莉森。我現在是艾莉森．寶若。」

「妳是艾莉森。」他說，「那崔雅怎麼了？死掉了嗎？」

「只要網絡願意，還是可以給她一個身體。她是**潛在**的，不是**具體**的。」這些都是專有名詞，我只是概略翻譯一下。

特克想了一想：「有時候真覺得未來世界是一團亂。」

「如果你可以接受我現在是艾莉森了，我們就可以趕快拯救自己了。」

「妳知道該怎麼做嗎？」

「重點是我們要趕快在巴克斯跨越拱門以前到達安全的地方，不然我們就死定了。」

「那恐怕不可能。妳看到黎明之前的天空了嗎？拱門已經到了天頂，沿著直線走就會到達子午線，就是說……」

「我知道。」意思是我們非常接近拱門，命在旦夕了。

「艾莉森．寶若啊，哪裡是安全的地方呢？我們又該怎麼去呢？」

農民已經吃完早餐，拿好裝備，現在準備要繼續往巴克斯核心前進。兩個男人拿起手拉車的杆子，我跟特克就像鍋裡的豌豆一樣翻滾。這樣說話實在有點困難，不過我還是把特克該知道的說給他聽，等到我們看見巴克斯核心的廢墟，特克都知道得差不多了。

三

特克學得很快，他跟假想智慧生物一起生活的那一萬年倒是沒學到什麼。唔，他又怎麼可能學到東西呢？其實他從來都不算跟他們「在一起」，雖然大家都認為穿越時間拱門的人自然會接觸到廣大的超級智慧力量。崔雅認為特克那些年都跟假想智慧生物交流，尊貴得很，只是他不一定記得。現在我是艾莉森．寶若了，就覺得崔雅的想法超像準宗教的屁話。任何人穿過任何一道連接八大世界的拱門，都算是跟特克一樣「跟假想智慧生物相處」。即使在我的年代（艾莉森的年代），都有很多人從印度洋跨越拱門到赤道洲，也就是說他們是被假想智慧生物帶著穿越眾多恆星。這並不表示這些人是神，也不表示他們很神聖，頂多就是超級長途的跋涉而已，沒有什麼特殊意義。不過說到時間，那就是另外一回事了，比較恐怖。

八大世界的其他地方當然也有時間拱門，時間拱門是很普遍的假想智慧生物建築。我們從地質現象研判，發現時間拱門每一萬年左右就會出現、消失。這是假想智慧生物反饋機制的一部分，儲存資訊與分配資訊。第一道吞沒活人的時間拱門就是那個突然出現在赤道洲沙漠，把特克一干人等吞沒的拱門。既然是第一個吞沒活人的，就會是第一個**吐出**活人的……拱門也準時在兩個禮拜前把他們吐出來。

特克是第一批活著從時間拱門走出來的人。事情就是這麼簡單，沒想到卻扯出這麼多亂七八糟的東西！巴克斯人認為從時間拱門活著走出來的人會有所轉變，會變成純粹的人類與製造世界連環的力量之間的媒介。這些活下來的人會帶領我們穿越故障的拱門，回到老地球。

崔雅對這個是深信不疑，也許這或多或少也是事實。不過我們就算到達地球，也不算是解決問題，反而是遇上問題，因為地球一定不能居住了。

我把這些話說了一些給特克聽。他問我巴克斯人相信這些，腦筋是不是不太正常。我感覺到崔雅的鬼魂聽到這個問題不太高興：「要跟什麼比才算正常呢？巴克斯幾百年來都是正常運作的社會，歷經許多戰役都屹立不搖，是由網絡調節的大腦邊緣民主國家。這些關於假想智慧生物與老地球的事情都寫在規範裡面，也許是真的也不一定，我不知道。」

「可是巴克斯有敵人，」特克說，「敵人還大費周章轟炸巴克斯哩！」

「如果他們還有砲彈的話，應該已經解決我們了。」

「所以不管怎樣我們都會通過拱門囉？」

「有兩種可能。」我跟他說，「如果什麼都沒有發生，我們會在赤道洲的海上漂流，手無寸鐵。如果那些標準生物有組織、有規畫的話，我們大概會被他們攻打，占領。」

「要是我們**真的**到了地球呢？」

「不知道會怎樣，不過拱門停止運作的時候，地球已經不太能居住了，那還是一千年前左右的事了。海洋也變糟了，大量細菌在空氣中釋放大量硫化氫。地球的大氣層毒到可以把任何缺乏保護的生物殺死，所以萬一我們到了地球，待在戶外可就慘了。」

「那要到哪裡才能有保護呢？」

「唯一真正安全的地方是巴克斯核心，巴克斯核心可以自我封閉，也可以循環利用裡面的空氣。農民就是要前往巴克斯核心。現在網絡跟其他系統都故障，他們不能指望外島會得到保護。他們想要在通過拱門之前進入城牆裡面，但是巴克斯核心容納不下所有外島人民。農民得硬闖進去。」

四

農民部隊又行軍了一天，晚上停下來休息。挖十的邱伊把手拉車的車門拉低，塞進兩碗綠色的稀粥，把我們的手鬆綁，讓我們吃東西。特克第一次站了起來，揉揉手腕和腿。他靠著手拉車的板壁站定，轉過頭來看看我們到了哪裡。這是他第一次看見巴克斯核心。

他臉上的表情很有意思，敬畏交織著恐懼。

巴克斯核心大部分都位於地下，不過在地上的一小部分也夠壯觀了。農民在低矮山丘的背風處紮營，從這個角度看，巴克斯核心像是被揮金如土的神所丟棄的珠寶盒。八百公尺高的防衛牆就是盒子，依然聳立的幾百座多面體高塔就是珠寶，這些塔當中有通訊和能源分配站、聚光平面和飛行船停靠區，還有主管居住的官邸。我想特克一定會覺得這些塔俗豔得不得了，但是我知道（因為崔雅知道）每個材料、每個平面都有功能。建築物黑色與白色的表面是要吸熱散熱，藍綠色的面板是負責光合作用。寶石紅、煙霧靛的窗戶是要阻絕或強化可見光的特定頻率。夕陽灑在這些建築物上面，呈現誘人的柔和光澤。

至少殘存的建築物還能發出光澤。我內心還有殘存的崔雅，所以看到巴克斯核心的這些斷垣殘壁還是會心痛。

我印象中巴克斯核心右側的風貌現在大多已經全毀，這實在很糟糕，因為這一區的地底下是巴克斯核心最重要的基礎設施。巴克斯是盤根錯節互相連結，以前遭受重創也沒有影響運作，但是即使是最分散的網絡，失去太多連線也會失靈，這就是核武攻破我方城牆帶來的後果。這就好像巴克斯的大腦嚴重中風，影響逐漸擴散，病情愈來愈複雜，到最後整個有機體都停擺。災區仍然飄著捲鬚般的煙霧，城市的右牆破了一個洞，農民部隊可以從這裡攻進來，只是破洞現在已經用還在悶燒的放射性礫石堵住了。

崔雅從小到大都在這個城市生活，她的驚訝在我心裡澎湃洶湧，我的眼眶也跟著泛淚。

特克看挖土的邱伊走遠了，聽不見我們說話，就跟我說：「告訴我這些是誰弄的？」

「你是說建造城市的人，還是轟炸城市的人？」

「轟炸的人。」

「那是大腦皮層民主國家與激進標準生物聯盟，他們鐵了心不讓我們跨越拱門。他們怕我們引起假想智慧生物注意，會招來大禍。」

「妳覺得會這樣嗎？」

要是崔雅聽見這個問題，絕對不會回答。崔雅是優良巴克斯公民，對假想智慧生物毫無戒心，覺得他們很善良，也覺得人類可以跟他們來往。不過，我現在是艾莉森，這件事我覺得不可知，就說：

「我也不知道。」

「早晚我們都得在戰爭中選邊站。」

我想，要是輪得到我們**選邊站**，那可真是奢侈。

現在倒是沒必要為這個傷腦筋。我們吃了豌豆糊「餐點」，站起來最後一次看看四周，挖土的邱伊就過來把我們綁起來，準備過夜。夜色愈來愈深了，拱門的頂閃著微光，好像就在我們的頭上。巴克斯核心充滿了陰影。

我覺得最悲哀的就是巴克斯核心一片黑暗。我這輩子中（應該說**崔雅**這輩子中）巴克斯核心向來都是光明閃亮，像一個亮光篩一樣散布光明。亮光就是巴克斯核心的心跳。現在亮光都沒了，連閃光都不剩。

農民如果要進攻的話，應該很快就要行動了。在那之前都沒什麼事可做，只能看著天空。看到拱門那恐怖的位置，顯然我們就要通過拱門了。巴克斯群島很大，有一部分應該已經通過中間點了，那也無所謂，因為巴克斯要跨越就是一次全部跨越，不然就是完全不會跨越。拱門其實比較像智慧型篩選器，比較不像門（這是幾百年前大家就知道的事情）。這個拱門以前還在運作的時候，懂得分辨飛行中的鳥兒與水中的船隻，會把來自地球的船隻送到赤道洲，把鳥兒留在地球。要做這種決定可不容易。拱門要能辨認居住在兩個世界（或者曾經居住在兩個世界）的人類與人類的東西，把其他無數的生物擋在門外。換句話說，跨越拱門並不是機械程序。拱門會打量你，評估你，再決定要接受你還是拒絕你。

最有可能的結果是拱門不肯讓我們進入老地球，不過我比較怕的是另外一種可能。其實在拱門停止運作之前，地球就已經改變很多了，特克大概都認不出來了。極地城市的最後一批難民說海洋的化變層出現劇烈變化，嚴重優養化的死亡海域製造大量硫化氫，大片陸地又突然滅絕。

我閉上雙眼，進入昏昏沉沉的半清醒狀態，一個人要是筋疲力盡，又餓又痛，就只能這樣「睡覺」。我不時睜開眼睛看著特克，他躺在陰影下，雙手綁在身後。崔雅說他是假想智慧生物的密使，我看他一點都不像。他看起來就是個沒有根的漂泊人，不再年輕了，幾乎被折磨到了極限。

他偶爾會呻吟，我想他應該是在作夢吧！

也許我也在作夢。

我被吵醒了，這時還是深夜，一聲巨響畫破了寂靜的夜晚，像是喉嚨深處發出來的叫喊，叫聲一直持續著，不像是人的叫聲，可是好耳熟啊，好耳熟啊……我昏昏沉沉，一開始不知道這是什麼聲音，後來我聽出來了，心中湧起好長一段時間都沒有的感受，**那就是希望**。

我踢踢特克，把他弄醒。他睜開眼睛，坐得直直的，眨眨眼睛。

「你聽！」我說，「你知道這是什麼聲音嗎？特克啊，這是**警報**，這是**召集令**，是**要我們去避難**

所。」我拚老命把巴克斯語翻譯成古英語：「這是他媽的**空襲警報**啦！」

響徹雲霄的空襲警報是巴克斯核心最高的幾座塔發出來的，是要我們躲進城牆裡面，因為就要遭到攻擊了，目前的情況也是這樣沒錯，不過重點是如果**巴克斯核心還能發出空襲警報，那至少一部分的電力已經修復了**。

巴克斯核心還活著！

「那是怎樣？」特克還在跟瞌睡蟲搏鬥。

「我們有機會脫離苦海了！」我扭動著坐直，想看清楚一些。巴克斯核心還是很昏暗……不過我看到距離最近的瞭望塔發出一道探照燈光，掃過一棵樹也沒有的草地，照亮那些把火澆滅、忙著整裝開戰的農民。亮光愈來愈多，一座塔接著一座塔，一區接著一區，巴克斯核心開始恢復光明。高聳的航空站散發比較微弱的亮光，像是螢火蟲的光芒，那是飛行船的亮光，是裝了致命武器的飛行船的亮光。

看到這個景象，我高興得不能自已，我聽見自己在一片吵雜聲中大喊：**我們在這裡！快來救我們！**之類的蠢話。崔雅根深柢固的忠誠從我的喉嚨噴發出來。

武器從天上傾盆而下，農民一個一個丟了性命。

第五章　珊卓與柏斯

珊卓預留了兩個鐘頭吃午餐，其中一個鐘頭本來要跟奧林・馬瑟再談談的，現在挪做午餐時間。她跟柏斯約定的那家餐廳擠滿了公路對面那家地毯批發商的員工，珊卓趕緊挑了一個遠離人群的位子，還有個塑膠榕樹籬笆遮掉大部分的噪音。這裡夠安靜，要說話是沒問題。柏斯抵達的時候滿意地點點頭。

柏斯沒穿制服。珊卓覺得他不穿那身警察制服比較好看。牛仔褲與白襯衫凸顯了他的五官。珊卓問柏斯他今天是不是值勤。

他說他是：「我不見得都穿制服，我屬於搶劫與兇殺部門。」

「真的？」

「聽起來很威武，其實沒那麼風光。時間迴旋之後，休士頓警局經過大幅改組，各部門都像樂高積木一樣拆開重組。我不是警探，只是打打雜。我在部門裡還算是菜鳥。」

「那奧林・馬瑟怎麼會跟你有關係？」

柏斯皺起眉頭：「我以後會解釋，我們還是先談那份文件好不好？」

「你說『那份文件』，不是『奧林的文件』，你覺得不是他寫的？」

「我沒這麼說。」

「你的意思是說你要先聽我的意見，才會跟我講你的意見。好吧，唔，我們就從最明顯的說起。你寄給我的那幾頁好像是未來世界的冒險故事。用字遣詞跟我從奧林口中聽到的差很多。故事不會太複雜，不過我跟奧林短暫談過，他從來沒有像故事裡那樣把人類行為形容得這麼細微。再說，故事裡的文法與標點都很正確，跟奧林的語言能力差距甚大，除非是抄寫的時候有修改過。」

柏斯聽了點點頭：「妳不想斬釘截鐵地說這絕對不是他寫的？」

珊卓想了一下：「或多或少是這樣沒錯。」

「為什麼？」

「兩個原因：其中之一是按照情況推測，那故事顯然不是奧林寫的，問題是奧林為何不肯坦白說不是他寫的呢？你又何必問我的意見呢？第二個原因是個人的專業意見，我跟各式各樣人格異常的患者說過話，知道第一印象往往不可靠。精神病患者表面上可能很迷人，偏執狂表面上可能很理智。奧林的言行舉止可能是後天學會的反射動作，甚至是蓄意欺騙也不一定。他可能希望我們覺得他很笨。」

柏斯給她一個怪異又隱晦的微笑，珊卓看了很不舒服。柏斯說：「很好，很棒，那故事內容呢？妳有什麼看法？」

「文學評論我也不在行，我把它當成病人寫的東西，發覺身分占很大的比重，尤其是多重身分。故事裡有兩個第一人稱的敘述者，其實應該說是三個，因為那個女人不確定自己到底是誰。那個男人的過去等於是一片空白。再說那個故事提到假想智慧生物，提到人類有可能跟假想智慧生物互動，實在很誇張。在現實生活，有人要是自稱能跟假想智慧生物說話，那就是得了精神分裂症。」

「妳的意思是說如果這真是奧林寫的，那他可能有精神分裂症？」

「不是不是，不是這個意思，我只是說那份文件可以這樣解讀。其實我第一眼看到奧林，就覺得他可能有自閉症。也是因為這樣，我才不敢一口斷定不是他寫的。高機能自閉症患者雖然社交相當困難，不過，寫起文章來常常是滔滔不絕，有條不紊。」

「好。」柏斯若有所思地說，「好，妳的意見很有用。」

餐點送來了，柏斯點的是總匯三明治跟薯條，珊卓的彩虹雞肉沙拉不太新鮮，不怎麼好吃，她吃了一兩口就慢下來了。她在等柏斯說些比「好」更有內容的話。

柏斯擦去上唇的一點美乃滋：「我覺得妳說的很有道理，妳沒有講一大堆精神病學術語。」

「太好了，謝謝，你要**投桃報李**啊！現在該你說明了。」

「妳先看看這個。」他把馬尼拉紙信封推到珊卓面前，「這是文件的另一部分，不是抄本，是原件的影本，有點不容易看，不過應該可以看出更多東西。」

那個信封很鼓，當然珊卓也不是不想拿，她的專業好奇心已經點燃了。她只是覺得很討厭，柏斯還是不肯說清楚他要她怎樣。「謝謝你。」她說，「可是……」

「我們待會兒再談比較方便。今天晚上好不好？妳有空嗎？」

「我現在就有空，我的沙拉都還沒吃完。」

柏斯壓低聲音：「問題是有人在監視我們。」

「你說什麼？」

「塑膠榕樹後面的座位上那個女的。」

珊卓歪著頭看，差點笑出聲來：「噢，天啊！」現在換她壓低聲音了：「那是華特摩爾太太，是國家照護的，她是病房護士。」

「她跟蹤妳到這裡？」

「她是無可救藥的愛管閒事，不過我覺得一定是湊巧。」

「唔，她很關注我們說話的內容啊！」他把手掌放在耳邊，做出偷聽的樣子。

「她會這樣很正常……」

「那今天晚上？」

珊卓心想，我們也可以坐另一桌，不然小聲說話也可以。不過珊卓沒開口，因為柏斯可能是在找藉口再跟她見面。她也不知道該怎麼想。柏斯對她來說到底算什麼？是同事，同志，還是他們可能成為好友，甚至談起戀愛（華特摩爾太太八成是這麼想的）？情況實在是渾沌不明，不過這樣或許也很刺激。珊卓自從跟安迪·布頓分手之後，一直都沒和別人交往。安迪·布頓也是國家照護的醫師，去年組織縮編的時候被裁掉了。分手之後，珊卓的生活除了工作還是工作。「好！」她說，「今天晚上見。」她看到柏斯臉上的微笑，覺得比較安心：「可是我午休時間還有一小時。」

「那我們聊點別的吧！」

結果他們就開始聊起彼此。

他們把人生經歷攤在對方眼前。柏斯的經歷是這樣的：爸爸是印度籍風力渦輪發電機工程師，父母的婚姻並不幸福。他在印度孟買出生，五歲之前都在那裡生活（難怪他舉手投足跟口音都不太一樣，比德州人稍微斯文一些）。他回到休士頓唸小學，後來心中充滿他所謂的「媽媽對不公不義的敏銳嗅覺」，在休士頓警察局積極招兵買馬的時候順利進入受訓。他用幽默的口吻說著自己的經歷，珊卓覺得這樣的條子很少見。也許她之前遇到的條子都不正常，柏斯才是正常的。珊卓也把自己人生經歷的完整版（坦白說應該是「審慎修訂版」）攤開在柏斯面前：她在波士頓的家人、唸醫學院，還有在國家照護工作。柏斯問她為何選擇現在的職業，她只說她想幫助別人，絕口不提她自殺身亡的父親，還有哥哥凱爾的遭遇。

他們喝著咖啡，聊到一些枝微末節。珊卓離開餐廳，還是不確定這頓飯到底是專業討論，還是男女之間互秤斤兩？她也不曉得她希望是哪個。她覺得柏斯至少表面看起來很吸引人，不只是他的藍眼睛、柚木色皮膚而已，還有他說話的模樣，話語好像是從他內心深處一個平靜又理智的地方發出來的。他對她也很有興趣，還是她想太多了？可是……她的人生需要這一段嗎？

更不用說國家照護那一票缺乏八卦材料的員工一定會拿她的事情閒磕牙，華特摩爾護士比她早半個鐘頭回去上班，想必有足夠的時間可以昭告天下珊卓跟一個條子共進午餐。珊卓踏進國家照護，就得到櫃台幾個護士心照不宣的眼神，還有似笑非笑的表情。真衰，不過華特摩爾是一股大自然的力量，就跟潮浪一樣銳不可當。

別人聽珊卓的八卦，珊卓當然也會聽別人的八卦。珊卓知道今年四十四歲的寡婦華特摩爾跟四位前任病房主管中的三位都上過床。珊卓在員工餐廳遇到的一位護士偷偷跟她說：「誰不曉得那女的是什麼貨色，妳知道嗎？最近她休息時間都跟康格里夫醫師在一起。」

珊卓快步走到辦公室，把門關上。她還有兩份個案摘要要寫。她慚愧地看了檔案一眼，把檔案推到一邊。她從皮包拿出柏斯給她的信封，拿出一疊印著密密麻麻文字的文件，開始閱讀。

ᔓ ᔓ ᔓ

她那天晚上再見到柏斯，心裡又裝滿了一堆問題。

這次是柏斯挑的館子，是北區的一家主題酒吧，有肉餡薯餅、英國健力士黑啤酒，綠色的餐巾紙上還有豎琴的浮雕圖案。珊卓到的時候，柏斯已經到了。珊卓看到同桌還有另外一個女人，嚇了一跳。

那個女人穿著有點破舊的藍色碎花洋裝，瘦到非常憔悴的地步，心情似乎是緊張又憤怒。珊卓走近那一桌，那女人小心翼翼盯著她。

柏斯連忙站了起來：「珊卓，這位是愛瑞兒．馬瑟，奧林的姊姊。」

第六章　特克的故事

一

我被抓的那段時間，有時會搞不清楚我究竟想死還是想活？我這輩子到現在，從我多年前闖下滔天大禍離開休士頓，到我在赤道洲沙漠醒來，不曉得這樣的人生有什麼意義，就算有，我也看不出來。但是現在盲目的生存欲望又在我心中翻湧。我看著一批又一批的巴克斯飛行船開始有條不紊地屠殺叛亂的農民，唯一的念頭就是到安全的地方。

二

我們在山坡上，從車子裡看見巴克斯核心四周沒有樹木的平原上演世界末日的慘劇。警報一響起，農民部隊就開始撤退。他們一看到逼近的飛行船，就放下克難長矛，隊形也亂掉了，巴克斯戰鬥機還是殘酷地、像獵食的猛禽一樣掠過農民軍團。戰鬥機用的武器我沒見過，戰鬥器射出像火一樣的波前，橫掃戰場之後就像夏季的閃電一樣消失，留下一條條圓錐形悶燒的土壤，還有焦黑的屍體。這種武器發出的聲音是地震爆發，強烈到我的胸部都能感覺到。戰爭警報像悲痛的巨人般繼續哀嚎。

有那麼一會兒的時間，我們在山上這裡好像很安全。接著一架戰鬥機在我們身邊傾斜飛行，好像在打量我們，一陣風傳來黑煙與燃燒人肉的臭味。我們的護衛隊一哄而散，跑向樹林，挖土的邱伊倒是沒跑，好像動彈不得。我看到他的眼神，他顯然很害怕。我向他伸出被綁住的雙手，希望他能明白我的意思：**別把我們像待宰豬公一樣扔在這裡。**艾莉森用巴克斯語講了幾句求情的話，這裡噪音太多了，幾乎聽不見。

挖土的邱伊轉過身去，不理我們。

我大叫：「**給我們鬆綁，你這個臭癟三！**」他當然聽不懂英語，不過還是停下腳步，轉過頭來，害怕到瞪著我看。他把車門的門栓弄掉，用手上的刀子把我們身上的繩子割開。他匆匆用刀畫了兩下，先替艾莉森鬆綁，再替我鬆綁。刀鋒割到我的手腕，我不在乎，我既害怕又感激。

艾莉森嘟噥了一個巴克斯語的詞，大概是說「謝謝」。我沒辦法翻譯挖土的邱伊的回應，不過那聽起來就是「去死吧」，應該不會錯。

在下面的平原，大屠殺還在持續。人肉燒焦的臭味實在太濃，弄得人想吐。挖土的邱伊跟在同夥後面，打算跑進樹林，這時候一道陰影遮蔽了遠方的巴克斯核心的燈光，他停下腳步。那道陰影是巴克斯的一艘飛行船，就在他頭上，愈飛愈低，愈飛愈低。突然間我們四面八方都有光，亮到連空氣都像粉刷過了一樣。一個經過擴音器放大的聲音用巴克斯語喊出我聽不懂的命令。「不要動。」艾莉森說，把手放在我的手臂上，「不要動。」

꩜ ꩜ ꩜

是我們的衣服救了我們，我們油膩膩、沾了血、破破爛爛的黃色套衫救了我們。

網絡已經修復了，如果艾莉森的節點完好如初，一定會讓巴克斯軍隊知道我們的存在。但是農民摧毀了她的節點，我身上又從來都沒節點，所以在巴克斯軍隊眼裡，我們應該跟戰場上其他人沒兩樣。

當然我們的衣服不太一樣，我們的衣服裡有極小的無線電頻率標牌，能辨識出我們是赤道洲收復任務的生還者（至少能辨識出我們的衣服），這就夠救我們一命了。飛行船往下降落，一道門掀開了，穿著軍服的軍人跳出來，在我們身邊圍起封鎖線，手上的武器瞄準我們。

挖土的邱伊也被困在封鎖線裡。他似乎明白他只有投降一條路，他跪在地上，雙手放在頭上，這種姿勢在一萬年前（或者兩萬年前）隨便一個戰場上都很常見。艾莉森結結巴巴地解釋，也許是在拜託，那群巴克斯軍人的武器還是對準我們。

他們很快溝通了一下，那群軍人指了指他們的飛行船。「他們要帶我們去巴克斯核心。」艾莉森說。聽得出來她是鬆了一口氣。「他們不確定我說的是不是實話，不過他們知道我們不是農民。」

他們也很確定挖土的邱伊就是農民，一位軍人拿著武器對準他的頭。

我說：「妳跟他講，除非他把槍放下，不然我哪裡也不去。」

我們四面八方都已經血流成河，再多殺一個挖土的邱伊好像也沒什麼大不了的。但是他畢竟是冒著生命危險放了我們（雖然心不甘情不願），我不想看著他被處死。

艾莉森用奇怪的眼神看著我，不過她倒是把我的脾氣掂量得很清楚，她大聲把我的話翻譯給他聽。

那位軍人在遲疑。我往前站，抓住挖土的邱伊的前臂，把他整個人拉起來。我的手感覺得到他在顫抖。「快跑！」我跟他說。

艾莉森把這兩個字翻譯給他聽。挖土的邱伊一聽就懂了，他衝向森林還沒燒起來的區域。那群軍人聳聳肩，放他走了。

我這樣做，讓他多活了一點時間，也就只有一點時間。

ᔕ　ᔕ　ᔕ

飛行船帶著我們飛過殺戮戰場，飛過城牆，到巴克斯核心一座塔上的停機坪。短暫的飛行途中，那群巴克斯軍人想必已經確認了我們的身分。他們一聲不吭商量過後，對我的態度轉為尊敬，就連跟艾莉森說話語氣都充滿憐憫。飛行船還沒靠岸，我們就拿到了新衣服（是全新的套衫，這次是藍色的）。有位顯然是軍醫的軍人塗了厚厚一層鎮痛的藥膏在我的手腕上，就在挖土的邱伊為我鬆綁時把我砍傷的地方。這位軍醫也想看看艾莉森拿掉節點留下的傷口，艾莉森倒退幾步，對他咆哮。他們給我們乾淨、涼爽的水喝，真是一大享受。

停機坪是個颳著大風的屋頂。我們走出飛行船，軍人把我們送到一間巨大的電梯樓。艾莉森在門口突然不肯往前走，問帶頭的軍人一個問題，聽到對方的回答，艾莉森瞪大了眼睛。她又開口說話，對方三言兩語打發她。他們說話好像在吵架，後來那軍人總算氣呼呼點頭。

「我們現在的位置差不多就是穿越拱門的中間點。」艾莉森對我說，「網絡估計如果我們會跨越拱門的話，那大概還有二十分鐘左右就要跨越。跨越之前我要待在這裡。」

我搞不懂她幹嘛這樣，我們在停機坪上也好，在下面比較舒服的地方也罷，巴克斯都一樣會跨越拱門到地球啊！

「我不管。」她壓低聲音對我說，「我要在這裡看。我跟他們說你也想看。他們才不管我要幹嘛，你可是入門人，他們不敢怠慢你。」

軍人把我們送到封閉的陽台，比降落的地方低一層，一樣居高臨下。我們兩個站在那裡，活像兩個髒兮兮，身上還沾了點血的稻草人，凝視著在小小的赤道洲月亮下閃著微光的巴克斯島和遠方的海洋。農民接連死亡（這個時候應該都死光了）的田地煙霧繚繞，在我們身後逐漸散去，我們眼前的天空繁星密布，萬里無雲。戰鬥機已經盤旋飛回基地。

艾莉森跟距離最近的一個軍人說話，又把她的問題和軍人的答案翻譯給我聽。你覺得巴克斯真的會跨越拱門到地球嗎？會的，一定會的，預言已經實現了，入門人跟我們在一起。那入門人已經到了巴克斯核心，巴克斯核心怎麼還會被轟炸？那是運氣不好，飛彈會穿透巴克斯的防線是運氣不好，那場攻擊毀壞了巴克斯核心的重要基礎設施也是運氣不好，獲救的入門人會距離轟炸點那麼近，那是運氣太不好了。

我不知道有多少「其他人」從赤道洲沙漠被帶到這裡，不過那個混血男孩艾沙克．杜瓦利應該也在其中，大概還有他媽媽，也許還有一兩個剛好在附近的倒楣老百姓。飛彈把他們都炸死了嗎？

「只有一個活口。」艾莉森翻譯給我聽。

「是誰？」

又翻譯了一些。

「年紀最小的那個。」

想必是男孩艾沙克。

「可是他身受重傷。」艾莉森說，「他差點沒命了。」

「這樣就能吸引假想智慧生物注意？你覺得他們光是認出一個受傷的男孩，還有一個搞不清楚狀況的前任水手，就會把關閉的拱門打開，把我們送到地球？」

這個問題用不著艾莉森回答，天空出現一片綠光，這就是答案。

§ § §

三

之前在赤道洲海洋是晚上，現在在地球是白天。

跨越拱門是突然發生的，簡單到有點可怕，就像我第一次駕駛老舊的運輸飛機，從蘇門答臘飛到赤道洲一樣。我覺得有一點點沉重，地球比赤道洲稍微大一些，不過這種感覺就跟身在上升的電梯一樣，也不會比較恐怖。其他的變化就比較明顯了。

我們看著陰鬱的白晝。在巴克斯島沿岸之外，一望無際的海水平坦又油亮。天空是一種難看的綠色。

「天啊，**不會吧！**」艾莉森低聲說。

那群軍人呆呆看著。

「毒氣。」她說，「都是毒氣……」

戰爭警報停止嚎叫。在一片沉默中，巴克斯軍人站在那兒出神，彷彿聽著我聽不見的聲音，也許他們就是在忙這個，在請示網絡、請示上級。

其中一位軍人跟艾莉森說話。艾莉森跟我說：「人家要我們下去，就算是入門人也得下去，巴克斯核心要封鎖了。」

我們轉身離開之前，我看了城牆後面空曠的土地最後一眼。那群農民的屍體動也不動地躺在燒黑的草地上，醜陋的綠光照著他們。裡面有幾個生還者在走動。我從這麼高的地方看，都能看到他們嚇壞了，一副手足無措的樣子。我問艾莉森，能不能好歹放幾個人進來，關進監牢。

「不行。」她說。

「空氣不是有毒嗎……」

「人家要救**我們**就該偷笑了。」

「外面大概有好幾百人，這樣是放他們去死。」艾莉森面無表情點點頭。我說：「這裡當家的人難道不會良心不安嗎？」

她用奇怪的眼神看了我一眼：「巴克斯是大腦邊緣民主國家。」她說，「全國只有一個良心，叫做領導，領導才不在乎農民死了幾個。」

第七章　珊卓與柏斯

「這位是珊卓．柯爾。」柏斯說，「是奧林在國家照護的醫師。」

「唔，我也不算是他的醫師啦！」珊卓覺得中了埋伏似的，愛瑞兒用冰冷堅硬的眼神看著她，珊卓話還沒說完就沒聲音了。愛瑞兒非常瘦削，個子也很高。她人是坐著，頭卻幾乎和珊卓的頭一樣高。她一定比奧林高出一大截，她跟奧林一樣臉很瘦，也有明亮的棕色眼睛，但是她完全沒有奧林的那種陰險猶疑，她一瞪眼可以把一隻貓瞪瞎。

「妳把我弟弟關起來啦？」

「不是，不是這樣的……他現在正在接受評估，看看要不要加入德州國家照護的成人照護計畫。」

「什麼意思？他到底能不能出來？」

顯然這女人要的是直截了當的答案。珊卓就坐下來給她個回話：「不行，他不能出來，至少現在還不行。」

「愛瑞兒，別擔心。」柏斯說，「珊卓跟我們是一國的。」

原來還要分**敵我陣營**啊？顯然還真的有分，顯然珊卓已經被分好了。

被嚇到的侍者扔下一籃麵包就趕快落跑。

「我只知道，」愛瑞兒說，「**這個傢伙**打電話給我，說奧林因為被人家揍了一頓，就被關在牢裡了，原來在德州被打也犯法啊……」

「他是被拘留。」柏斯說，「這是為了保護他。」

「好吧，就算**拘留**吧！他問我願不願意來接他，唔，他是我的小弟弟，我花了半輩子時間照顧他，從他出生一路照顧到現在。我當然要來接他啦！現在我又發現他沒在監獄裡，在一個叫做**國家照護**的地方。柯爾醫師，妳說妳在那裡工作？」

珊卓花了一點時間整理思緒，在愛瑞兒冰冷的目光下從容不迫地在麵包上塗奶油。「我是判斷要不要收容病患的醫師，沒錯，我在國家照護工作，柏斯把奧林帶來的時候，我跟奧林談過。妳知道國家照護運作的方式嗎？我想跟北卡羅萊納州應該不太一樣。」

「柏斯先生說瘋子都是關在那裡。」

珊卓真希望柏斯沒說過這話：「其實是這樣，貧窮的人，沒有固定住所也沒有固定收入的人被警察逮捕，就算沒有犯罪，也有可能被還押到國家照護，特別是警方覺得這個人放回街頭可能會有危險。馬瑟小姐，國家照護不是關人的地方，也不是精神病院。人送到這裡都要經過七天的評估期，我們會在這段時間評估這個人需不需要住在這裡，接受我們所謂的『留置生活輔導』。七天結束之後，這個人可能會出院，也有可能被判定需要醫療，繼續住院。」她知道愛瑞兒大概聽不懂這些術語，更糟的是珊卓根本就是把國家照護給病患家屬的三頁手冊內容背出來而已，可是不這樣還能怎麼解釋？

「奧林不是瘋子。」

「我親自跟他訪談過，我也覺得他不是瘋子。不管怎樣，沒有暴力傾向的病患只要有家人願意收留，這個家人又有收入、有固定住址，病患就可以出院。」她賞柏斯一眼，柏斯早就應該把這些解釋給愛瑞兒聽：「只要妳能證明妳是奧林的姊姊，我們只要看駕照跟社會安全卡就可以了，只要妳能證明妳有工作，願意簽署幾份文件，我們很快就能讓奧林跟妳回家。」

「我也是跟愛瑞兒這麼說。」柏斯說，「其實我還打電話給國家照護說我們要把文件送過去了，可是有個問題，妳的長官康格里夫醫師說奧林今天下午出現暴力行為，說是毆打一個護理員。」

珊卓眨了一下眼睛：「真的假的？我完全沒聽說有暴力事件。奧林打人？我真的沒聽說。」

「事情很**簡單**，就是**胡說**。」愛瑞兒說，「任何人只要跟奧林說上一兩句話，就會知道這是胡說。奧林這輩子沒打過人。他要打死一隻蟲都還會先說抱歉哩！」

「說他打人可能是胡說。」柏斯說，「可是現在要放他出院就更困難了。」

珊卓還在想奧林打人的問題：「我實在不覺得奧林會打人。」不過話又說回來，她對奧林到底了解多少？她只跟他訪談過一次，之後又聊過一次而已。「你剛剛說什麼？你說康格里夫說謊啊？他幹嘛說謊？」

「要讓奧林繼續關。」愛瑞兒說。

「是啊，可是幹嘛要繼續關他？我們已經經費不足，人手不夠了。通常我們如果能把病人交給家屬，那是最好的結果了。對病人好，對我們也好。其實我覺得康格里夫會來這裡工作，是因為董事會覺得他能降低國家照護的病患人數。」珊卓在心裡加了一句「不管他的手段道不道德」。

「我覺得，」愛瑞兒說，「妳認為妳很了解你們單位，也許妳不見得了解。」

柏斯咳了一聲：「我們要知道珊卓是來幫我們的，我們想替奧林爭取合理待遇，只能靠她了。」

「我看看能不能了解一下這個事情，我不知道**能不能幫上忙**，但是馬瑟小姐，我會儘量試試看。能不能請教妳一些關於奧林的問題？我愈了解奧林的背景，就愈能處理這個案子。」

「我都跟柏斯先生說過了。」

「妳應該不介意再說一次吧？我想知道的事情跟柏斯先生不太一樣。」應該說很不一樣，顯然珊卓還沒有完全了解傑弗森．安瑞特．柏斯。珊卓問：「奧林是不是從小到大都跟妳住在一起？」

「是啊，直到他那天搭公車去休士頓。」

「妳是他姊姊，那你們的爸媽呢？」

「我跟奧林不是同一個爸爸，我們的爸爸都去世了。我媽叫丹妮拉．馬瑟，我十六歲她就去世了。她很努力照顧我們，可是她老是搞些亂七八糟的事情。到後來她染上毒品。染毒又加上遇人不淑，妳知道我的意思吧？她死了以後就只剩我一個人照顧奧林。」

「照顧他很辛苦嗎？」

「可以說是，也可以說不是。他不需要人家一直盯著他。他獨處時一向很自在，可以一個人看看圖畫書什麼的。他小時候也不怎麼哭。只是他在學校實在很遜，媽媽只要帶他上學他就哭個沒完，所以他大部分時間都待在家裡。他也不會自己找東西吃，如果沒有一天兩次把飯端到他面前，他就乾脆餓肚子。他這個人就是這樣。」

「也就是說他跟別的小孩不一樣？」

「當然不一樣，不過如果妳的意思是說他是智障，那我得把話說清楚，他絕對不是。他會寫字，也識字。如果有人賞他飯吃，他也一定可以把工作做好。他前一陣子在拉雷當過夜班警衛，柏斯先生跟我說他在這裡也有工作，只是後來被開除了。」

「奧林有沒有幻聽、幻覺的毛病？」

愛瑞兒雙手抱胸，橫眉豎眼：「我都跟妳說了他不是瘋子，他只是很有想像力而已。他很小的時候就這樣，會拿他的玩具動物之類的東西編故事。有時候我看到他盯著電視看，電視根本就沒開，什麼畫面都沒有，他卻好像看到精采的節目一樣。他還會看著天空上的雲飄過來飄過去。下雨天他就看窗戶，他就喜歡看這些，這並不表示他不正常，我不覺得這樣就是不正常。」

「我也不覺得他不正常。」

「他有沒有幻聽、幻覺有差嗎？妳只要把他放出來就好啦！」

「要我把他放出來，**要我能夠**把他放出來，只有一個辦法，就是要讓我的同事相信奧林不會回到街頭又挨揍。妳跟我說的這些很有用。我想柏斯先生也是因為這樣才安排我們碰面吧！」珊卓又斜著眼看了柏斯一眼：「妳說奧林從來不會攻擊別人？」

「奧林碰到衝突會用手摀著耳朵跑掉，他是害羞，不是暴力。我媽每次帶男人回家，他都覺得很尷尬。碰到這種時候他都會躲起來，尤其碰到爭執、不愉快的事情他就更會躲起來。」

「不好意思，我得問個比較失禮的問題，妳媽媽會打奧林嗎？」

「她有時候嗑了藥會不太正常，尤其到了後來更嚴重。她會鬧事，不嚴重就是了。」

「妳剛才說奧林喜歡說故事，他會寫下來嗎？他有沒有寫日記？」

愛瑞兒聽到這個問題似乎很驚訝：「不會，從來不會，他字寫得很漂亮，不過他很少寫字。」

「他在拉雷有女朋友嗎？」

「沒有，他碰到女人都忸忸怩怩的。」

「他會因為這樣煩惱嗎？會不會討厭這個毛病？」

愛瑞兒聳聳肩。

「好了，愛瑞兒，謝謝妳耐心回答。我本來就覺得奧林不需要住院，聽妳剛才說的就更確定了。」珊卓心想，只是妳說的又帶出一些疑點。

「那妳可以放他出來囉？」

「沒那麼簡單，我們還得釐清今天下午到底發生了什麼事，會讓康格里夫說奧林有暴力行為，當然我會盡力讓他回家。」珊卓想起一件事：「對了，奧林當初為什麼離開拉雷？又怎麼會到休士頓來？」

愛瑞兒遲疑了一下，整個人還是像紡錘一樣僵硬，好像她全身上下的威嚴都鑽進脊椎了。「他有時候會有情緒……」

「怎樣的情緒？」

「嗯……他平常看起來都比實際年齡還要年輕，妳大概也注意到了，只是他偶爾會有情緒……他情緒怪怪的時候，看起來一點都不年輕。他看人的表情好像可以把人看穿，感覺他的年紀好像比星星月亮加起來還要大，好像遠處的一陣風穿過他的身體，奧林情緒怪怪的時候，我媽都是這樣說他。」

「他到休士頓來，跟這個有關係嗎？」

「他那時候就是有情緒，我不曉得他是不是故意要到德州。他沒跟我提一個字，只拿了我的五百塊錢，那是我存起來要買新車的錢，他趁我出門上班從我櫃子抽屜拿走了。他請我們鄰居波斯迪克太太載他到公車站。波斯迪克太太說他沒拿行李，就只帶了一本舊筆記本還有一枝筆。她想奧林大概是要去公車站跟別人碰面，奧林也沒否認。她把奧林放在車站，奧林一定是買了車票，搭上州際公車。他離家前幾天就怪怪的，都不講話，就看著遠方。」愛瑞兒打量了珊卓一眼：「希望我這話不會改變妳對他的看法。」

珊卓心想，我對他的看法現在更複雜了，不過她還是搖搖頭，不會不會。

∽ ∽ ∽

愛瑞兒今天一大早就到市區了。柏斯帶著她住進汽車旅館，本來他們還要去國家照護的，後來沒去成，她忙到連打開行李的時間都沒有。她精疲力盡，跟柏斯說她晚上要好好睡一覺：「還是要謝謝你請我吃晚餐，幫我這麼多忙。」

「我還得跟珊卓商量幾件事。」柏斯說著，請侍者替愛瑞兒叫計程車：「愛瑞兒，趁車還沒來，能不能再問妳一個問題？」

「儘管問。」

「奧林到了休士頓以後有沒有跟妳聯絡？」

「他打過一次電話，跟我說他很好。他離家我都氣瘋了，我罵了他一頓，他就把電話掛了，後來我也很後悔，我不該吼他的，吼他一點用都沒有。過了一個禮拜我收到他的信，他說他工作很穩定，希望我不會生他的氣。我想回信，可是他沒有寫他的地址。」

「他有沒有提到他在休士頓哪裡工作？」

「我印象中是沒有。」

「沒有提到倉庫嗎？沒有提到一個叫芬雷的男人？」

「沒有，這很重要嗎？」

「大概不重要，謝謝妳，愛瑞兒。」

柏斯跟愛瑞兒說他明天會打電話告訴她事情的進展。愛瑞兒起身，下巴抬得高高的走向餐廳門口。

「怎麼樣？」柏斯說，「妳覺得怎樣？」

珊卓堅定地搖搖頭：「喔，不行，不行，除非你先回答一兩個問題，不然別想聽我的意見。」

「沒問題，那個，我得搭車回家，我是跟愛瑞兒坐計程車來的，能不能拜託妳載我回家？」

「應該可以……柏斯，你要是敢耍我，我發誓我會把你扔在路邊。」

「成交！」柏斯說。

ᔕ ᔕ ᔕ

珊卓這才發現原來柏斯住在西貝爾特附近的一個新開發住宅區，跟珊卓家並不順路，而且還有點遠，不過珊卓倒是無所謂，她可以利用這段時間整理一下思緒。柏斯坐在駕駛座旁邊的座位上，耐著性子，雙手放在大腿上，安安靜靜看著珊卓駛入車陣。這天晚上又是酷熱難耐，汽車空調搏命演出。

珊卓說：「這顯然不是警察的正規業務。」

「怎麼說？」

「唔，我不是專家，不過從你那天把奧林送到國家照護，我就看出來你對他的興趣非比尋常。我又看到你把計程車錢塞給愛瑞兒，你難道不需要收據？說到這個，你應該在市中心偵訊她才對吧？」

「市中心？」

「在總局之類的地方啊！電影裡面不都是說『市中心』嗎……」

「喔，**那個**市中心啊！」

珊卓紅了臉，不過還是說下去：「還有，我們在國家照護每天都會跟休士頓警局送來的人說話，這些人很多都比奧林難處理多了，不過有些也跟他一樣害怕、一樣脆弱。我是醫師，不管遇到誰都要拿出專業醫師的樣子。至於那些把人送來國家照護的條子嘛……對他們來說把人送到就是搞定苦差事了。條子對那些送到我們這裡來的人一點興趣也沒有，除非牽涉到法律程序，不然**從來沒有**條子會追蹤後來的情況。你就不一樣了，你好像真的關心奧林。我們先不要說奧林寫的東西，也不要說我對他姊姊的意見，先來說說你為什麼這麼關心他吧！他的事情跟你有什麼關係？」

「也許我只是剛好很喜歡他，也許我覺得他是被惡整了。」

「被誰惡整？」

「我也不知道，如果說我沒有完全坦白，那也是因為我不想把妳扯進來，搞不好會有危險。」

「你真體貼，不過我已經扯進來了。」

「要是我們搞砸了，妳可能會丟了工作。」

珊卓雖然很擔心，還是笑了出來：「這一年來我每天都有點希望被開除。全國上下每一家醫院都收到了我的履歷。」她說的是實話。

「有錄取通知了嗎？」

「沒有，還沒。」

柏斯低頭看著夜色中的公路：「唔，妳說得對，妳剛才說得沒錯，我做的不是標準的警察業務。」

全世界的警方與維安人員在時間迴旋期間都備感困擾，尤其是在那恐怖的結尾，星星再度出現在夜空，還有五年來老了四十億歲的太陽像一道末世的血腥旗幟跨越子午線。那時候就像世界末日。好多好多警察拋下勤務，和家人一起度過最後的時光。後來大家發現世界不會滅亡，假想智慧生物會把射向地球的輻射過濾掉一些，降低到可以容忍的程度，讓地球至少苟延殘喘一段時間。雖然政府大赦警察，很多擅離職守的警察還是待在家裡。大家的人生都不一樣了，看不到從前的模樣，也無法回到原先的樣貌。

政府又招募一批新的警察，有些只是勉強合格。二十年後柏斯當上警察，當初勉強及格的菜鳥很多都成了警界高層。柏斯發現休士頓警察局充滿內部鬥爭，老鳥和菜鳥也勢同水火。他那本來也就不怎麼樣的職業生涯前進速度可比蝸牛。

他跟珊卓說，問題在於休士頓警察局是一片腐敗，禍根早在邪惡橫行、良善泯滅的那些年就已種下。來自赤道洲的大量石油只是讓問題更嚴重。表面上看來休士頓是個乾淨的城市，休士頓警察局掩蓋竊案與輕微暴力案件頗有成效。如果說休士頓表面上風平浪靜，私底下卻是贓物與來路不明的金錢四處流竄……當然，那休士頓警察局也能保證沒有人會注意。

柏斯一向很謹慎，不涉足陰暗的角落、拒絕可疑的任務，自願做些苦差事，甚至把升遷的機會拒於門外，所以局裡的人都覺得他不知變通，甚至可以說是愚蠢。不過他從來不批評同僚，所以大家也覺得他還算有用。他整天在小事情上孜孜不倦，積極進取的同僚就可以騰出手來做些能撈油水的事情。

「所以你是明哲保身。」珊卓說，她這話純粹是表達意見，不是讚美。

「我儘量，我不是聖人。」

「你應該去找，嗯，更高的高層，去揭發腐敗……」

柏斯微微一笑：「不是我要唱反調，但是真的不行。在休士頓，錢和權是分不開的。更高的高層是最黑的一群。在十字路口右轉，路燈這裡左邊第二棟是我家。妳如果還想聽我說下去，可以到我家。我很少招待客人，不過我應該有一瓶酒可以開。」柏斯這回幾乎是羞怯：「不知道妳有沒有興趣。」

珊卓接受邀請，不只是因為好奇，應該說她不是只對奧林．馬瑟還有休士頓警察局感興趣。她對傑弗森．柏斯這個人是愈來愈感興趣了。

∽　∽　∽

柏斯這人顯然不太喝酒。他拿出一瓶滿是灰塵的無牌西拉葡萄酒，大概是人家送他的，擺在廚房櫃子裡很久了。珊卓跟他說啤酒就可以了。柏斯的冰箱裡有不少可樂娜啤酒。

柏斯住的是一個房間的大樓，屋裡陳設很樸素，還算整潔，看得出來雖然沒有天天打掃，最近也打掃過了。柏斯住在三樓，並不算高，卻能看到休士頓一部分的天際，那些在時間迴旋之後立起的俗豔高塔看起來像隨機點亮的窗戶構成的大型像素板。

柏斯遞給珊卓一瓶冰啤酒，在她對面的躺椅坐下，那個躺椅年輕的時候應該不是這副模樣。柏斯說：「貪污腐敗都是為了金錢，當然，還有一樣比金錢更重要的東西。」

「那是什麼？」

「生命，長壽。」

他說的是火星人藥品生意。

珊卓唸醫學院的時候，跟一個主修生物化學的女生當室友。這位室友對萬諾文帶到地球的火星人長壽療法好奇到極點。這種藥能延長壽命，火星人又添加了改造神經系統的效果。她認為只要政府開放樣本讓外界分析，就能將這兩種藥效分離開來。政府一直沒有開放，認為這個藥品太危險，不能公開販售。珊卓的室友後來踏上傳統的職業生涯，她當初對火星人藥品的推測倒是成真：藥品樣本從美國國家衛生研究所實驗室流入黑市。

火星人認為長壽會帶來智慧，也會帶來一些道德義務，於是就根據這個想法設計藥品。遠近馳名的「生命的第四階段」，成年期之後的成年期，會讓大腦產生一些變化，會降低人的攻擊性，增加同情心。

珊卓覺得這個點子不錯，但是很難賣錢。後來黑市份子破解了生化密碼鎖，開發出更好的產品。現在只要有一大筆錢，又有門路，就可以買到二三十年的壽命，還能避免同情心暴增的尷尬副作用。

這當然都是非法勾當，卻能賺取暴利。上個禮拜聯邦調查局才在博卡拉頓關閉了一個藥品銷售集團，那裡一年經手的現金比大部分的五十大企業還多，這還只是市場的一小部分而已。柏斯說得對，對某些人來說，到最後生命的價值就等於他們得付出的金錢。

「長壽藥很難製造。」柏斯說，「這種藥又像是有機體，又像是分子。要有足夠的基因種子，要有夠大的生物反應器，還要有很多列管的化學物質與催化劑才行。所以要製藥，就得買通很多人。」

「也要買通休士頓警察局的人？」

「這也是合理推測。」

「你也知情？」

柏斯聳聳肩。

「總有人可以商量吧？這個，應該可以跟聯邦調查局、藥品管理局……」

「我想聯邦政府機關現在都沒空。」柏斯說。

珊卓說好吧，那這些跟奧林．馬瑟又有什麼關係？

「跟奧林這個人沒什麼關係，跟奧林工作的地方比較有關係。他在拉雷一下公車，就有一個叫芬雷的男人雇用他。這個芬雷有間倉庫，把進口商品儲存起來、運送出去，大部分都是些土耳其、黎巴嫩、敘利亞不知名的製造商做的廉價塑膠爛貨。他雇用的都是些非法移民還有臨時工。他不會要求人家提供社會安全號碼，發薪水都是付現。他安排奧林做些普通搬運工作，後來發覺奧林表現優異。芬雷所謂的表現優異就是準時上班，沒有醉醺醺的，而且聽得懂命令。奧林從來不抱怨，而且只要能按時領薪水，從來不會想換更好的工作。所以過了一陣子，芬雷就把他從日班換到夜班，讓他當夜班警衛。奧林從午夜到黎明通常都是拿著電話還有巡邏時間表關在倉庫裡面，只要每個鐘頭巡邏一圈，發現異常狀況拿起電話撥某個號碼就好了。」

「某個號碼？不是打給警察？」

「當然不可能打給警察，因為倉庫裡的東西除了很多壓模玩具跟塑膠廚具之外，還有可以用來製毒的化學物質，要送到黑市的生物反應器。」

「奧林知情嗎？」

「這個我不確定，他可能也起了疑心。反正芬雷一兩個月以前開除了奧林，大概是因為奧林對他們的運作細節太熟悉了。芬雷的黑市原料有時候會在下班時間運出去或者送進來，所以奧林可能看過一兩次。被開除對奧林來說是很大的打擊。我想他大概覺得自己是做錯事了，才會被懲罰。」

「他跟你說過這個嗎？」

「說過一點點，他很不願意說這個。他只說他沒做錯事，又說還不到該離職的時候。」

珊卓又向柏斯要了一瓶可樂娜啤酒，趁著柏斯去拿酒，珊卓想了想這些事情。聽完柏斯剛才說的，感覺事情更可疑了。珊卓決定只關注她真正了解，或者說能夠插手的部分，那就是奧林在國家照護的評估結果。

柏斯拿了一瓶酒回來，珊卓接了過來，馬上放在柏斯的咖啡桌上，桌上還有一圈咖啡漬呢！珊卓覺得柏斯需要一張新的咖啡桌，至少也該有一套玻璃杯墊。

「你覺得奧林知道的事情可能可以瓦解一個非法走私集團。」

柏斯點點頭：「如果奧林只是芬雷手下隨便一個臨時工，那什麼事也沒有。奧林可能會離開休士頓，不然就另外找工作，再不然就是消失在貧民堆裡，事情就到這裡結束了。問題是奧林被我們拘留了，事情就又浮出水面了，更糟糕的是我們問他的工作紀錄，他馬上就說他在倉庫做過六個月。他提起倉庫，當然會打草驚蛇，我想消息應該會傳到芬雷耳裡。」

「那些走私犯在怕什麼？怕奧林會洩了他們的底？」

「我剛才說聯邦政府機關都太忙了，沒時間處理休士頓警察局的貪腐問題，這是真話，不過政府一直都在調查長壽藥集團。現在奧林的姓名跟經歷都在資料庫裡，芬雷也好，芬雷上面的人也好，都怕他會變成證人。妳知道關鍵是什麼嗎？」

珊卓慢慢點頭：「他的心理狀態。」

「沒錯，如果奧林住進國家照護，就等於正式宣告他沒有能力作證。他的證詞等於無效。」

「這就有我的用武之地了。」珊卓啜飲著啤酒。她很少喝啤酒的，覺得啤酒的味道像舊襪子，不過冰冷的啤酒喝起來很舒服，她也很喜歡那種輕微的快感，那種微醺卻又讓思緒更清明的感覺。「只有一個問題，奧林的案子不是我負責了，我幫不了他。」

「我不是要妳幫他。也許我不該跟妳說這些，但是就像妳說的，總要投桃報李。而且我還是很想知道妳對奧林寫的東西的看法。」

「所以你認為他寫的東西是怎樣，是某種有暗碼的供詞嗎？」

「坦白說我根本不知道奧林寫的東西是什麼，雖然有提到倉庫……」

「有嗎？」

「有，妳還沒看到那一部分就是了，但是這個也沒辦法當成證據拿到法庭上。我只是……」柏斯似乎不知道該怎麼說，「可以說出於專業的好奇吧！」

珊卓心想，你是這麼說，但是你還有一大堆實話沒說：「柏斯，我看過你帶奧林來的時候的樣子，你不只是好奇而已。你好像是真的關心他，我的意思是說關心他這個人。」

「奧林送到國家照護的時候，我對他的了解稍微多一些了。我覺得他被惡整，他不應該受到這種待遇。他……唔，妳也知道他是怎樣的人。」

「很脆弱，很單純。」可是珊卓遇到的很多人都很脆弱，很單純，很多人都是這樣。「很討人喜歡，不過是有點恐怖的那種討人喜歡。」

柏斯點點頭：「他姊姊在餐廳說『一陣風穿透了他』，我不太明白她的意思，不過聽起來很像奧林。」

ᔕ ᔕ ᔕ

珊卓不知道她是什麼時候決定在柏斯家過夜，大概也不是在某一分某一秒做的決定，不是這樣的。她跟男人接觸的經驗並不多，和男人的親密關係就像一首緩慢的樂章，不是由言語開啟，而是由姿態開始。眼神交會，第一次的碰觸（她說話的時候把手放在柏斯的手臂上），他自然而然地走來坐在她身旁，大腿靠著大腿，好像他們已經認識了半輩子。珊卓覺得好奇怪，怎麼會這麼熟悉，他們共赴巫山，又怎麼會如此像是命中注定呢？他倆完全沒有初次雲雨的尷尬。珊卓覺得柏斯在床上應該很溫柔，果然沒錯。

她在柏斯身旁墜入夢鄉，一隻手垂在柏斯的臀部上。柏斯悄然起身，珊卓並未察覺，等到柏斯從浴室回來，珊卓依稀已經睡醒了，休士頓琥珀色的陽光從臥室窗戶照進來，有那麼一瞬間，陽光照亮了柏斯的身體。珊卓看見柏斯身上的疤痕，一道淡色的山脊，從肚臍下方開始，彷彿山路般沿著他的胸膛向上蜿蜒，伸向他的右肩。珊卓的指尖已經觸摸過那條疤痕。

珊卓想問柏斯那疤痕的來歷，柏斯一發現珊卓在看，馬上轉過身去，發問的時機就這麼溜走了。

ꕤ ꕤ ꕤ

沒有太多時間弄早餐，不過柏斯還是做了法式土司跟咖啡。他在廚房忙來忙去，用平底鍋熱奶油，打了幾個蛋，珊卓覺得他那駕輕就熟的模樣真好看。

那一夜珊卓想到一件事：「你不是幫聯邦政府機關做事，你也不算是幫休士頓警局做事，可是你也不是單槍匹馬。你是在幫**某個人**做事，對不對？」

「每個人都是替某個人做事。」

「你是幫非政府組織做事？還是慈善團體？或是偵探社？」

「我想我們該來談談這個。」柏斯說。

第八章　艾莉森的故事

一

我們跨過拱門到了地球，主管安排我們住進兩間相鄰的醫護室，接下來的兩天，我們大部分的時間都在睡覺。我的身邊一直都有一群護理員，我三不五時問他們特克怎麼樣了。他們說他很好，我很快就能跟他說話了，我再往下問，他們就不肯說了。

我當然需要休息，能夠醒來、睡覺、作夢然後又醒來，不用擔心自己小命不保，感覺實在不錯。顯然有些問題我遲早都要面對的，都是些大問題，不過我吞了些藥後，就感覺事情沒那麼急了。

我受的傷都是小傷，復原情況很好。我醒來的時候感覺不錯，肚子很餓，頭一次覺得不耐煩。我問床邊的護理員，他是個有一雙大眼睛，臉上始終掛著微笑的男人，我問他我要到什麼時候才能吃點扎實的東西，不用老吃蛋白質糊。

「要等到動完手術。」他淡淡地說著。

「什麼手術？」

「要給妳裝個節點。」聽他說話的口氣，顯然他是覺得他在跟智障小孩說話：「妳身上沒有節點，在野外求生一定很辛苦吧！網絡故障，我們都很難熬。好像一個人在黑暗中摸索。」他想起這段回憶還顫抖了一下：「今天我們一定會把妳修好。」

我馬上就說：「我不要。」

「妳說什麼？」

「我不要動手術，我不要把節點裝回來。」

他皺了一會兒眉頭，又擺出他那令人抓狂的微笑：「妳現在會焦慮是完全正常的。我幫妳調整一下妳的藥好不好？」

我跟他說我的藥完全沒問題，我就是擺明了不要動手術。根據巴克斯醫療協定，我有權利拒絕手術。

「這不是侵入性手術，只是修理而已啊！我看過妳的資料了，妳跟其他人一樣都是一出生就裝上節點了。崔雅，我們又不是在**改造**妳，我們是在**修復**妳。」

我跟他大吵好一陣子，不該說的粗話都說出來了，英語巴克斯語都有。他一開始很驚訝，接著就一語不發。他兩眼溼潤，一臉困惑走了出去。我想我應該是打了場勝仗，至少得到暫緩執行。

過了十分鐘，他們把手術預備車和手術刀推了進來。我一看到就尖叫，我太虛弱了，叫不出什麼聲音，不過隔壁房間還是聽得到。

特克衝進我房門的時候，醫護人員正要把我固定住。特克穿著病人的衣服，緊緊纏在腰上，看起來一點都不可怕，我們在荒野苦熬了一段，他整個人變成一顆瘦瘦的棕色堅果。但是醫護人員一定看到了他眼中的凶光，更不用說他還亮出緊握的拳頭。何況他又是「入門人」，是假想智慧生物碰過的人，就巴克斯的神學而言，他就跟上帝差不多。

我用三言兩語告訴他醫護人員要給我重新裝個節點，把我變回崔雅。

「叫他們住手。」他說，「叫他們把那些臭刀子拿走，不然我會親自跟假想智慧生物告狀，他們的憤怒會摧毀巴克斯，摧毀巴克斯的一切。」

我翻譯給醫護人員聽，又加油添醋了一番。他們聽了就拋下手術工具，頭都不敢抬就匆匆離開房間，但這也只是暫緩執行而已。醫護人員前腳才走，一個穿著灰色連身衣的男人後腳馬上進來。我在崔雅的訓練課上見過他，他是主管。他當過我的老師，不過不是我最喜歡的老師。

顯然他跟特克見過面了。「奧斯卡，你別插手。」特克用英語說。

這位主管的巴克斯姓名很長，還有一堆尊稱。他名字父系的部分有個字很像「奧斯卡」，所以就叫奧斯卡。奧斯卡當然會說英語，他的英語不如我精確，主要是從古代教科書和法律文件學來的，不過拿來溝通也沒問題，再說他是代表主管階級說話，跟我不同。

「芬雷先生，請冷靜一點。」他用尖銳的嗓音說。他身材矮小，皮膚很白，頭髮是黃色的，已經不算年輕了。

「去你媽的，你們的人強迫我朋友動手術，我可不答應！」

「你所謂你『朋友』的這位女士在農民叛變中身受重傷。你親眼看到她受傷的，不是嗎？你還想救她的命呢！」

奥斯卡精通古代的法律命令，大概是想搬出一些法律條文跟特克辯論。特克沒理他，轉身看著我：「妳沒事吧？」

「我現在沒事，如果他們又把節點裝在我身上，那就有事了。」

「這樣沒道理。」奧斯卡說，「崔雅，妳應該明白的。」

「我不叫崔雅。」

「妳當然叫崔雅，妳是因為故障了才不承認妳是崔雅。妳得了認知分裂症，亟需修理。」

「奥斯卡，**你他媽的給我閉嘴**。」特克說，「我要跟艾莉森私下說句話。」

「芬雷先生，沒有『艾莉森』這個人。『艾莉森』是保護人。崔雅以為她是艾莉森，她的毛病拖愈久就愈難治。」

崔雅一定會唯奧斯卡是從，我還能感受到從前的那股膽怯，那股想要效忠的衝動，但現在的我實在太討厭那種感覺了。「奧斯卡。」我用比較小的聲音說。

他賞我一個嚴厲的眼神，又把他的巴克斯名字連同稱謂重複了一遍。我只是區區一個工人，稱呼他「奧斯卡」實在太無禮了。我又叫了一次：「奥斯卡，你是重聽還是怎樣？特克叫你他媽的閉嘴。」

他蒼白的臉龐脹成紅色；「我真的不懂。芬雷先生，我們有傷害你嗎？我們有威脅你嗎？我當你的聯絡人還不夠周到嗎？」

「你不是我的聯絡人。」特克說，「艾莉森才是。」

「**沒有**艾莉森這個人，這個女人也**不能**當聯絡人，她沒有連上網絡……她身上沒有神經節點！」

「她的英語很流利。」

「跟母語一樣。」我說。

「看吧。」

「可是……」

「所以我任命她當我的翻譯。」特克說，「從現在開始，我跟巴克斯的互動都要透過她。我們目前都不需要醫師了，不用手術刀，也不用藥。你能幫我們把話帶到嗎？」

奧斯卡遲疑了一下，接著用巴克斯語直接跟我說：「如果妳是個完整的人，妳就會發現妳的行為等同叛國，不只是反叛管理階級，也是反叛領導。」

這可是重話，崔雅聽了一定會顫抖。我也用巴克斯語回答：「奧斯卡，謝謝，我腦袋很清楚。」

꩜ ꩜ ꩜

巴克斯這陣子開始笨拙地向南極洲前進，展開一段絕望的旅程。

想從奧斯卡口中問出有用的消息是不可能了（他還是經常出現，真討厭），不過護理員倒還是常常在我們身邊，拿餐點給我們吃，像管太多的爸媽一樣問我們的身體狀況，有時候哄哄他們也能問到一些事。他們告訴我，巴克斯的民意已經從歡欣（「我們到地球了，預言成真了。」）轉為失望（「可是地球是廢墟啊！假想智慧生物也還是不理我們。」），再變成默默承受現實，再度相信古老的目標（「假想智慧生物不會來找我們，是我們得去找他們。」）。

難就難在**去找他們**。巴克斯已經派出幾批無人駕駛的飛行船，去探測曾經是印尼與印度南部的大陸，結果只發現尚未恢復的荒地，沒有半個生物，至少是沒有比細菌還大的生物。

這裡的海洋缺乏氧氣，從前在夏普倫，我讀過很多關於海洋毒性的資料。導火線是我們那時候大量排放的二氧化碳，我們燃燒了不只一個星球，而是**兩個**星球的化石碳儲量，不過要等到好幾個世紀之後，整個後果才開始浮現。地球急速暖化，把海洋分成好幾層，孕育出大量的硫酸鹽還原細菌，這些細菌又釋放了大量有毒硫化氫氣體。這個過程叫做「優養化」，以前也發生過，只是不是人類造成的。在史前時代，地球上發生過幾次大規模物種滅絕，罪魁禍首就是優養化。

巴克斯的管理階層研究過少數留存下來的地球大移居文獻，認為我們應該前往我們所知的最後一個人類聚居地，那是指南極附近，我們以前稱做羅斯海的海岸。在此同時，機器飛行船會繼續在空中探測，一路探測到歐亞大陸、南美洲和北美洲等地。

我把這些告訴特克，他問我去南極洲要走多久。特克還是把巴克斯當成群島，而不是遠洋航行的船隻。雖然巴克斯比特克搭過甚至想像過的船都要大得多，它**仍然是**一艘船，體積這麼巨大，卻有一個淺到不可思議的結構，機動性也很好。我說到羅斯海要走一兩個月，我答應他這幾天就帶他到下面看引擎甲板……我打算信守這個承諾，至於原因，我現在還不想解釋。

好多好多事情我都**不能**解釋，原因很簡單，因為我們沒有隱私。在巴克斯核心，隔牆永遠有耳，也有眼睛。

倒不見得是為了監視，這些奈米大小的眼睛與耳朵都裝設在船體表面，將資料傳送給網絡，網絡再偵測有無異常狀況，發現異常狀況就發出警報，也許是瘟疫危機，也許是機器故障，也許是火災，甚至是嚴重衝突都有可能。我在想遇到我們，處理方式可能會有例外。當我還是崔雅時，有人告訴我在和特克・芬雷這樣的「入門人」互動時，每一個字和每一個手勢都會被仔細監視，檢查有沒有關於假想智慧生物的線索，或者是「入門人」和假想智慧生物一起生活的資料。所以我們現在一定被監聽，而且不只是被機器監聽。我絕對不能說我不希望主管聽見的話，這樣一來我**必須**說的，和必須趕快說的，大部分都不能說了。

（就算主管沒有在聽，領導也在聽。我最近一直在想領導的事……可是我不希望領導發現。）

我也希望特克對巴克斯核心的地理還有運作方式至少有個基本認識，知道這些以後可能有用。所以接下來幾天，我就當一個服從又周到的聯絡人，雖然我再也不是崔雅也不想成為崔雅，我還是做著崔雅受訓要做的事。

我帶特克到走廊盡頭的圖書室，圖書室幾年前就設置完成，目的就是為了教育「入門人」。圖書室就是一間房間，裡面有一個大書架，書擺得滿滿的，這倒也名副其實。特克一看到這些書，馬上發出讚嘆，**真正**的書啊！印在紙上，裝訂成冊的書，這些都是才印製不久的新書，看起來卻非常陳舊。

這樣的書整個巴克斯只有這裡有，大部分都是歷史書，由學者編纂，翻譯成簡單的英文和其他五種古代語言，專門給「入門人」看。據我所知，這些書的內容還挺可靠的。特克很有興趣，但是一下子看到幾十本書有點不知所措，我幫他挑出幾本：

《火星的瓦解與火星人大移居》

《假想智慧生物實體的本質與目的》

《地球生態的衰頽》

《巴克斯國家的原則與命運》

《中間世界的大腦皮層國家與大腦邊緣民主國家》

還有幾本其他的，看了這些，特克應該會有個初步概念，大概知道巴克斯是什麼，還有巴克斯為何要在世界連環時代打仗。我跟特克說，這些書只是書名看起來艱深，內容沒那麼難讀。

「真的？」他說，「嗯，那什麼是『大腦皮層國家與大腦邊緣民主國家』？」

我解釋說是集體治理的方法。巴克斯人民身上有神經節點，網絡又連結整個巴克斯，所以巴克斯有許多不同的決策方式。中間世界大部分的社會都是「大腦皮層」民主國家，之所以用這個名稱，是因為他們連接介面的大腦區域集中在新大腦皮質。他們是用偏重名詞與邏輯的集體推理決定政策（特克聽到這些眨了眨眼，不過還是很客氣地讓我繼續說下去。），像巴克斯這樣的「大腦邊緣」民主國家運作方式不太一樣，網絡是控制大腦比較偏重本能的區域，製造出偏重情緒與直覺的共識（與純粹理性正好相反）。「簡單說就是大腦皮層民主國家的人民會一起推理，大腦邊緣民主國家的人民則是一起**感覺**。」

「我還是不太懂。為什麼要分兩種呢？直接製造一個大腦皮層與大腦邊緣民主國家不就好了嗎？兩種的優點都兼備啦！」

這種制度以前也有人試過，崔雅在學校也學到過。少數出現過的大腦皮層與邊緣民主國家也順利運作了一段時間，有些看起來非常完美，天下太平，不過到最後都不穩定，幾乎都淪為網絡控制的緊張迴路，人民日子過得很幸福，就不太管事，到最後變成集體自殺。

並不是說大腦邊緣民主國家的情況就好到哪裡ㄙ，只是現在隔牆有耳，所以我沒敢說出來。大腦邊緣民主國家也有缺點，很容易集體發瘋。

當然我們自己是例外。巴克斯是所有規則的例外，至少我在學校的時候，老師是這麼說的。

§ § §

我把心中的煩惱隱藏不說，主要是因為不想給奧斯卡更多把柄對付我。更重要的是，我希望特克認定我就是艾莉森，我喜歡當艾莉森・寶若，我也會一直當下去，直到他們把我壓制住，硬是把網絡節點裝進我的腦幹為止。

但是事情沒那麼簡單。

所以我每天早上醒來，每天晚上睡覺，都在想一個問題：我**真的**是艾莉森・寶若嗎？

從最明顯的角度看，我怎麼會是艾莉森・寶若呢？艾莉森・寶若一萬年前生活在地球上，（應該也已經）死在地球上，那個時候地球還是個可以居住的地方。如今艾莉森．寶若只剩下一些日記，沒人知道這些日記是如何保留到現在的。她十歲開始寫日記，寫到二十三歲，不知為何就不寫了。這些日記崔雅都看過（也看過幾千個二十一世紀生活的次要細節），用大腦皮層看，也用大腦邊緣看，當成資料看，也當成身分看。當然崔雅從來不認為她「是」艾莉森．寶若，不過她把艾莉森．寶若當成樣板儲藏在大腦深處。網絡把艾莉森．寶若安裝在崔雅的靈魂裡，又在艾莉森和崔雅之間豎立了許許多多嚴格的界線，時時刻刻維護這些界線。

這些界線很嚴格，但是還不夠嚴格，因為有個祕密我一直沒告訴別人：其實在網絡故障以前，在叛變的農民摧毀我的節點之前，艾莉森就已經慢慢流入崔雅，崔雅也從未反對，也沒有向主管抱怨。艾莉森逐漸進入崔雅的日常生活，崔雅沒有告訴任何人，這是她不欲人知的祕密，因為崔雅很想要艾莉森的某些性格。

崔雅很服從，艾莉森很叛逆。崔雅為了巴克斯，甘願埋沒自己，艾莉森寧死也不肯這樣做。崔雅相信神聖的當局跟她說的任何事情，艾莉森基本上不相信所有當局。

不過這種區隔也不盡然正確，應該說崔雅透過艾莉森，發現自己其實也可以懷疑，也可以反抗，也可以反叛。

再來研究這個問題，現在崔雅與艾莉森之間的門已經大開了，那我是誰呢？我是艾莉森，還是**扮演**艾莉森的崔雅？

不對！我不是艾莉森，也不是崔雅，我是第三人。

我是這些不相容的零件組合在一起的東西。我腦海中**所有**的記憶都是我的，不管是真實的記憶也好，虛擬的記憶也好，都是我的記憶。巴克斯製造了艾莉森和崔雅，但是巴克斯沒想到艾莉森跟崔雅合體的後果。管他的，**去他的**巴克斯！總算說出來了，這就是崔雅一直不肯說，艾莉森心底深處一直想說的話：**去他的**巴克斯，去他的寧靜暴政，去他的冰冷的夢想宗教，對假想智慧生物那麼敬畏幹嘛，真是去他的！

巴克斯跑到這個破敗的地球，簡直是發神經，**尤其要**大聲罵一句去他的！我覺得巴克斯接下來在地球還會有更瘋狂的舉動，去他的！

去他的巴克斯！感謝艾莉森．寶若讓我能說出這句話。

ᔕ ᔕ ᔕ

雖然奧斯卡願意把手術刀拿走，他還是不死心，一直想說服我動手術。他是拿別人來對付我，拿那些我不能不理不睬的人對付我，那都是崔雅以前和現在的親朋好友。

其實他們也是我的親朋好友，雖然我已不再是他們認識的那個崔雅，更不是他們眼中想要和期待的理想崔雅，但我所具備的人的感情，也足以對他們的不解和難過感到受傷。

有一天奧斯卡帶我媽媽（崔雅的媽媽）來看我。我爸爸（我的巴克斯爸爸）是做工程的工人，我出生沒多久，他就在交換通道倒塌的意外中喪生。我小時候就是媽媽還有一群阿姨照顧我，她們都很愛我，我也很愛她們。我身上還有些崔雅的個性，所以看到一直關心我的母親向我張開雙臂，我也會情不自禁衝向她的懷抱。我跟她說沒有，她的女兒沒有死，只是改變了，掙脫了一個看不見，卻又殘酷的束縛。我說這話的時候，忍不住看著她恐懼的雙眼。她完全不懂：「妳難道不想當個**有用**的人嗎？」她問我：「妳忘了身為家庭一份子的責任嗎？」

我記得，記得太清楚了。我沒回答她的問題，我說我還愛她，真的，我還愛她。她聽了心情也沒有好轉，怎麼會好轉呢？她失去了女兒，崔雅不在了，我只是一個頑固的、有生命的泥人，取代了崔雅。我說我愛她，但我卻在她僵硬的表情裡看出她恨我，她真的恨我。她愛的人不是我，是我拋下的陰影。

唔，也許她是對的。我再也不會成為她熟悉的女兒。我現在不一樣了，是另外一個人，叫做**艾莉森**，**艾莉森**，**艾莉森．寶若**。她離開很久之後，我還是輕聲對著自己這麼說。

我不想跟特克說這些煩心事，他也有他的煩惱。他還是一副滿不在乎，兵來將擋水來土淹的模樣，相當自豪，我想他也合該如此，但是他在這裡是外人，這是冷冰冰的事實，逃也逃不掉的，巴克斯對他來說一定是個怪異又可怕的地方。他的房間就在我房間隔壁，幾次我夜裡醒來，聽見他在房裡踱步，咕噥著自言自語，與我無法想像的恐懼戰鬥。我想他一定覺得自己像是困在夢境裡面，明明知道夢境有多荒唐，卻無力破繭而出，走向理智一些的現實。

我儘量不把自己的希望和恐懼放在他身上，但是我始終覺得雖然我們有許多地方不同，相似的地方還是比較多。我在想，在那幾乎是遠古時代的二十一世紀，他會不會曾經與艾莉森．寶若相遇？也許是在美國的茫茫人海中偶遇。要說巴克斯核心真有誰能了解艾莉森・寶若，那非特克莫屬。所以在我和他都失眠的一個晚上，我到他房裡尋求慰藉，應該也不那麼奇怪吧？我們先是說話，說的話只能跟彼此說，無法與他人共享。我們分享私密心事，不是因為了解彼此，反而是儘管了解彼此，卻還是要互相傾訴。「我是世界上最像你的人，」我說，「你也是世界上最像我的人。」說到這裡，接下來自然就是共赴巫山，尋求慰藉。到最後我不在乎隔牆有耳，也不在乎牆裡的耳朵會跟誰報告他們發現的危險機密了。

二

隔天早上，我帶特克把巴克斯核心從頭到腳看了一遍。

當然他沒有看到巴克斯核心的全貌，連最能代表巴克斯核心本色的部分都沒看到。巴克斯核心在地上的部分就跟一個二十一世紀的普通城市一樣大，在島嶼凹陷的地下部分更大：把這些複雜的空間全部攤開在二度空間的網格，會發現總面積跟康乃迪克州，甚至跟加州差不多。我們避開還在排除污染的受損區域，搭上垂直運輸系統到下面。哪邊的管壁視野比較寬廣，我們就在那裡停下腳步，讓特克看看露天廣場、梯地與層地，看見人工日光照射下的寬廣農地，看見宿舍住宅像雪花石膏片般散落在布滿樹林的蠻荒地上。

我帶他到巴克斯的最底層——工程甲板。巴克斯的引擎非常巨大，與其說是一台機器，不如說是一大塊地，不過我帶特克看的是小鎮大小、淡化水不停沖刷的反應器組。我帶他看一片陰暗的μ合金室，裡面的磁場控制著燒熔的鐵的流向。我帶他走過超導體磁場線圈，周圍的溼氣都像冰雪一樣凝結，被一陣陣的強風吹走。特克讚嘆不已，那些行政官員現在一定在監視我們，他們看他這樣一定會很高興。即使在這裡，還是隔牆有耳。

我接下來帶他去的地方倒是隔牆沒耳。我們乘坐運輸系統往上走，到達系統能到的最上面，再改搭比較小的運輸工具，沿著巴克斯最高塔的塔脊往上走，然後又轉乘兩次，最後抵達巴克斯核心能走到的最高公共平台，其實就是個視野不錯的屋頂。

巴克斯從前在可居住世界的海洋航行時，這個平台並沒有圍牆，現在卻架起了滲透性的圍牆。我跟特克說，這叫做「力場」，這是個稀奇古怪的名詞，也不見得正確，不過他對這個比較有概念。

「好像不太有效啊！」他說，「這裡的味道有點像豬圈。」

我想應該是吧！雖然我們看到高空的雲朵疾駛而過，彷彿離我們很近，伸手就可摸到，但是這裡的空氣散發著惡臭，而且都沒有風。我們還沒走到圍牆，我就已經覺得暈眩，很不舒服。我第一次幾乎開始懷念我的節點。有了節點感覺比較鎮靜，像是看不見的錨。現在我覺得隨便一陣風都能把我吹走。

巴克斯朝著東南方向穩定南移，離開印度洋進入南太平洋。從哪個方向看，這裡的海水都是淡紫色的。天空是有毒的土黃色，我討厭這種顏色。

特克看著霧氣瀰漫的遠方：「整個世界就是這個樣子啊？」

我點點頭。海洋的衰退與滅絕引爆了地球大撤離。地球大撤離又導致原本相安無事的中間世界嚴重對立與衝突。「假想智慧生物就眼睜睜地看著事情發生，完全沒有出手阻止。這不是很奇怪嗎？他們會保護地球不受日漸膨脹的太陽傷害，卻對人類滅絕坐視不管？顯然他們覺得地球只有細菌在住也無所謂，沒人知道為什麼。」

「你們的人以為會看到不一樣的東西。」

他們不是**我的人**，不過我也沒糾正他：「他們以為一到地球，就能跟假想智慧生物直接相聚。這其實是宗教想法。正常人都會覺得巴克斯的創始者是狂熱份子。你在歷史書上不會看到這個，不過真的就是這樣。巴克斯就是一個異教團體，宗教信仰都內建在網絡裡，寫入大腦邊緣民主國家。一旦你連上網絡，這些教條對你來說都是合理，就像常識一樣……」

「對妳來說不是。」

再也不是了。「對農民來說也不是，農民的地位不如公民，把他們連上網絡是為了要他們服從，不是要他們互通有無。」

「換句話說，他們是奴隸。」

「可以這麼說。他們是在好幾個世代之前，在中間世界被俘虜。他們不願意成為公民，所以就把他們改造，讓他們合作。」

「把他們套上鞍轡好幹活。」

「所以網絡一故障，他們就把節點弄掉。」不過那些活下來的人，那些留在外島下面封鎖農地的人，現在大概又回去當奴隸了。叛亂份子當然都死光了，挖土的邱伊也死了，特克曾經救了他一命，大概只讓他多活了半小時吧！他就算沒被戰鬥機打死，也會被毒氣嗆死。

特克靠在屋頂邊緣的安全圍欄，看著巴克斯的外部陸地。巴克斯直接暴露在大氣層下，看起來好像進入了陰冷的標準秋天。森林都已死亡，棕色的樹葉散落一地，果實也腐爛了。連樹枝看起來都像得了痲瘋病般布滿鱗片，非常脆弱。一陣風吹來，樹林裡的樹枝就一根根斷裂。

「巴克斯，」我說，「我是說整體的巴克斯，連結的巴克斯，所有巴克斯人在跨越拱門的時候都覺得得到救贖，不過你說得對，他們看到的跟原本想像的不一樣，也愈來愈失望。我們上來這裡，沒人能聽見我們說話，現在得談談這個。我們得擬定個計畫。」

特克凝視荒地一會兒，接著他說：「妳覺得情況會有多糟？」

「如果巴克斯在南極洲沒有找到通往天堂的大門，那就會……真的很慘。巴克斯的基本信仰就是要將巴克斯和假想智慧生物合而為一，巴克斯存在就是為了這個。我們一出生就得到節點，還有這個願景。這是絕對不可能違抗的，巴克斯人也不會容許別人違抗，但是現在……」

「你們面對的是難堪的真相。」

「**他們**才是，我跟他們已經不是一路人了。」

「我知道，對不起。」

「到南極洲是絕望之下的最後一搏，只是把躲不掉的事情延後而已。」

「好吧，他們早晚都要面對現實，然後呢？是爆發混亂，進入無政府狀態，血濺街頭嗎？」

我還有些殘存的巴克斯人個性，所以回答這個問題還會覺得有點羞愧：「以前也有一些狂熱的大腦邊緣國家，之前垮台的時候……嗯，蠻慘的。恐懼與沮喪會被網絡放大到自我毀滅的地步。人民會攻擊鄰居，攻擊家人，最後攻擊自己。」這裡沒人能聽見我們說話，不過我還是把聲音壓低：「社會將會崩潰，也許人民還會集體自殺。等到沒有食物了，人民就會餓死。而且沒有人有退路，不可能重新設定預言，也不可能改變信仰。這是領導內建的矛盾。」

即使到了現在，我們走過這個城市，我還是能感受到這種心情，整座城市都鬱鬱寡歡，這種氣氛太微妙，特克感受不到，在我看來卻是非常明顯，就像起風時的雷聲一樣清晰。

「我們沒有辦法保護自己嗎？」

「不能，留在這裡就不能。」

「就算我們能出去，也沒有地方可以去。天啊，艾莉森。」他一直凝視斑駁的天際與腐爛的森林：「這裡曾經是個美好的星球。」

我靠近他，因為我們現在說到重點了：「聽我說，巴克斯有一些飛行船，可以從南極飛到北極，不必中途停下來加油。你是『入門人』，所以我們還可以穿越拱門。我們可以離開，只要小心謹慎，運氣好的話就能回到赤道洲。」

到了赤道洲，我們可以向巴克斯的老敵人投降，就是那些為了要阻止我們挑釁假想智慧生物，用核武攻擊巴克斯核心的人。大腦皮層民主國家對巴克斯是又鄙視，又懼怕，不過他們應該會接受一對真心投誠的難民，我希望是如此。也許他們還能幫我們從赤道洲前往環境比較好的中間世界，我們在那裡可以平平安安度過餘生。

特克認真看了我一眼：「妳會駕駛飛行船嗎？」

「不會。」我說，「**你**可以。」

ဢ ဢ ဢ

那個時候我把一切都告訴他了，我跟他說了我在好幾個失眠的漫漫長夜想出的計畫。那幾個晚上，崔雅心中的寂寞幾乎要消滅艾莉森的反抗之心，我幾乎不可能在崔雅與艾莉森之間找到喘息的空間，我甚至不知道我是誰，說我是艾莉森也不對，是崔雅也不對。我覺得我的計畫可行，應該可行吧！但是要想成功，就必須讓特克做一個他未必願意配合的犧牲。

特克了解我所謂的犧牲之後，並沒有答話。他說他要考慮一下，我說沒問題。我們過兩天再上來這裡商量。

「這段時間，」他說，「我還有件事得辦。」

「什麼事？」

「我要見另外一位生還者。」他說，「我要見艾沙克・杜瓦利。」

第九章　珊卓與柏斯

珊卓離開柏斯的家，開車回自己家換衣服，所以上班遲到了將近一小時。想想目前的情況，她也不在乎就是了。他們說奧林．馬瑟昨天暴力攻擊別人。如果柏斯說得沒錯，那大概是因為（應該說**很有可能**是因為）康格里夫或者他上面的人被收買（用錢或是用長壽藥），要繼續關住奧林。珊卓在車上努力控制怒火，卻也只能把大火降低到文火。

從康格里夫當上她主管的那天起，珊卓就討厭他。珊卓倒是從來沒想過這人不但討人厭，還很貪腐，不過她知道康格里夫在市政府有後台，有個表親在當市議員。雖然休士頓警局的基層條子覺得康格里夫收容病患未免太嚴格了，不過打從康格里夫上任以來，警察局長也來參觀過，還對國家照護讚譽有加，而且不是只來一次，足足有兩次呢！

珊卓隨便停了車，匆忙通過大樓門口的金屬探測器。她整裝完畢，直接走向隔離區。

隔離區就跟國家照護大樓的任何一區沒兩樣。別看有「隔離」兩個字，就以為這一區都是些陰冷潮溼、密不透風的牢房，就像聯邦監獄那樣。其實隔離病房就跟開放病房一樣，只是多了幾道鎖和打不壞的家具，是給可能使用暴力的病患住的，免得他們接觸沒那麼暴力的病患。很少病患需要住隔離病房，因為政府是授權國家照護照顧長期無家可歸的人，不是照顧精神病患。國家照護的病患當中，精神病患可以說是最好處理的，醫護人員不太需要商量怎麼處理，只要趕快轉到精神病院就好。

奧林絕對不是精神病患，珊卓願意拿學位來賭。她想安排奧林儘快離開隔離病房，第一步就是要聽聽奧林的說法。

真是倒楣透了，華特摩爾護士竟然就在隔離病房的門口站崗。照理說她應該問都不問就直接讓珊卓進去，可是她沒這麼乖：「柯爾醫師，不好意思，這是上面交代的。」珊卓一肚子氣，無計可施站在原地，華特摩爾還呼叫康格里夫。康格里夫馬上現身，沿著走廊再走幾步就是他的辦公室，他抓住珊卓的手臂，把她拎到辦公室。

康格里夫關上門，雙手抱胸。辦公室裡的溫度比外面至少要低個二十度，冷氣口無情地發出嗡嗡聲，空氣倒是有股不新鮮的氣味，油膩膩的。辦公桌上散落著速食店早餐的包裝紙。珊卓想開口說話，康格里夫卻抬起手來：「首先我要告訴妳，妳最近表現出來的不專業行為真的讓我很失望。」

「我不懂你的意思，什麼叫不專業行為？」

「我都已經把奧林．馬瑟轉給費恩醫師了，妳還去找他說話。我想妳剛才大概又是要去找他說話。」

「追蹤病人的狀況怎麼叫不專業呢？入院訪談的時候，我跟他說他的案子是由我負責。我要確定他能接受費恩醫師，不會覺得被拋棄了。」

「我把案子轉給別人，妳就不該再管這些了。」

「你完全沒有理由把案子轉給別人。」

「不管是這件事還是其他事，我都沒必要報告我的理由，柯爾醫師，我沒必要跟妳報告。等董事會任命妳做主管，妳就可以質疑我的決策了，在那之前妳應該把我交代妳的事情做好。說到這個，妳要是準時上班，應該比較能把我給妳的工作做好。」

這是珊卓長久以來第一次遲到，上次遲到是什麼時候？一年半以前了吧？珊卓實在太憤怒了，脫口而出：「關於奧林攻擊護理員的這件事……」

「等等，事情發生的時候妳在場嗎？妳有什麼事情沒告訴我嗎？」

「這件事情一定是假的，奧林不會傷害別人。」

這種駁斥實在太薄弱，珊卓話一出口就知道說錯話了。康格里夫翻起白眼：「妳跟他訪談個二十分鐘，就知道他不會傷害別人啦？妳診斷的功夫還挺厲害的嘛！有妳這樣的天才，我們真是三生有幸啊！」

珊卓的臉頰快燒起來了：「我跟他姊姊談過……」

「真的假的？**什麼時候？**」

「我是在外面跟她見面，但是……」

「妳的意思是說妳在私人時間跟病患家屬談話？那我想妳應該有交一份正式報告……至少也會寫個便條給我跟費恩醫師，妳沒有寫嗎？」

「沒有。」珊卓招認。

「那妳沒發覺妳的行為有多不專業嗎？」

「那也不代表……」

「閉嘴！給我**閉嘴**！妳再講只會愈搞愈糟。」康格里夫的語氣柔和了一些：「聽著，我也知道妳之前的工作表現還不錯，所以最近的事情我都可以不計較，就當妳是壓力太大了。妳也應該退一步好好想想。我看這個禮拜妳就休個假怎麼樣？」

「這太荒唐了。」珊卓沒想到事情會變成這樣。

「我要重新分配妳的案子，妳所有的案子我都會重新分配。柯爾醫師，回家去吧！冷靜下來想一想，處理一下那些讓妳工作分心的事情。至少休一個禮拜，妳想休更久也可以。一定要等到妳能客觀看事情再回來。」

珊卓是國家照護最可靠的員工，康格里夫也知道，不過康格里夫大概也知道有人看到珊卓跟柏斯共進午餐。康格里夫就是要把珊卓弄走，等處理完奧林的事情再說。珊卓心想，康格里夫到底是把良心賣給誰了呢？良心目前的報價是多少？

珊卓很想當面問康格里夫這些問題，就算丟了工作也在所不惜，不過她還是克制住自己。她這樣只會愈陷愈深，再說重點不是她自己，也不是康格里夫，是奧林。得罪康格里夫，對奧林一點好處都沒有。珊卓這麼一想，只能隨便點點頭，極力避開康格里夫勝利的目光。

「好的。」她說。她儘量用服從的語氣說話，擺出慚愧的樣子。既然康格里夫堅持，那就休一個禮拜吧！

珊卓走出康格里夫的辦公室，走在走廊上，怒火中燒地想著：她的通行證還在，證件也還在，萬一需要回來……她在自己的辦公室待了一會兒，整理一些零星的筆記。再度踏上走廊，差點撞到護理員傑克．格迪斯。他說：「我是來護送妳離開大樓的。」顯然看到珊卓驚訝的表情很開心。是可忍孰不可忍。「我跟康格里夫說了我要走了。」

「他要我來確定一下。」

珊卓很想回嗆，但是跟格迪斯說這些也沒用。珊卓把格迪斯的手甩掉，還是硬擠出一絲微笑：「主管現在不怎麼喜歡我啊！」

「是啊，唔……我想我也看出來了。」

「康格里夫醫師說奧林．馬瑟昨天出了一點狀況。你知道奧林嗎？一個很瘦的男孩，他現在關在隔離病房對不對？」

「唉呦，**對啊**，我知道他。柯爾醫師啊，那可不只是『一點狀況』而已喔！別看他外表瘦弱，其實很強壯啊！他拚命往大門跑，好像火燒屁股。是我把他制伏，把他壓制住，再給他們打鎮靜劑。」

「奧林想逃跑？」

「不是逃跑還會是什麼呢？他閃過好幾個護士，好像拿球達陣一樣。」

「那你，嗯，就阻截他了是嗎？」

「不是的，小姐，我用不著阻截他。我只是站在他前面，叫他他媽的冷靜一點。要說阻截，那也是他阻截我。」

「你的意思是說**他**先動手的？」

珊卓的語氣一定流露了質疑。格迪斯跨步跨了一半，停了下來，捲起右手的制服袖子，露出前臂上，手腕與手肘中間的一圈厚厚繃帶。「柯爾醫師，恕我直言，妳看看這個傷，難道是我自己弄的嗎？那個死小鬼狠狠咬了我一口，我縫了十二針，還他媽的捱了一針破傷風疫苗。還隔離病房咧，我看應該把他關在**籠子**裡啦！」

ട ട ട

珊卓穿越停車場，走向她的車子，熱氣像握緊的拳頭般包覆著她。

遇到這樣的天氣，很容易想像奧林筆下世界末日裡提到的在深海生長的厭氧細菌。珊卓聽說墨西哥灣已經有個深海缺氧區，每年夏天面積都愈來愈大。早在好幾年前，當地的捕蝦業就關門大吉，到其他地方另起爐灶。

天空是陰鬱的藍色，昨天也是這樣，還有前天也是，花椰菜形狀的雲朵布滿地平線，還是揮不去陰鬱的氣息。珊卓打開車門，一股熱風湧了出來，聞起來像融化的塑膠。珊卓站了一會兒，讓微風吹進車裡。

她坐進車裡，發現自己沒地方可去。她該打電話給柏斯嗎？珊卓還在想今天早上她離開柏斯家之前，柏斯跟她說的話。柏斯說：「**我想在我們繼續交往下去之前，妳應該要知道一些我的事情。**」最重要的是她需要一些時間思考。

她做了她每次突然有空，又心煩意亂的時候一向會做的事：開車到活橡樹，找她的哥哥凱爾。

第十章　特克的故事

一

跟艾莉森說完話，我真的滿腹疑惑，不過最重要的問題是，我說謊的功力有多高？

我這輩子到現在，跟不少人扯過謊，原因有好有壞。有些關於我自己的事情我不想告訴別人，跟別人說的時候我就常常會更動一下細節。但我並不是天生的騙子，這也真糟糕，因為我現在就要扮演騙子。我現在得扯的謊關係到我們的未來。我醒著的每一刻都得扯謊，睡覺的時候最好也扯謊。

巴克斯穩穩向南極洲前進，速度很快，至少在我看來速度很快，以一個承載著一兩百萬人的漂浮島嶼來說，這種速度算快的。我又跟艾莉森去了巴克斯核心的高塔兩次，說些不能在下面說的話，每次上來景色都一樣，同樣的破敗荒地在同樣的變色海洋中航行。白晝愈來愈長，這些緯度地區現在是夏季，太陽緊緊抱著地平線，彷彿害怕被拉開一樣。就大家所知，現在巴克斯是地球上唯一僅存的人類居住地。我沒有跟艾莉森提起這個事，也許就是因為她和我都知道這個寂寞的事實，我們才會更靠近。

我開始研究這個城市的通道。巴克斯人給公共場所和私人場所的命名都很奇怪，不過我還是學會區別住家與宿舍的標示，還有區別宿舍與聚會所的標示。我甚至學會了幾個巴克斯語的字彙，在本地菜市場可以溝通了，不過如果我要買東西，比方說某樣食物，或者是巴克斯男人戴著當作裝飾的銅項鍊，我還是需要奧斯卡幫我在網絡完成交易。我把頭髮剪短，剪成巴克斯人的髮型。短期之內我可以假充本地人（至少艾莉森是這麼說的），當然也只是遠看像本地人，要是近看，任何一個網絡連結的公民都看得出來我是外人。

別人看我很奇怪，我看巴克斯也很奇怪。從遠處看，巴克斯就跟其他的社會沒兩樣，裡面住著男人和女人，各司其職，養育小孩，做一些人類都會做的正常事情。不過跟這群人相處，你會感覺網絡像一條河在他們的眼睛裡流動。他們同時熱誠，也同時失望，好似一陣風吹過，田裡的小麥就會往相同方向傾倒。日子一天天過去，這陣看不見的風開始變成不穩定的強風。

我知道艾莉森要我做什麼，我也知道這可能是我們生存的唯一希望，但是最難隱藏的是我對這件事的恐懼，我對我得做的事情感到恐懼，對我要付出的代價感到恐懼。

ໆ ໆ ໆ

二

奧斯卡從來無法信任艾莉森。他覺得艾莉森是叛徒，也毫不掩飾大剌剌講出來。但是奧斯卡是負責管理我們的人，我們的計畫要能成功，得要他信任我們其中一人才行，至少也要稍微信任。所以我就努力贏得他的信任。有時候就算艾莉森已經給我意見，我還是徵詢奧斯卡的意見。我讀歷史書遇到問題也請教他。我很冷漠，也有點多疑，他也覺得我會是這樣。不過他很急著要我喜歡他，只要偶爾說句感激的話，就能點燃他的希望。我想他一定認為他總有一天能說服我為巴克斯賣命，只是不曉得賣命的目的為何。

在這場對決裡，奧斯卡的優勢是網絡，網絡的眼睛無所不在，計算能力又強大不已。我的優勢在於我既沒有連接網絡，又不是巴克斯出生的本地人，所以有點難以捉摸。所以我第一次要求見艾沙克·杜瓦利，奧斯卡很驚訝，不過還是願意配合。我堅持要帶艾莉森一起去，奧斯卡氣得咬牙切齒，但還是同意了。

原來艾沙克住的房間距離我跟艾莉森住的幾個房間並不遠，從我們的房間往尾端走一兩條走廊就是醫護區，他就在那裡接受治療。奧斯卡帶我們到那裡，沿路都沒理會醫護人員斜視的目光。他跟我說艾沙克的傷勢非常嚴重，我看到可能會嚇到，他已經不是第一次警告我了。

「我也見過一點世面。」我說，「要嚇到我沒那麼容易。」

事情證明我話說得太快了。

艾沙克沒有警衛看守，不過他身邊一直都有醫護人員，奧斯卡還得跟其中一兩個商量，安撫他們一下，我們才能進去。他躺在床上，身邊都是維生機器。

我第一次看見艾沙克·杜瓦利，是在他父親位於赤道洲沙漠的住所。那時他這個人就有點離奇，他是人類與假想智慧生物奈米科技混種的青少年，生長過程完全與世隔絕。我跟他一起在不毛之地相處的時候，其實一直沒有機會好好了解他。我想大概也沒有人真正了解他，不過我對他很友善，我想他也很喜歡這段友誼。我們這一批被吸進時間拱門的人裡面，他大概是最應該再活一次的人吧！

但是我覺得不該是這一生，不該是這樣活著。

巴克斯核心遭受攻擊時，他大部分的身體都被摧毀了，殘存的部分也嚴重燒傷。他能活下來，就足以證明巴克斯醫學有多發達，還有植入他體內的假想智慧生物的生物科技有多強大。

我靠近艾沙克身旁盤根錯節的管子跟電線，艾莉森停留在原地，一臉噁心。奧斯卡在我肩膀旁邊，壓低了聲音說：「他身體很多部位都得再生，他的左腿、左臂還有他的肺……坦白說他大部分的內臟都得再生。他的大腦組織只救回來一小部分。」

艾沙克的頭裝在一個膠狀的大帽子裡，帽子能補滿他的頭顱缺少的部分。他的右眼、下巴與顴骨都是完整的，其他的部位則是一團冒著泡的淺粉色物質。奧斯卡說他的皮膚、骨骼與大腦組織正在慢慢從內部重建。

我再靠近一步，艾沙克完好的那隻眼睛轉過來盯著我看。我想這表示這個活生生的殘骸裡面的確有人，應該是個人類吧！

「艾沙克。」我說。

奧斯卡低聲說：「他不可能聽見你說話。」

「艾沙克，我是特克，你可能還記得我。」

男孩沒有回應，完好的那隻眼睛溼溼的，還是盯著我看。另外一個眼窩看起來像是盛滿了鮮紅果凍的杯子。

「你傷得很重。」我說，「他們在醫治你。需要時間。你復原期間我偶爾會來看看你，好不好？」

他張開他的沒牙嘴，嘆了一口氣。

ໂ ໂ ໂ

我看艾莉森的表情就知道這趟讓她很生氣，不過我也搞不懂為什麼。她等我們回到走道，才向奧斯卡開砲：「你不只是治療他而已。」她冷冷地說：「我看到介面了。你把他連上網絡了。」

「艾沙克很特別，妳也知道的。在所有入門人裡面，只有艾沙克是在被時間拱門吸入之前就已經跟假想智慧生物有連結。他是巴克斯和假想智慧生物之間最有效的中間人。妳指望我們用語言跟他溝通嗎？艾沙克需要跟巴克斯全體互動，不是只跟我，跟妳，跟芬雷先生，跟個人互動。」

「你是把你的精神錯亂移植給他。」

奧斯卡用他的語言回了幾句話。

艾莉森後來跟我說，奧斯卡說的是巴克斯格言，大致可以翻譯成：**蜜蜂不可批評蜂巢。**

三

我們往南航行，巴克斯派出幾隊無人駕駛的飛行船，探測地球的五大洲，探測內容愈來愈精細。飛行船飛在大氣層的最頂端，既是飛行船，也像太空船，上面裝有攝影機與感應器，靈敏到可以隔著幾乎永遠遮蔽地球的高空薄霧感應。

這些飛行船能夠偵測到任何人類活動的跡象，不管是現在還是過去的跡象都能偵測到。飛行船一開始只偵測到沒有生命的廢墟。我說服奧斯卡讓我看飛行船回傳給巴克斯的一些影像，結果那些影片很單調，看不出什麼來。人類最後的幾座城市很多都蓋在北半球北方的陸地上（我還是習慣把這些地方稱為俄羅斯、北歐和加拿大），但是都已經廢棄一千多年了，剩下來的勉強能看出是道路和地基，在極地附近空無一物、景色一致的沙漠上看起來像是一塊塊瑕疵。

我在歷史書上讀過地球大撤離事件，這個名稱乍看之下好像地球上的人是有條不紊地撤離，但是真相要來得醜陋多了。跨越拱門到赤道洲的大批難民其實只是地球人口的九牛一毛。其他人歷經一兩百年愈演愈烈的資源枯竭，就這麼死了。他們因為農作物欠收、可耕地減少而餓死，因為大量長出的厭氧細菌阻塞了海洋、毒化了空氣窒息而死。來自海洋的硫化氫導致沿海平原與河流三角洲絕育，災害一發不可收拾，幾十年後內陸也淪陷了。大火橫掃荒蕪的森林，又給濃度上升的大氣層帶來大量二氧化碳。地球歷經了幾十年沒有陽光的寒冷，接著又是幾十年不斷升高的氣溫，氣候開始像破鐘一樣震盪。

奧斯卡說，在我那個年代扳機就已經扣下。人類把地球的石油、煤與天然氣蘊藏的碳幾乎給燒光了，光是這個後果就夠糟了。後來又在赤道洲沙漠發現石油，也就是豐富的輕質低硫原油，輕輕鬆鬆就能開採，穿過假想智慧生物的拱門海運到地球，真正讓地球萬劫不復的就是赤道洲的石油。本來也許就算我們把地球上的碳通通燒光也不會滅亡，但是把兩個世界的二氧化碳通通灌進地球的大氣層，天底下沒有任何一個正常機制能受得了。

我跟奧斯卡說，這樣看來人類不是很笨嗎？他說不是，這很悲哀，但是也完全可以理解。一百億個大腦邊緣跟大腦皮層都沒有裝置的人類，就只是拚命追求個人的幸福而已。他們對長遠的後果沒有想太多，他們又怎麼能設想未來呢？他們沒有可靠的機制可以集體思考、集體行動。把生態層的死亡怪罪到地球人頭上，就好像把海嘯怪罪到水分子頭上一樣荒謬。

也許他說得對，但是這還是很悲哀，我也沒有隱藏我的感受。我要奧斯卡信任我，就要讓他看見我的感受，至少要展露一些給他看。

他說我應該從時間的角度來看，這個世界的死亡與悲傷現在都結束了。等到巴克斯的天命實現，新時代就會開始，人類就可以跟他們的主子平起平坐，一起廝混。「芬雷先生，到時候一切就都明白了，奇蹟會成為現實，到時候你就知道了。你現在能在巴克斯上，真的很好命。」

「你真的相信這些？」

「當然相信。」

「光聽幾句預言就相信？」

「我是相信巴克斯創始人的計算與推論。他們的計算能讓我們安然跨越六個世界的海洋，也能讓我們抵達地球。」

「死亡的地球。」

奧斯卡微微一笑，他留了一手，沒有透露最有價值的資訊，就像魔術師要等到最適當的時刻，才肯從袖子裡抽出紙花。「並不是**完全**死亡，你看，南極洲又傳來新畫面了。」

他給我看一段影片，這段影片跟其他影片一樣，都是在對流層的高空拍攝的，也跟其他影片一樣，很難看懂內容是什麼。乍看之下好像又是一片普通的沙漠，在我那個年代，南極洲這個地方可是籠罩在冰雪之中。畫面上的景象可能是巨石，也有可能是礫石。比例尺的文字我看不懂，所以不知道實際尺寸。不過畫面中央的光點倒是很正常，飛行船靠近南極洲，畫面漸漸穩定下來，愈來愈清晰了。我很清楚看到一些結構，是薄霧籠罩的正方體與長方體，顏色是灰暗的粉色。奧斯卡說這些東西有些幾乎跟巴克斯核心一樣大，而且也不是廢棄毀壞的建築物，不是一般的建築物。鏡頭聚焦在一塊狹窄的地面，畫面愈來愈清晰，可以看到這些結構在南極洲的塵土上留下幾道長長的直線痕跡。這些結構是**會動的**。

「我們認為這些是假想智慧生物的結構。」奧斯卡溫和地說。

我想他說得對，這些結構不像是人類做出來的。這時畫面突然靜止，變得空無一物。奧斯卡說這是無人駕駛飛行船的感應器故障了，巴克斯又派出更多無人駕駛的飛行船到同一地點，結果也故障了。奧斯卡倒是樂觀看待：「顯然地球上還是有假想智慧生物，顯然他們注意到了無人駕駛的飛行船，做出反應。這樣看來，誰都看得出來他們注意到**我們**了。」他臉上的微笑沒變，而且一點都不擔心：「芬雷先生，他們知道我們來了。我想他們是在等我們抵達地球。」

第十一章　珊卓與柏斯

珊卓的哥哥凱爾住的地方叫做活橡樹安養住宅，位在遼闊的土地上，以前是一座牧場。附近有一條溪流，住宅區這裡還真的有橡樹林。

珊卓從一開始安排凱爾住進這裡就對「活橡樹」這個地名很好奇，上網搜尋了一下。為什麼叫做「活」橡樹呢？跟什麼相比是活的？後來發現之所以叫活橡樹，只是因為這種樹在冬季也能維持青綠，原來真正的原因這麼乏味啊！珊卓在網路上發現德州人稱橡樹林叫「叢林」。

珊卓跟這裡的櫃台人員說起「叢林」，那時她才剛到德州，對自己的新英格蘭口音覺得很難為情。「我想帶凱爾到溪邊的叢林走走。」結果對方一臉茫然盯著她看。珊卓紅了臉，趕快解釋：「我是說橡樹林。」「喔，這樣，當然可以啊！」

管它叫叢林還是叫什麼，只要天氣好，珊卓都會帶凱爾到那裡走走，這成了兩人的例行公事。那裡的日班員工大部分都認識珊卓，珊卓也幾乎都叫得出他們的名字。照顧凱爾的護士跟珊卓一起扶凱爾起床，坐上輪椅：「今天又是個熱天，不過我想凱爾喜歡溫暖的天氣。」

「他喜歡樹蔭。」

這當然只是揣測。凱爾從來沒說過他喜歡樹蔭，從來沒說過他喜歡任何東西。凱爾不能走路，不能控制自己的腸胃，也無法說出一個完整的句子。凱爾心情不好，就會把臉皺成一團大叫，要是開心──至少沒有**不開心**──就會露出牙齒牙齦做鬼臉，那是動物的微笑。他開心時發出的聲音是從喉嚨深處發出的輕微嘆息：**噢**，**噢**，**噢**，**噢**。

今天他看到珊卓很開心，**噢**。珊卓推著他走下鋪石子通道，越過綠色的草地來到橡樹林，他轉過頭來看著珊卓。護士給凱爾戴上一頂休士頓太空人隊的帽子，免得太陽曬到他的眼睛。凱爾伸長脖子，棒球帽都快掉下來了，珊卓幫他戴好。

樹林裡有個野餐桌，與其說是給病患用的，不如說是給客人用的，因為大部分的病患都不能下床走動。今天這裡沒有別人，珊卓跟凱爾可以獨享樹林。這裡有樹蔭，溪流傳來一陣潮溼的涼意，感覺不那麼酷熱難當，幾乎是很舒服。謝天謝地，這裡還有一陣微風。橡樹樹葉微微顫抖，遮住了陽光。

凱爾比珊卓大五歲，在醫生口中的「意外」發生在凱爾身上之前，珊卓一向都能跟凱爾傾訴煩惱心事。凱爾認真扮演大哥哥的角色，有時候也拿這個開玩笑，他曾經說：「小珊，我沒辦法給妳意見（凱爾是唯一可以叫珊卓『小珊』的人）。我的意見都是爛意見。」不過凱爾總是願意傾聽，又貼心又認真地聆聽，這才是最重要的。

雖然現在珊卓說的凱爾一個字也聽不懂，珊卓還是很喜歡跟凱爾說話。珊卓一邊說，凱爾的眼睛會盯著她看，大概是因為他喜歡聽珊卓的聲音。神經科醫師說凱爾已經失去記憶，不過珊卓覺得凱爾應該還有一些殘存的記憶力，應該還有一些意識的餘燼，偶爾會燃起知覺的火花。

「我最近有點麻煩。」珊卓說。

噢，凱爾說。他的聲音就像樹葉的沙沙聲一樣柔和，一樣沒意義。

ᔓ ᔓ ᔓ

是時間迴旋殺了珊卓的父親，毀了珊卓的哥哥。

珊卓多年來想了又想，想找出那件事真正的起因。她很想把仇恨投射在某個東西、某個人身上。可是怪罪的對象卻一變再變，一再從不同的對象身上滑走。到了最後，在無數微小又尋常的事實背後，在無數高深莫測的偶發事件背後，就是時間迴旋。時間迴旋改變了很多人的人生，也摧毀了很多人的人生，不只是珊卓她哥哥的人生，也不只是珊卓自己的人生。

從奇怪一點的角度看，時間迴旋對珊卓的母親來說是件好事。珊卓的母親是電子工程師，職業生涯原本陷入瓶頸。時間迴旋之後，衛星通訊落伍了，航空信號繼電器成為熱門搶手貨。珊卓的母親就到飛行器大亨羅頓的公司上班，設計出一款空中天線穩定系統，後來成為業界標準。她的設計非常搶手，她也常常忙到不在家。

珊卓父親的職業生涯正好相反。群星從夜空消失，剛開始造成混亂與不解，後來引發全球經濟衰退，珊卓父親的軟體事業就像過了元旦的聖誕紅一樣凋零。事業倒閉也好，時間迴旋也罷，這兩件簡單的事情正面襲來，珊卓的父親從此陷入憂鬱症的黑洞。病情偶爾會好轉一些，但是從來沒有真正痊癒。珊卓的哥哥有一次替爸爸解釋：「他只是忘了怎麼微笑。」十歲的珊卓只能滿懷鬱悶吞下這個不算解釋的解釋。

珊卓覺得我們這些下一代的人很容易接受這些事情，我們對這些事實太習慣了，就是一群連時間流逝都能控制的不知名外星人包圍了地球，這些外星人像神一樣，人類在他們面前很渺小，又很重要。我們願意接受這個事實，是因為我們向來都有著這樣的概念。珊卓自己是在時間迴旋的末年出生，大概是在星斗重新出現在夜空的時候（雖然星斗看起來很怪，而且都分散了）。珊卓之所以會出生，也許是來自她父母樂觀或絕望的情緒最後一次爆發，他們決定在世界逐漸混亂失序之際製造一個新生命。

星星是回來了，珊卓父親的人生卻毫無變化。他的內心深處似乎有一輛奔馳的火車叫做衰頹，無法撼動也無法停止。珊卓全家沒人認真探討這個問題。珊卓的母親在家的時候極力假裝一切正常。珊卓和凱爾都不敢違逆母親，所以他們家幾乎是不費力氣就能粉飾太平。珊卓的父親常常生病，一天到晚都待在樓上休息。這也不難理解，不是嗎？當然不難理解。這很悲哀，沒有人願意面對，日子就這麼繼續過下去。至少在那天以前都是這樣，那天珊卓放學回來，發現父親跟哥哥在車庫裡。

事情發生的時候，珊卓的十一歲生日才過了三個禮拜。她回家看到屋裡空無一人，嚇了一跳。凱爾感冒了，從學校回來，他的筆電攤開放在廚房的桌上，正在播映一部電影，裡頭有飛機也有爆炸，吵得很，凱爾就喜歡這個。珊卓把電腦關掉，就在這時，她聽見汽車引擎的響聲，不是她母親上班開的那一部，是他們家另外一部車，停在車庫裡。她父親以前還沒有躲在昏暗的樓上的時候，就是開這部車。

珊卓知道自殺是怎麼回事，至少知道怎樣叫做自殺。她還知道有些人把自己關在車裡，讓引擎空轉，這叫做一氧化碳中毒。她覺得她甚至明白父親為何想死。在往後那傷心欲絕的幾個月裡，珊卓都是這麼想。人有可能變成這樣，這就像一種病，並不是誰的錯。可是父親為什麼要帶凱爾一起進車庫，凱爾又為什麼跟去呢？

珊卓打開連接車庫與廚房的那扇門，廢氣弄得她頭暈，她只好回到廚房，走到屋外，拉起大大的車庫門，讓新鮮空氣流入，沖散毒氣。雖然珊卓的父親怕毒氣漏光，還用破布塞住門縫，珊卓還是很輕易就拉開大門。門連鎖都沒鎖。她打開駕駛座的車門，伸長身子越過父親的大腿，把引擎關掉。父親的頭垂在肩膀上，皮膚變成一種詭異的藍色，嘴唇上有一層乾掉的唾沫。珊卓想叫醒父親，卻是徒勞無功。凱爾坐在前座，坐在父親旁邊，繫著安全帶。他是不是以為爸爸要開車帶他出去？珊卓搖了搖他們兩個，又大聲叫喊，父子倆動也不動。

珊卓打給九一一，站在屋子前面等救護車來。幾分鐘感覺像幾小時一樣漫長。她想打電話給母親，可是母親人在斯里蘭卡參加商展，珊卓不知道怎麼聯絡她。那是五月一個晴朗的下午，珊卓一家人居住的波士頓郊區漸漸有了夏季的氣息。街上除了珊卓沒有別人，房屋好像都睡著了，鄰居好像都躲在屋裡，如同置身於沉睡房屋的夢境中。

醫護人員來了，把珊卓一起帶到醫院，找了一個地方給她睡覺。隔天早上，珊卓的母親也從可倫坡趕到醫院。原來珊卓發現自殺事件的時候，她父親已經死亡多時，珊卓也無能為力。醫生說凱爾還年輕，比較能抵抗毒氣入侵，保住了性命，但是大腦嚴重受損，永遠失去比較高等的功能。

ஏ ஏ ஏ

珊卓的父親去世七年之後，母親也因為胰臟癌去世，診斷出來的時候，病情已經無法醫治了。她在遺囑中保留了一筆信託基金，作為珊卓的教育費，另外還有一筆金額高出許多的錢，是要照顧凱爾一輩子用的。珊卓後來搬到休士頓，請遺產律師幫忙在附近替凱爾找個像樣的地方住，她就可以常常探望凱爾。他們挑中了活橡樹安養住宅，這裡專門照顧重度殘障病患，也是全國數一數二的安養院。這裡的費用非常昂貴，不過沒關係，用遺產支付也就夠了。

凱爾注射了鎮靜劑，登上向西飛行的班機，他醒來的時候珊卓會陪在身邊。但是，不知道凱爾將來在陌生的床上、陌生的房間裡醒來會不會覺得難過、焦慮，就算會，從他的外表也看不出來。

ஏ ஏ ஏ

凱爾坐在午間溫暖的陽光下，好像在等珊卓開口說話。今天珊卓不知道怎麼開頭，她很少會這樣。

她一開頭先說起傑弗森．柏斯，談到他是誰，還有自己有多喜歡他。「我想你應該也會喜歡他。他是警察。」珊卓停頓了一下，「他不只是警察。」

雖然叢林裡沒有別人聽她說話，珊卓還是壓低聲音。

「你一向喜歡聽時間迴旋時代的火星故事。地球籠罩在時間迴旋裡面，人類群體變成完整的文明。還有人類的生命有第四階段，只要承擔某些責任義務，就可以活得比較久。你還記得嗎？記不記得萬諾文死掉以前告訴全世界的那些故事？」

「當然，火星不會再跟我們說話了，有些道德敗壞的人把火星人的藥做成很可怕的東西，拿到黑市去賣錢。不過萬諾文身邊的人，像是傑森．羅頓跟他的朋友等等，還是很重視火星人的倫理道德。我聽過一些謠言，網路上也一直都有這方面的消息，就是說有一些祕密團體像火星人一樣接受長壽療法。保持正統，沒有拿去賣錢，是跟別人分享，按照正常的方式分享，保留原本的責任義務，用在好的地方。」

她現在聲音小到幾乎是說悄悄話，凱爾的眼睛仍然注視著她動來動去的嘴唇。

「我以前不相信這些，現在覺得是真的。」

今天早上柏斯告訴她，自己不只是個警察，他跟遵從火星人規矩的人有來往。柏斯說他的朋友非常反對黑市交易。警察可以被收買，柏斯的朋友不會被收買，因為他們已經接受過長壽療法，是原始的長壽療法。柏斯做的事情就是為他們而做。

珊卓很小聲、很小聲把這些說給凱爾聽。

「你現在大概想問，」也就是做哥哥的**一定**想問的問題，「我信不信任他？」

凱爾面無表情眨眨眼。

「我信任他。」珊卓說。現在大聲講出來了，她的心情也比較好了：「我只是擔心我不知道的事情。」

好比說奧林．馬瑟的科幻小說的意義（如果有意義的話），好比說傑克．格迪斯手臂上的綳帶，那可能是奧林會使用暴力的證據。好比說柏斯不想讓她看見的疤痕，還有柏斯還沒跟她說的事情。

時間過去了，一位護士在豔陽下慢慢地走，沿著小路來到橡樹林。她說：「他該回床上去了。」凱爾的帽子掉下來了，還好他們在樹蔭下，所以沒關係。凱爾還年輕，頭髮卻日漸稀疏。珊卓都能看見他的頭皮了，像嬰兒的皮膚一樣是粉紅色的，上面有幾叢淡金色的頭髮。珊卓拿起休士頓太空人隊的帽子，輕輕為凱爾戴上。

噢。

「好了。」珊卓說，「好好休息，凱爾，改天見。」

ᘓ　ᘓ　ᘓ

珊卓當初研讀精神病學，是想知道什麼叫做絕望，結果學到的卻是醫治絕望的藥理學。用藥物治療人類的大腦比較容易，要了解人類的大腦比較困難。珊卓的父親病情長期惡化，和那時相比，現在的抗憂鬱藥物種類更多也更好，這是好事，但是對醫學來說也好，對個人來說也好，絕望始終是個難懂的謎，既像疾病又像天譴。

開車回休士頓的路很漫長，還會經過國家照護的病房大樓，珊卓的病患被判定住院之後，就會住在這裡。路過國家照護的病房大樓，珊卓的良心總會刺痛。她通常都是刻意不看，心裡比較舒服。入口只有一塊非常威嚴的小招牌，大樓隱身在長滿草的山脊後面（都是枯萎的黃草），從公路上只能看到一點點，不過珊卓還是能瞄到瞭望塔的塔頂。那條路她走過一兩次，知道塔後面是什麼：一棟巨大的兩層煤渣磚住宅大樓，四周還有臨時擴建的住宅，大部分都是美國聯邦緊急事務管理局捐贈的多餘的薄金屬板活動房屋，四周用鐵絲網圍住。住在裡面的有男人（大部分都是男人）也有女人（只有少數），徹底隔離開來，在這裡永無止境地等待。在這種地方只能等待，等待加入職業復健計畫，等待那萬分之一的機會，轉入國家照護中途之家，等待疏離又冷漠的親戚來信，等待「新生活」的奇蹟出現，樂觀與希望卻一天天流失。

這是一座鐵絲網、波紋鋁板和永無止境的絕望組成的城鎮。**藥物治療**的絕望，病房大樓的藥房一直在更新處方，有些處方恐怕還是珊卓親手開的。有時候用藥物治療都不夠。珊卓聽說這裡最大的安全問題就是從外面偷運進來的麻醉劑（酒精、大麻、鴉片製劑與甲基安非他命）。

德州州議會即將審查一項將病房大樓轉為私營的法案，法案裡有一項但書是要採用所謂的「工作療法」，也就是允許外界雇用健康的住院病患做些道路施工，或是在某些季節擔任農場勞工，抵銷他們住院的公共支出。珊卓認為如果法案通過，國家照護計畫僅剩的一絲理想就會蕩然無存。國家照護成立的本意是要照顧與保護長期貧窮的人，如今卻要變成合法的契約勞工派遣中心。給人家剪個頭髮，發件乾淨的襯衫，就要人家當奴隸。

瞭望塔從珊卓的後照鏡消失，躲在焦黃的山巒後面。珊卓想起她對康格里夫有多生氣，康格里夫把她調離奧林的案子，免得她做出讓他難辦的診斷。可是珊卓自己的雙手又有多乾淨呢？有多少人僅僅是因為符合《診斷與統計手冊》列舉的特徵，就被珊卓打入病房了呢？是啊，住進病房可以免於街頭的殘酷與暴力，也不用擔心剝削、愛滋病、營養不良與毒癮。這樣想很有道理，也能撫慰珊卓的良知，可是到頭來拯救他們是為了什麼呢？

珊卓到家的時候，天都快黑了。現在是九月，白晝愈來愈短，但是天氣比八月最熱的時候還熱。珊卓看看柏斯有沒有寄來新信，有一封，不過只是奧林筆記本的另外一部分內容。

珊卓用微波爐熱晚餐，電話響了。她接起電話，心想應該是柏斯打來的，沒想到另一頭傳來的卻是陌生的聲音。「是柯爾醫師嗎？珊卓．柯爾醫師嗎？」

「我就是，請問哪位？」不知道為什麼，珊卓突然提高警覺。

「希望妳今天探望妳哥哥感覺獲益良多。」

「你是誰？」

「一個為妳好的人。」

珊卓感覺一陣恐懼從她的胃一路沿著脊椎往上爬，停留在她的心臟。她心想，**事情不妙啊**。她沒有掛斷電話，還是聽著，等待對方發話。

第十二章　特克的故事

一

「他們最壯觀的地方，」奧斯卡說，「幾乎可以說是**難以想像的雄偉**的地方，就是他們的結構，由好幾兆各式各樣的元件組成，從最小到最大的都有，散布在整個銀河！相較之下人體實在微不足道，比最小的元件還要小。不過我們對他們來說還是很重要啦！可以說我們是他們生命的重要部分。」他心不在焉微笑著，好像在想著神聖的景象。「他們知道我們在這裡，他們要來跟我們見面。」

他口中的「他們」是假想智慧生物。

奧斯卡邀請我去他家，這可是頭一回。我到今天才知道原來奧斯卡有家，也有家人，之前都沒想過他也有家。他希望我能見見他的家人。他家位在巴克斯核心右側很裡面的地方，是一棟很舒適的木造與石造矮屋，周圍有許多細緻的薄葉樹。我拜訪他家那天，他家有三個女人和兩個孩子。兩個小孩是他的女兒，一個八歲一個十歲。三個女人其中一個是他太太，另外兩位是關係比較遠的親戚。巴克斯語有個稱謂，但是奧斯卡說這很難翻成英語，我們覺得叫「表親」就可以了。他們這餐吃的是燉魚和蔬菜，我邊吃邊回答二十一世紀的一些無傷大雅的問題。晚飯結束後，兩位表親把吵鬧的女兒帶走。奧斯卡的妻子是一位眼神柔和的女人，叫做布莉昂（跟其他巴克斯人一樣有一長串稱謂與尊銜），晚飯之後她留了下來，不過後來也告退了。留下奧斯卡對我說著假想智慧生物，人造日光漸漸變暗，進入黃昏。

奧斯卡可不是隨便聊聊而已，我漸漸明白了，奧斯卡找我來是要問一個難辦的問題，不然就是要我做一件難辦的事情。

「就算他們了解我們，」我說，「那又怎樣？」

他按了桌子的控制面板，一個兩度空間的影像就飄浮在我和他之間的空中，那是最近的空拍畫面，可以看到假想智慧生物機器一步一步慢慢橫越南極洲沙漠。我看到三個外表一片空白的箱子，旁邊有六個比較小的長方體，這些形體就跟高中幾何學課本的圖形一樣簡陋。「上個禮拜，」奧斯卡說，「這些機器轉向了，現在走的路線正好會經過我們現在的位置。」

顯然巴克斯預言實現了，奧斯卡露出得意的神情，也不是只有他得意。我今天在別人臉上也看到這種心照不宣的微笑。

「這些機器，應該說很像機器的設備，已經橫越地球五大洲兩次了。我們現在知道這些機器的動向，就可以找出他們的移動路線，拿來分析。證據顯示這些機器搞不好已經跨越海底了，這也不是不可能。我們的學者認為他們是想要精確掌握地球的地貌。」

「掌握這個幹嘛？」

「我們也只能猜測，不過芬雷先生你想想看，這些機器就是智慧系統在地球的化身，這個智慧系統真的是橫跨整個銀河呢！而且這些機器要來找我們！」

就算是這樣，他們顯然也不急。假想智慧生物機器在平地上以每小時兩到三公里的速度前進，目前在颳著大風的威爾克斯盆地，距離我們還有一千多公里，而且我們跟他們中間還隔著南極橫貫山脈。「所以，」奧斯卡說，「我們決定派出一支探險隊跟他們見面。」

他好像指望我會跟他一樣興奮，好像覺得他的熱誠會傳染給我。如果我之前有連上網絡，那他的熱誠應該會傳染給我吧！我沒回話，他就接著說：「我們的無人駕駛飛行船只要進入機器的某個範圍之內，就一定會故障。派有人駕駛的飛行船出去搞不好也會這樣。所以我們打算搭飛行船到那個範圍之外，再走進去。」

「幹嘛，奧斯卡，你覺得會怎樣？」

「最起碼我們可以被動勘查，也許也會跟那些機器互動。」

一位表親端果汁來給我們喝，就又離開了。微微的晚風吹進屋裡，一扇窗戶可以看到巴克斯的尾部，我看到這一層的遠端下著雨，也看到遠方的薄紗橫幅。

「不管怎樣，」奧斯卡謹慎地說，「我們覺得探險隊裡面有個入門人比較好。」

整個巴克斯核心只有兩位入門人，我就是其中一位。另外一位當然就是艾沙克．杜瓦利，我一直在關注他的復原情況。艾沙克的頭顱已經順利重建，最近他已經能走幾步，也能講幾個字了。不過他還是很虛弱，沒有辦法前往南極洲內地探險。

「我有沒有選擇？」

「當然有，我現在只是請你考慮看看而已。」

其實我知道我只能接受，跟奧斯卡一起去，他會更相信我願意接受巴克斯的理念。艾莉森的計畫要想有一絲成功的希望，就一定要讓奧斯卡這樣想才行。

這是說如果**還有**計畫的話，如果我們沒有屈服在自己的謊言之下的話。

⁂

坦白說，普天之下我就只有巴克斯這個家。奧斯卡又堅稱只要我願意，巴克斯很希望我能成為這個家的一員。

我就裝出一副很想成為巴克斯人的模樣。

也許我還真的有點想成為巴克斯人，我現在比較了解巴克斯了，不會覺得巴克斯很可怕，很抽象。我知道該如何穿著打扮才不會顯得突兀，也知道最基本的社會習俗。我一直在看他們給我的書，想要從那些墨守成規的文章中理出個頭緒。我知道巴克斯源自浩瀚星海中一個叫做艾斯特的星球上規畫成立的國家，艾斯特是一連串可居住星球當中的一個中間世界。我從書上看到巴克斯大腦邊緣民主國家的創建人姓名，也看到巴克斯五百年來的戰爭與同盟，勝利與挫敗。巴克斯預言是由大量的理論與推測組成，這些理論與推測我也能背誦一點點。（我們這些一萬年前被吸入赤道洲時間拱門的人當中，有些人的名字也出現在預言裡，實在很詭異。預言裡還有我們第二次會出現的日期和時間。）

換句話說，我除了還沒在我的脖子底下裝個節點之外，幾乎已經開始變成巴克斯人了。

艾莉森則是跟我背道而馳，她離過去愈來愈遠，愈來愈陷入「艾莉森」這個角色。她付出的代價就是與社會隔絕，還要長期忍受令人脆弱的寂寞。這樣對她也有好處。她希望監視她的人認為她漸漸脫離現實。

我從奧斯卡家告辭，回到跟艾莉森一起住的幾個房間，看到她彎著肩膀坐在桌邊，做著她幾個禮拜來每天拚命在做的事，就是寫作。她用鉛筆在幾張紙上寫東西。巴克斯生產少量的各類用紙，所以要拿到紙並不困難，不過巴克斯用的並不是一般的筆或鉛筆，我跟奧斯卡提起筆的概念，他馬上答應安排機械工廠製造少量的筆，就是石墨棒裝在碳纖維管裡，比較像我們以前的「自動鉛筆」。

原版的艾莉森．寶若非常喜歡寫作，所以她的日記幫了那些再造艾莉森的巴克斯學者一個大忙。我一隻手放在艾莉森的肩膀上，讓她知道我回來了。我伸長身體，瞄到她的草寫字體（她的字寫得很大，寫起字來搖搖晃晃的，她承襲了艾莉森對寫作的愛好，但是沒承襲到艾莉森寫字的技巧）。巴克斯停靠的位置相對靠近南極洲大陸，在一個很深的盆地，那曾經是羅斯冰棚的所在地。艾莉森今天去過其中一座高塔，現在把她所看到的寫下來：

……那些山就是古地圖裡的毛德皇后山脈，一排灰色光禿禿的山巒，佇立在醜陋的天空下，就跟這個衰頹星球上的其他景物一樣沒有生命。綠色的雲朵降下黃色的雨，灑在迎風的山坡上。這像是對

人類的天譴，雖然我知道人類已經離開這個地方，到別處去過活了，這個地方看起來依然像是人類錯誤的紀念碑。我們生活的方式帶來了後果，是我們從未真正預見，也從未真正了解的後果……

她彎著手放在紙上，抬頭看著我。

「奧斯卡要我到南極大陸去。」我說。

她的眼睛冒出火光，不過她一句話都沒說。

我跟她說了探險隊的事，我們談這個談了一會兒，這陣子我們談任何事情都是這樣，要小心翼翼衡量我們說的話在看不見的聽眾耳裡會有什麼效果。她不贊成我參加探險隊，不過也沒跟我爭。

最後她回頭繼續寫作，我拿了一本書（是《火星的瓦解與火星人大移居》）要到床上去看，想起奧斯卡說的假想智慧生物「難以想像的雄偉」。假想智慧生物創造了一連串的世界，每個世界以拱門相連，世界連線的一端是地球，另外一端是火星，中間隔著十個相距甚遠的可居住星球，這十個星球形成連貫的景象，書中稱為「分散星際地質」。人類雖然在火星上做工程，火星卻始終不適合人類居住。能前往環境更好、資源更多的世界，這個誘惑實在太大了，火星人無法抗拒。但是少了精心經營的農牧業，火星又回復以往寒冷、乾燥的本色。宇宙中不適合居住的沙漠已經夠多了，現在又多一個。火星人跟地球人一樣，失去了一個可以居住的家園世界。

我記得在時間迴旋期間造訪地球的火星大使萬諾文的故事。那時候他的火星聽起來比地球理想。火星人已經懂得適當使用假想智慧生物科技，用來創造他們知名的長壽療法，但是根據我手上的這本書，他們到頭來卻否定長壽療法，否定每一種假想智慧生物科技。書上說早期標準生物哲學家大多是火星人。他們並不是否定生物科技，畢竟第一個大腦皮層民主國家就是火星人發明的，而是他們堅持只要**人類**的生物科技，因為可以完全了解，完全掌控。

書上說這是短視又高壓的教條。

艾莉森上床的時候，我已經把書放下了。我們還是睡在一起，只是已經幾個禮拜沒做愛了。我們最危險的時候就是放鬆戒備的時候，天知道網絡聽見我們的嘆息與喘息，會做出什麼危險的聯想。沒有激情的插曲，我們自己為自己寫下的劇本演起來會比較可信。

但是我真的很想念跟艾莉森在一起的感覺，不只是想念她的身體。那天晚上我醒來，聽見她嘟噥著一堆英語和巴克斯語。她在睡覺，可是身體沒有休息。她的眼皮顫抖著，眼淚溼潤了整張臉。我觸碰她的臉頰，她呻吟一聲，翻過身去背對著我。

ꩻ ꩻ ꩻ

二

探險隊預定出發的前一天，我去看了人在醫護室的艾沙克・杜瓦利。奧斯卡非要跟我去。他基於職責，一定要關注我跟艾沙克的互動。「你每次一出現對他都有些影響。」奧斯卡說，「他跟你在一起脈搏都會加快，大腦的電流活動也會比較強烈，比較有條理。」

「他大概只是喜歡有人陪。」

「他碰到你才會這樣。」

「大概是因為他認得我吧。」

「他當然認得你，」奧斯卡說，「不管怎樣都認得。」

艾沙克已經好多了，身上的維生設備大多已經拿掉。一群醫生和護士還是在他身邊走來走去，跟我們隔著一段距離，聽不到我們說話。他沒管他們，眼睛直直看著我。

他現在可以看著我了，他受傷的頭部與身體幾乎已經重建完畢，頭顱左側的肌肉仍然是半透明的。他張開嘴巴，我看見他下巴動來動去，好像一隻螃蟹在牛奶般的潭水走動。他新裝上的左眼沒有血絲，也少了不透明感，跟右眼同時聚焦。他躺在椅子上，我朝向他走一步。「嘿，艾沙克。」我說。

他的下巴在一層毛細血管下面跳著螃蟹舞。「特，」他好不容易說出口，「特、特……」

「是我，我是特克。」

「**特克！**」他幾乎是用叫的。

一位巴克斯醫生悄聲跟奧斯卡說了幾句話，奧斯卡翻譯給我聽：「艾沙克的自主運動能力已經進步多了，但是衝動控制能力還是很差……」

「閉嘴！」艾沙克尖叫。

艾沙克受假想智慧生物影響很大，所以在巴克斯人眼中幾乎是活神仙。我覺得很好奇，奧斯卡被一個很難控制衝動的神責罵，會是什麼感覺？

「嘿！我在這裡。」我說，「艾沙克，我就在這裡。」

他沒說幾句話卻已經累翻了，眼皮都閉了一半。他整個人被綁在椅子上，手臂掙扎顫抖著。我回過頭去說：「有必要把他綁起來嗎？」

奧斯卡又跟巴克斯醫生商量一會兒，壓低了嗓門，用我幾乎聽不見的聲音說：「是啊，恐怕有必要，這是為了他的安全著想。他現在很容易弄傷自己。」

「我想多待一會兒，你介不介意？」

我這個問題是問艾沙克，卻是奧斯卡搬了張椅子給我。我坐下來，艾沙克的眼睛緊張地瞄來瞄去，看到我才停了下來。蒼白的臉龐浮現一個表情，可能是焦慮，也可能是放心。

「不用說話沒關係。」我說。他仍然掙扎顫抖著。

一位醫生開口：「他聽見你的聲音反應都很好。」

我聽了就開口說話，對著艾沙克說了快一個鐘頭，他偶爾咕噥一聲，我想應該是要我再說下去。

我不知道他對巴克斯了解多少，也不曉得他知不知道自己怎麼會到巴克斯，所以就跟他說這個。我跟他說我們是被赤道洲沙漠的時間拱門吸走，經過了一萬年來到巴克斯。我說我們又回到地球了，巴克斯在這裡有些事情要處理。我們不在地球的這些年，地球真的吃了不少苦頭。

我發覺奧斯卡不喜歡我說這些。他大概希望由他自己用他的方式向艾沙克介紹巴克斯。不過那些醫生看到艾沙克的生理反應，似乎覺得很不錯，奧斯卡也不想再引爆地雷，所以沒說話。

最後是艾沙克自己結束這場會面。他的眼神渙散，露出想睡覺的模樣。我想他是暗示我該退下了。「我不想讓你太累。」我說，「我先回去，我保證很快就會來看你。」

我站起身，艾沙克開始顫抖，不是輕微顫抖，而是嚴重抽搐。他的頭左右甩個不停，眼睛快要脹破他那薄如紙的眼瞼。我往後退，那群醫生連忙跑到他身邊。「特克！」他大叫，嘴唇邊都是唾沫。

他全身僵硬，眼睛往上吊，到頭來只看得到眼白，他的嘴唇、舌頭跟下巴倒是動了起來，口吐道地英語：「**好雄偉啊！**」他低聲說：「**數十億的元件散落在整個銀河上！他們知道我們在這裡！他們要來跟我們見面！**」

奧斯卡說過一模一樣的話。

我瞄了奧斯卡一眼，他的臉快要跟艾沙克一樣蒼白。

「**特克！**」艾沙克又叫了一聲。

一位醫師把銀色的管子刺進艾沙克的脖子，艾沙克又癱回椅子上，閉著眼睛，首席醫師看了我一眼，不用說我也知道是什麼意思：現在趕快給我出去。

三

探險隊出發的那一天，艾莉森跟我一起來到飛行船的停靠站上，停靠站位在城市上空一個高高的平台上，一層透明的滲透濾網把有毒空氣阻隔在外。一群軍人在我們身旁晃來晃去，他們的裝備堆在甲板上，等著搬進飛行船。土黃色的雲朵掃過天際，在陽光的照射下看起來很陰鬱。

艾莉森跟我擁抱道別：「要回來。」她不顧一切，在我耳邊悄聲說：「趕快回來。」這種時候說一個字都是冒險。她一定由衷希望網絡不會聽見，就算聽見了，她也希望他們會以為是一個女人在懇求快要從她手中溜走的愛人。

艾莉森不是捨不得我，她的意思是說：**我們要趕快行動，不然就會失去逃跑的最好機會。**她的意思是說：**我們隨時都有可能被拆穿。**

我也悄聲對她說：「我會的。」

意思是說：**我知道。**

第十三章 珊卓與柏斯

等到珊卓終於聯絡上柏斯，已經超過晚上十點了。她把事情經過告訴柏斯，柏斯要她坐著，他馬上就到。不到半個小時，柏斯就按了大廳的安全門對講機。珊卓開門讓他進來，豎著耳朵聽，直到聽見走廊電梯門打開的聲音，等到他敲門，珊卓才拉開門閂，把門打開。

柏斯一身便衣打扮，穿著牛仔褲與白T恤。他跟珊卓道歉，沒能早點回她電話。珊卓問他想不想喝咖啡，她剛剛新煮了一壺。柏斯搖搖頭：「趕快告訴我那傢伙說了什麼，妳記得的都跟我說。」

ꕥ ꕥ ꕥ

電話那頭的聲音很粗啞，帶點鼻音，是年長男人的聲音。珊卓一開始覺得害怕，因為對方一副跟她很熟的語氣。**為妳好的人**。不可能，這不可能。

「跟凱爾有關係嗎？凱爾怎麼了？」

「就是老樣子啊！他不是大腦受損嗎？所以後半輩子都要待在植物人儲藏室裡啊！」

「講清楚你是誰，不然我要掛電話了。」

「柯爾醫師，要掛電話請便，我可是想幫妳，所以妳也別急著掛電話。我知道妳今天探望過妳哥哥了，我還知道妳的一、兩件事情。我知道妳在國家照護上班。我知道妳很關注國家照護一個叫做奧林．馬瑟的病人。我還知道傑弗森．柏斯的事。妳對柏斯也很有興趣。」

珊卓緊握話筒，沒有答話。

「我的意思不是說妳在睡他，只是妳認識他才一兩天，就花那麼多時間跟他相處。妳到底了解他多少？這個妳可要好好想想啊！」

珊卓心想，**你就掛斷吧你**！不過也許她該聽下去，最好能告訴柏斯這傢伙要幹嘛。她覺得遭到攻擊，還是盡力整理思緒：「你要是想威脅我……」

「注意聽嘛！我是要**幫**妳的，妳也**需要**人幫。妳根本不知道妳蹚了什麼渾水。柯爾醫師啊，柏斯對妳到底有多坦誠呢？他是不是跟妳說他是休士頓唯一清白的條子呢？是不是跟妳說他要打擊長壽藥集團呢？唔，我來告訴妳一個不一樣的傑弗森．柏斯，這個柏斯可沒那麼偉大，警界生涯每下愈況，想要升官機率是零。他跟聯邦調查局說國內有個進口商非法進口列管的化學物質，根本沒人甩他。他拿不出屁個證據證明他說的，現在淪落到想把一個智障夜班警衛弄出來。妳看看這個人，為了**把人弄出來**不惜色誘國家照護的女員工。妳是被他玩了，妳要趕快面對現實。」

「去死吧你。」

「好吧，妳不相信我也沒關係。妳又怎麼會相信我呢？我們可以吵上一整晚。但是我說了我想幫妳，如果妳願意的話，我想幫妳幫助妳的哥哥凱爾。唔，我也要替柏斯說句公道話，他也不是句句都在說謊。休士頓的確有些條子跟長壽藥集團扯在一塊，這倒是實話。還有長壽藥生意也是非法的沒錯。但是妳想想，也許妳**已經**想過了，長壽藥生意真的有那麼糟嗎？長壽藥可以讓人多活三、四十年，這怎麼會是罪大惡極呢？政府憑什麼不讓老百姓接觸長壽藥？是會妨礙政府的**社會計畫**還是怎樣？」

「你到底想說什麼……」

「柯爾醫師，我是希望妳跳脫框架思考。妳還年輕，也很健康，不需要火星人的療法，那也沒問題。等到妳美麗的肌膚開始鬆垮，等到妳人生往前看只有病床跟墳墓，妳的想法可能就不一樣了。沒錯，妳還不用擔心這個，也許要到很久之後才會開始傷腦筋，但是人生總會有意外嘛！假設說某一天，我是說下禮拜，不是幾年後，醫生診斷出妳已經是癌症末期。醫生也無能為力了，只能給妳吃點普通的藥。唔，長壽藥可不只會讓妳長壽而已喔！之所以能長壽，是因為藥在妳的體內抓出壞細胞，把腫瘤之類的髒東西抓出來，是會治好妳的癌症的。妳難道希望政府把這種藥藏起來嗎？為了他們所謂的**基因安全**，妳就要病死活該嗎？恕我直言，這可是鬼扯淡啊！」

「我不知道你跟我扯這個幹嘛。」

「我的意思是說，就算現在妳自己不需要這種療法，也許妳要死守妳他媽的什麼鬼原則，永遠**不要**這種療法，至少妳自己不會接受。不過，我可要再次提醒妳，這可是**治療**啊！是能治療不治之症的，能治療身體，也能治療大腦。」

珊卓有點喘不過氣來，好不容易說了一句：「聽你鬼扯。」

「我沒胡扯，我可是親眼看過的。」

「你講的這個是違反刑法的行為。」

「我說的藥是食指大小的一瓶無色藥水，想想凱爾喝了這個藥會有多好。妳把妳哥從活橡樹接出來，給他吃這個藥。他會發燒一陣子，不過一兩個禮拜以後他就會變成活龍，受損的大腦組織都會被修復……至少會恢復到能正常過日子。妳身為醫生，又是她妹妹，難道沒有責任醫好他嗎？就算花錢給他用最好的療法也是白搭，他已經是半死的人了，每天都向棺材前進一步，這個妳也是**知道**的。那妳要怎麼做呢？放手讓他死嗎？還是只要做一件輕輕鬆鬆就能辦到的事，給他吃個藥？別人每天都在吃，那還是為了他們自己要延年益壽，妳為什麼不能拿來救妳哥哥呢？妳自己想想看。我這個建議是很務實的，我說的這個藥，我現在手上就拿著一瓶。我可以用安全的方式匿名寄給妳，只有天知地知妳知我知。我只拜託妳一件事，就是不要再管康格里夫醫師的事情就好。妳明天一早起床就開車到國家照護，跟康格里夫道個歉，再簽一份文件，聲明妳因為利益衝突的關係要迴避奧林的案子。」

雖然天氣熱得要命，汗水沿著珊卓的臉頰滴下來，珊卓還是覺得不寒而慄。微風斷斷續續地吹著，窗簾一會兒揚起一會兒落下。客廳的另一頭，消音的電視螢幕歇斯底里般閃爍著。

「我不會犧牲奧林．馬瑟。」

「誰要妳**犧牲**什麼了？不過就是奧林住進國家照護而已嘛！有那麼可怕嗎？他有乾淨的地方住，

每天都有人照管，再也不用睡在大街上了。我覺得長遠來看，這是個不錯的收場啊！還是說妳對妳工作的地方一點信心都沒有？國家照護要是真有那麼糟，也許妳該轉行才對！」

也許她真該轉行，也許她已經轉行了，也許她根本不該聽這些鬼話。「我怎麼知道你不是在唬我？」

「我都打這通電話跟妳說這麼多了，妳就該相信我，別想歪了，我可不是在威脅妳。我只是想跟妳做個生意。我是沒辦法給妳擔保沒錯，但這關係到妳哥的未來啊！難道不值得賭一把嗎？」

「你只是打電話來的無聊男子。」

「好吧，我要掛電話了。柯爾醫師，妳現在不用告訴我妳願不願意。我只是希望妳能考慮一下這個情況。如果妳願意跟我們合作，事成之後會有好處的。就這樣了。」

「可是我……」珊卓開口。

開口也沒用，對方已經掛斷了。

ꕥ ꕥ ꕥ

珊卓把一切經過說給柏斯聽，她可是出乎意料地冷靜，也許也不算出乎意料，因為她在等柏斯來的時候，已經灌了兩杯酒了。珊卓的母親壓力太大也會喝兩杯，說是喝了酒會有「酒後之勇」。珊卓瞄了一眼酒瓶上的標籤，喝了這個會有「納帕谷之勇」。

「混蛋。」柏斯說。

「沒錯。」

「他一定是派人跟蹤妳，而且顯然人面很廣，所以會知道妳去找妳哥，妳說那個地方叫什麼來著？」

「活橡樹安養住宅。」

「妳哥住在那裡。」

「凱爾住在那裡，沒錯。」

「妳沒告訴我妳有個哥哥。」

「這……我不是……我沒有要**隱瞞**你的意思。」

柏斯用試探的眼神瞄了她一眼：「我也不覺得妳是刻意要隱瞞。妳在那裡有沒有覺得什麼地方不尋常？有沒有看到陌生人，看到路邊停了一輛車？」

「沒有，什麼都沒有。」

「他的聲音有沒有特別的地方？」

「聽起來像是有點年紀的男人的聲音，好像喉嚨裡有點痰，除了這些就沒什麼特別。」珊卓之前看了電話的來電紀錄，不過對方的電話當然沒有顯示。「我連這傢伙怎麼會認為需要對我威脅利誘都不知道。康格里夫已經把我調離奧林的案子了。奧林的診斷我完全不能插手。」

「除非他們能吸收妳，不然妳對他們來說還是不定時炸彈。如果事情鬧到法院，妳可以作證抖出康格里夫的作為。妳也可以向高層告發。」

「可是沒有奧林的證詞……」

「我覺得這些人現在還不擔心奧林在法庭上會說什麼，他們應該是擔心如果奧林有機會把他在倉庫裡看到的事情說出來，可能會引來聯邦調查局調查。把奧林判定成無行為能力只是第一步，我想他們會對他下藥，讓他永遠出不來，甚至把他做掉都有可能。」

珊卓悄聲說：「他們不能這樣。」

「等到他住院。」柏斯輕聲說，「就有可能會出事。」

的確。是啊，珊卓看過統計資料，病房大樓過去一年發生過六起暴力襲擊事件，更不用說用藥過量跟蓄意自殺的死亡人數。用院內平均人數來看，國家照護的病房大樓是相對安全的地方，以統計數據來看，住在病房大樓比睡在街頭安全多了。不過柏斯說得也對，奧林住院就有可能出事，搞不好有人會害他也不一定。

「那我們要怎麼阻止他們？」

柏斯微笑：「慢點慢點。」

「我的意思是說你要告訴我我該怎麼做。」

「讓我想想。」

「柏斯，我們沒多少時間了。」奧林的最終評估是在星期五，康格里夫如果受到壓力，也可以提前。

「我知道，但是現在都過了半夜了。我們都需要睡眠。我今天就睡在這裡，妳不介意吧？」

「當然不介意。」

「妳要我睡沙發也可以。」

「**你敢**。」

ஞ ஞ ஞ

早上起來吃早餐，珊卓坐在廚房桌邊，看著柏斯低頭享用她為他做的炒蛋，想起神祕來電客說得關於凱爾的事。

「那個長壽藥。」她說，「對像我哥這樣的人真的有用嗎？」

昨天晚上，珊卓在黑暗的臥室裡告訴柏斯她父親還有凱爾的事。柏斯用雙臂擁抱著她聽她說。珊卓說完了，柏斯並沒有說一些空洞的安慰話，他什麼也沒說，只是輕輕吻了一下她的額頭，這就夠了。

「可能可以修復他身體上的損害，但是不可能讓他恢復到從前的樣子，不可能讓他恢復記憶與技能，也不可能恢復他原本的個性。」

珊卓想起活橡樹的神經科醫師給她看的凱爾的大腦掃描影像，上面有一大塊、一大塊壞死的組織，好像死掉的黑蛾的翅膀。就算這些組織能神奇修復，裡面還是空無一物。凱爾接受治療以後，也許可以訓練，搞不好還能學說話……但是他永遠不可能完全恢復（就算完全恢復了，也不是原來的凱爾了，這有關係嗎？）。

「還有。」柏斯說，「他接受治療後，身體也會有一些變化。生物科技一旦滲透人的細胞，就會永遠待在裡面，有些人會很排斥這個。」

「因為這種療法是來自假想智慧生物的科技？」

「大概是吧。」

「根據奧林的筆記本。』珊卓說，「火星人最後廢除了這個療法。」

「是啊，不過，這大概是奧林的猜測吧！」

「我們還是不知道他怎麼會寫出這些東西。」

「不知道。」柏斯說。

「不過我們也不需要知道，對吧？我們只要保護他就好了。」

柏斯沉默了一會兒。珊卓已經學會在他沉默的時候不要打擾他，那是他思緒的終點。珊卓打開廚房窗戶，想讓新鮮空氣進來，但是吹進來的微風很熱，還有點金屬的味道。

柏斯說：「我很擔心妳牽涉其中會有危險。」

「謝謝，我也很擔心，但是我還是想幫奧林。」

「我真的很抱歉，把妳給牽扯進來。妳要是沒照打電話來的那傢伙的意思做，我看妳就等於是失業了。」

「失業的還不只妳一個。我昨天被叫進警局副巡長的辦公室。他要我二選一，要嘛就不要再插手管國家照護的事情，要嘛就繳槍繳警徽。」

「我想也是。」

「我看你大概不打算不插手吧？」

「我明天再來煩惱我的職業生涯。我們得先把奧林弄出來再說。他跟他姊姊可以暫時避一下風頭，等到事情解決再說，反正總會有辦法。」

「好啊，太好了，那我們要怎麼做？」

柏斯又不出聲，又在思考。「妳確定妳還想再涉入嗎？」

「柏斯，你就跟我說該怎麼做就好。」

「唔，這要看。」他打量她一眼，「妳願不願意回國家照護，道個歉，假裝跟他們合作呢？」

「這就是你的計畫？」

「一部分。」

「好吧，那我就回去吧……然後怎樣？」

「康格里夫晚上一下班，妳就打電話給我。我接到妳的電話就會過來，看看能不能把奧林從上鎖的病房劫出來。」

第十四章　特克的故事

一

奧斯卡堅稱我們是「先鋒探險隊」，總共有五十人，大部分都是軍人，不過也有六個主管階級的平民，還有十二個科學家與技術人員，再加上他們所有的裝備，還要找一艘能容納我們的飛行船。

艾莉森跟我說過，這種飛行船只要一位身上裝了節點、可以連線的飛行員就能駕駛。能夠連線，就能操作控制介面，真正的駕駛其實是飛行船自己，就是執行操作者指令的各種準自動子系統。所有的控制介面都能浮現觸控式選單與影像顯示。在艙房各處的虛擬窗戶可以看到飛行船外面的景象，我跟奧斯卡一起坐的椅子對面牆上就有這麼一扇窗戶。

從窗戶看到的景象一直都很乏味，直到我們進入南極大陸，接近毛德皇后山脈，景色才豐富一些。毛德皇后山脈的最高峰還能看到冰蝕的痕跡。這裡的冰雪很乾淨，因為海洋裡的污水都蒸發掉了，在陰暗的山坡上還會發出清晰的藍色光芒。

我們從迎風的斜坡下來，進入內部沙漠，這時天氣多雲，斷斷續續下著雪。我問奧斯卡，在這種天氣飛行會不會有危險？他看著我，好像我是小孩子：「會啊，當然會。」

他的焦慮寫在臉上，不過不是因為天氣。巴克斯人世世代代都認為巴克斯總有一天會和假想智慧生物見面，合而為一，到了奧斯卡這一代，預言就到了該實現的時候了。奧斯卡參加這次探險，等於是把自己放在最前線，直接面對假想智慧生物。奧斯卡覺得他能有這個機會真的很走運，至於走的是好運還是厄運，要到後來才會揭曉。

꩜ ꩜ ꩜

直到降落我們都在暴風中度過。

如果拿我那個時代的地圖看現在的南極，一定有很多地方兜不攏。大冰原幾百年前就消失了，羅斯海與威德海合而為一，將東南極洲和東南極洲西部外海的幾個大島分隔開來。奧斯卡說根據地質調查，我們降落的地方以前叫做威爾克斯盆地，大約位在南緯七十度，是個平坦、碎石滿布的荒原。

飛行船一降落，我們就穿上裝備。我們穿著能保暖的厚外衣，免得受寒，又戴上能從空氣筒輸送空氣的緊身面罩。飛行船的壓差隔離室一打開，我們就看到一片荒涼的景象，荒涼歸荒涼，並不算醜陋。整個南極洲就是一個沙漠，不過沙漠通常都很美麗。我想起赤道洲的內地，想起猶他州、亞利桑納州的沙漠，還有時間迴旋之前的火星舊照片，那時火星還沒有地球化。這裡的地形有很多岩石，看起來了無生氣，幾乎跟火星一模一樣。奧斯卡說這裡的氣候非常寒冷，不過也沒有冷到足以維持永久的冰冠，而且相對來說比較乾燥。像現在這種夏末的雪，大概在明天以前就會融化了。眼前下著一陣陣小雪，雪花飄入地面的坑洞，伸向遠方的低矮平行山脊則因冰雪而模糊。

太陽在雲朵後面發出微弱的光芒，距離地平線很近。再過幾個小時就要天黑，不過我們完全可以在黑暗中作業。軍人把可攜式高強度燈光和一堆裝備放上可自行供電、具有鉸接大輪子的車子上。接著排好隊形往前走，平民則跟在後面。

我們用羅盤確認方向。目前還是看不到假想智慧生物機器，顯然距離還是很遙遠。我們降落的地方距離那條「界線」還很遠，界線那一頭就是我們的無人駕駛飛行船神祕失蹤的地方。沒人知道一旦跨越界線，對人對設備會有什麼影響。「我們當然信任假想智慧生物，」奧斯卡說，「不過他們跟其他生物一樣懂得自主運作。他們可能在不知不覺中做出一些事情，何況他們生活的時間與空間跟我們很不一樣。」這些都沒有我們感受到的強風，我們踏著碎石發出的單調碎裂聲，還有穿透面罩的淡淡硫化氫臭味來得真實、實在。

ꩬ ꩬ ꩬ

我們走了快一個鐘頭，一位技術人員看了儀器，叫大家停下。

「這裡就是界線了。」奧斯卡低聲說。再往前走，就到了我們的無人駕駛飛行船莫名其妙故障的地方。

三位軍人往前走，其他人則是提心吊膽地等待著。雪下得緩了一些，我們抬頭可以看到一些些明亮的天空，但是天色暗得很快。技術人員拿出兩個照明燈，對著黑暗的地方照。

那三位軍人走了一段之後停下腳步，對我們揮手，要我們往前走。我們隔著一段安全距離跟在後面，拿著照明燈照亮四周。我想假想智慧生物如果剛好在看，一定會看到我們。

我們全部都跨越界線走了很遠了，什麼事都沒發生。

∽ ∽ ∽

夜晚降臨，氣溫下降。我們牢牢抓住生存裝備的風帽，緊緊包住面罩。風還是很強勁，但是暴風雪突然停了，視線變好了，我們發現原來假想智慧生物機器就在眼前，也清楚看到機器的外形。技術人員趕快跑上前去，用照明燈對準機器。

我們把這些結構稱為「假想智慧生物機器」，不過從地面上看會覺得不像機器，比較像超大型幾何體。離我們最近的一個是標準長方形立方體，其中一面長八百公尺，移動速度非常緩慢，不過還是可以察覺（雖然幾乎看不出來）。我們距離機器很近，我感覺到腳下傳來緩慢的震動，像是輕微的地震。

我們靜靜接近立方體，站在立方體附近的軍人看起來很渺小。技術人員開始舉高照明燈，照射在距離最近的垂直平面上，那是一個空無一物、沙岩材質的平面。這個東西非常規則，實在很像一個大到不像話的**建築物**，卻又沒有窗戶跟門，跟封閉的金字塔一樣令人費解。

有那麼一會兒，我們啥也沒做，只是盯著那玩意看。奧斯卡說這東西一定已經發覺我們了。不過就算發現了，也沒有做出任何明顯的回應。技術人員開始幹活，把三角架立起來，把燈裝在上面，又把感應器與錄音設備拿出來，放在碎石滿布的冰冷土地上。愈來愈多道強烈的亮光，將沙漠分為黑暗和光明兩個世界。

立方體後面一兩公里範圍內的平地上散落著六個物體，大小差不多，形狀不一樣，不過都很簡單，就是超大的圓柱體、八角形體、截球體和圓錐體。有些跟立方體一樣是沙岩的顏色，其他則是黑色、深藍色、黑曜石色與鎘黃色。任何一個都可能含有一座小城市，而且每個都以緩慢的速度走向遠處的高山和海洋。奧斯卡驚訝不已：「這些東西好大啊！不過只是假想智慧生物這個滄海的一粟。」一光線把陰影投射在他的面罩上，他看起來像一隻膽小的動物，從一個洞往外看。「這樣很容易犯下恐懼的錯誤。」

太容易了，我們身在地球南極的沙漠，這個星球孕育了第一批人類，後來又成為幾十億人的長眠之地，一個沒有墓碑的墳地。技術人員開啟感應器與勘測設備，這時候我沒等奧斯卡同意，就逕自走進立方體方圓一兩百公尺之內（不過奧斯卡還是用跑的追了上來）。

這個立方體很舊了，沒有裂痕，也沒有風吹日曬雨淋的痕跡，不過也有可能是一天或一小時之前才誕生的新成品。但是**感覺起來**真的很舊，像冰原散發冷空氣那樣散發著陳舊的氣息。立方體前面一點點的沙漠地上，新降下的薄薄一層雪漸漸消失，昇華融入夜晚的空氣中。

「芬雷先生，假想智慧生物實在非常有耐心。他們比天上大部分的恆星都要古老，現在我們這麼靠近他們的傑作……這真是神聖的一刻。」

為了溝通方便，我們都戴著耳機。我把我的耳機音量關小，我到現在只學會幾個簡單的巴克斯詞彙，在這裡派不太上用場，不過我和奧斯卡都聽見那群技術人員突然興奮大叫。兩道高強度燈光往上照。

光線照到立方體上面的一個東西，像是淡色的雲。我想不是雪就是霧吧！不過應該不是，因為其他地方的天空都萬里無雲。這片雲似乎在立方體上面蒸發，其他距離我們比較遠的物體也生成類似的雲朵，現在明明吹著風，淡淡的薄霧卻沒有被吹散，反而是輕輕飄下。

我直覺往後退了一步，聽到奧斯卡低聲說：「**看哪。**」

有個東西落在他穿著防護衣的手臂上。奧斯卡懷著敬畏恐懼的心看著那東西，我一開始以為是雪花，仔細看卻發現那比較像一隻亮晶晶的小蝴蝶，一對淡色半透明的翅膀拍打著，中間夾著米粒大小的身體。

奧斯卡把手臂抬起來，想讓我們看清楚一些。小蝴蝶沒有眼睛，身體也沒有分節和分支，就是一團像石英一樣的東西，還有像睫毛一樣細的腳（不知道那算不算是腳），蝴蝶就是用腳鉤住奧斯卡的衣服，揮舞著翅膀對抗強風，看起來就像廉價的人造珠寶，毫無殺傷力。無數隻蝴蝶形成逐漸降落在立方體表面的雲朵，有幾百萬隻，也許幾十億隻都有可能。

在燈光外圍的地方，一位軍人放聲尖叫。

二

軍人發揮專業精神，迅速做出反應。他們拿了可攜式照明燈，揮舞著叫老百姓走原路回去。雖然有幾百隻、幾千隻亮晶晶的小蝴蝶湧向他們，擋住他們的視線，又聚集在他們的衣服上，他們還是叫大家快逃。

蝴蝶也黏在我跟奧斯卡身上，不過沒有那麼難纏。我揮了揮手臂，蝴蝶就掉到地上，動也不動。我去拍奧斯卡身上的蝴蝶，也是一拍就掉。

不管怎樣，我們還是逃命，大家都在逃命。軍人手上拿的照明燈晃來晃去，我們前方的光線亂七八糟。我從耳機聽到有人吼出指令，更多人放聲尖叫，閃亮蝴蝶組成的雲朵像沉默的雪在我們身邊盤旋。

探險隊其他成員在我們身後一個個倒地，我是邊跑邊回頭看見的。一有人倒在地上，蝴蝶立刻蜂擁而至，那人從頭到腳就變成亮晶晶的一片，整個人變成一座淡色的土丘，先是被舉起，接著馬上**解決**，我想不出更好的字眼形容。我開始明白這些人性命不保。

技術人員先步上黃泉，軍人穿的防護衣比較厚，但還是慢慢被吞噬。他們掉在地上的照明燈靜靜照亮著平原。

我有兩次必須停下腳步，把奧斯卡身上的蝴蝶拍掉。我怕死了，沒有心思去想蝴蝶怎麼沒要我的命。蝴蝶可沒對奧斯卡客氣，他身上的防護衣已經破破爛爛。蝴蝶的腳雖然小，卻像刀片一樣銳利地把他的衣服給扯爛了，破破爛爛的地方有些還血跡斑斑。我怕他的面罩會壞掉，沒有氧氣，我也先幫他把身上最脆弱處的蝴蝶拍掉。我們手挽著手一起跑了一會兒，蝴蝶軍團倒是沒敢接近。我的耳機之前不斷傳來恐慌的話語和尖叫，後來慢慢變少了，到了最後是一片死寂，這比尖叫聲還可怕。我不確定我們到底跑了多久，跑了多遠。我們一直跑到再也跑不動了，一直跑到除了我牛吼般的喘氣聲之外，什麼聲音也聽不見。我突然感覺沒辦法往前了，奧斯卡的手臂把我往後拉，我想，**他被抓到了**，**他死定了……**

原來奧斯卡沒被抓到，我面向他，發現他的衣服上面沒有東西，沒有蝴蝶了。我隔著他那潮溼模糊的面罩看，發現他的表情雖然很驚訝，又還算冷靜。「不要跑了，」他喘著氣說，「我們離開範圍了，已經跑出界線了。拜託，**不要跑了**。」

我回頭看了很久。

我們跑了很遠，掉在地上的照明燈還亮著，照明燈的燈光歪斜交叉，我清楚看到那幾台假想智慧生物機器，在移動的都不是人類。

風颳起我們腳邊的雪花，星星在我們頭上閃耀。我們站著發抖，等待身後的黑暗出現動靜，等待另一波攻擊，等待生還的同胞搖搖晃晃走過來，但是我們誰也沒看到，啥也沒看到。

遠方的照明燈一個一個飛快熄滅。

我們遵循衣服裡面的信號指示器，找到飛行船。我們走了很久，因為受到太大的驚嚇，所以一路上沒說太多話。奧斯卡好不容易才跟巴克斯核心對上話，用簡短的訊息跟主管還有軍方人員對談。遠距遙測已經把事情經過大致回報了，巴克斯已經開始分析資料。奧斯卡說：「大概是因為我們出現，他們做出防衛的反射動作。」也許是這樣。不過我不是巴克斯人，沒有必要跟他們一樣相信假想智慧生物都是滿懷善意。我沒必要為這種沒頭沒腦的大屠殺找藉口。

我們的飛行船杵在南極洲平原上，好像消失的冰河上面一個不搭調的沉積物。我問奧斯卡他能不能駕駛飛行船飛回巴克斯。

「可以，真的可以，我只要叫飛行船載我們回去就好。」

「奧斯卡，你確定嗎？你還在流血。」

他低下頭看著身上破破爛爛的衣服。「不嚴重。」他說。

我們穿過壓差隔離室，他脫下裝備，他的上半身有不少小割傷，傷口都不深，也不會致命。他跟我說醫藥箱放在哪裡，我把能止血的東西塗抹在他的傷口上。

他脫掉的生存裝備還黏著一兩隻亮晶晶的小蝴蝶，不知道是死了還是睡著了。奧斯卡把配給盒的東西倒出來，用拇指和食指夾住一隻死掉的蝴蝶，丟進盒子裡。他說這可以當成分析的樣本。接著我們把其他破破爛爛的衣服扔出壓差隔離室。

我們身在高空，飛行船依照程式設定飛往巴克斯，奧斯卡說：「蝴蝶沒有攻擊你。」

當初往南極洲出發時，機艙可是擠滿了人，現在卻是空蕩蕩的，實在很恐怖。空氣中、我們的身上，甚至我們換上的新衣服都有硫化氫的氣味。

「沒有……」

「因為蝴蝶**認得**你。」他的語氣聽起來像是訝異的抱怨。

「奧斯卡，我不知道這是怎麼回事。」

「顯然他們認識你，因為你是入門人。」

「我跟你一樣搞不清楚這是怎麼回事。我不是艾沙克，我體內沒有假想智慧生物的生物科技。」

「芬雷先生，」他說，「到現在你還要否認嗎？人類的身體不可能像穿越空間拱門那樣穿越時間拱門。這是我們多年研究得到的結論。你並不是像冷凍蔬菜那樣被**保存**起來了，現在的你一定是根據儲存的資料再造出來的。以人類的眼睛和儀器看重建的成品可能覺得完美無瑕，但是**他們**知道你是他們的同類。」

我實在太累了，不想跟他爭論。這趟南極之行證實了一個想法，那就是假想智慧生物認得我，還特意饒我一命。奧斯卡就緊抓著這個不放。他認為他能大難不死，是因為我在他身邊幫他。換句話說，他覺得是一個愛挑釁又沒腦袋的半神救了他。

第十五章　珊卓與柏斯

珊卓在中午抵達國家照護。停車場散發銀色光澤，那是暑氣產生的海市蜃樓。空氣又沉重、又悶熱，比昨天還糟糕，簡直不可思議。門口櫃台的警衛，一個叫泰迪的傢伙，坐著享受小型旋轉式風扇帶來的微風。他一看到珊卓馬上站起來：「嗨，柯爾醫師！唔，聽我說，不好意思呀，上面的跟我說不能讓妳進去……」

「沒關係，泰迪，你打個電話給康格里夫醫師，跟他說我在這裡，我想跟他說話。」

「這個應該沒問題……好的，小姐。」泰迪對著聽筒低聲說了幾句，等了一會兒，又低聲說了幾句，面對珊卓微笑：「好了，不好意思呀！康格里夫醫師說妳可以到他的辦公室。他要我跟妳說妳得直接去他辦公室。」

「直接進監獄，沒經過『機會』，不能拿兩百塊錢。」

「妳說什麼？」

「沒事，泰迪，謝謝。」

「不客氣！柯爾醫師，祝妳今天過得愉快。」

∽ ∽ ∽

珊卓踏進康格里夫的辦公室，康格里夫臉上浮現勝利的表情。珊卓提醒自己她是來演一齣戲，就像高中時代演《奧賽羅》的黛絲德夢娜一樣。**敬愛的父親啊，我身上的責任令我為難**。當然她的演技也不怎麼樣就是了。「康格里夫醫師，不好意思打擾了。」

「柯爾醫師，我真沒想到會看到妳。我不是叫妳這個禮拜休假嗎？」

「我知道，可是我想為我之前的行為道歉，我想我還是親自道歉比較好。」

「真的？妳的態度真是突然大轉變啊！」

「我知道這樣很莫名其妙。我把事情整個想了一遍，也可以說是反躬自省啦！因為我真的很重視我在國家照護的前途。回頭想想我之前的行為，我覺得我真的做錯了。」

「錯在哪裡呢？」

「唔，第一個就是越權行事。我把奧林．馬瑟當成我的病人，你把案子轉給別的醫師，我想我大概是很生氣吧！」

「我跟妳解釋過我轉給別人的理由。」

「是，長官，我現在了解了。」

「嗯，聽妳這樣說我真高興，要妳說出這話可不容易。妳能不能跟我說說，這個奧林・馬瑟到底有什麼特別的呢？」康格里夫把雙手拱成一個尖塔，若有所思看著珊卓，擺出一副很明智的樣子。

「我不覺得他很**特別**，他只是非常……我也不知道，脆弱？容易受傷？」

「我們所有的病患都很脆弱，就是脆弱才會送到這裡，就是脆弱才會需要我們照顧。」

「我知道。」

「所以我們才不能跟他們太親近，我們能給病患最好的禮物，就是保持絕對客觀。我之前說妳的行為不專業，就是說妳不客觀。妳明白我的意思嗎？」

「是，長官，我明白。」

「妳知不知道我為什麼要妳休假？一個醫師如果把自己的焦慮投射在病患身上，那通常是因為他太累了，不然就是心情很煩。」

「真的，我現在很好。」

「我也希望如此。妳的私生活是不是有什麼會影響妳工作的事情？」

「我都可以處理。」

「妳確定嗎？如果妳想找人談談，需要找人談談，我都願意聽妳說。」

媽啊，萬萬不可！「謝謝你，只是……」她嘆了一口氣，「坦白說，跟天氣也有關係，就是一些大大小小的事情加在一起。我的冷氣壞掉了，我好幾個晚上都沒能好好睡上一覺。是啊，有時候也覺得工作壓力太大了。」

「所有的同仁工作壓力都很大。唔，妳來找我談我很開心。妳現在的狀況真的可以回到工作崗位嗎？」

「是的，長官，絕對沒問題。」

「我們也不是都不需要妳。這樣吧！妳接下來的兩個禮拜先不要處理太多個案好了。妳也可以幫忙帶費恩醫師，妳的工作經驗這麼豐富，一定可以給他很多幫助。」

「這樣也好。」

「當然奧林的案子就不勞妳費心了。」

珊卓點點頭。

「坦白說我們在這個案子碰到一些麻煩，我要請妳寫一封正式的書信，表示妳是自願把奧林的案子轉給費恩醫師。妳願意寫信嗎？」

珊卓故意做出吃驚的樣子：「真的有這個必要嗎？」

「這只是形式而已，不過真的有必要。」

「如果您覺得有必要，那我當然會寫。」

「唔，好啦，柯爾醫師，妳今天就休個假吧！明天再回來上班。」康格里夫微笑：「要準時上班喔！」

「是，長官。」

「我們就把不愉快的事情拋在腦後吧！」

怎麼可能。「謝謝您。對了，如果可以的話，我今天還是在辦公室好不好？我不是要做訪談，只是還有四、五份個案報告還沒寫。」

康格里夫小心翼翼看了她一眼：「我想應該沒問題。」

「謝謝您。」

「不客氣，我很欣賞妳的態度。只要妳保持這樣的態度，我們就可以好好相處。」

「我也希望能好好相處。」珊卓說。

S S S

珊卓走進她的辦公室，覺得有點髒，打開桌上的電腦。康格里夫還要多久才會回家？他通常會在六點以前離開大樓，不過萬一有訪談，或是董事會開會，那也會留晚一些。這段時間珊卓整理了一個個檔案資料，把私人的東西拿掉或刪掉。她已經覺得自己跟國家照護很**疏離**，想來真是好笑，好像她這些年在這裡工作的青春都化為一團模糊的景象，像是古老明信片上的照片。

整理完檔案（也沒用多少時間），她從包包拿出奧林的文章，開始閱讀。這次也跟前幾次一樣，看了只是徒增疑問。

珊卓在下午三點半起身伸個懶腰，要去員工洗手間。沒想到一開門，就看到傑克．格迪斯坐在對面的椅子上，自顧自地哼歌。「嘿，傑克。」珊卓說：「你是在保衛醫護人員嗎？」

「只是注意一些動靜。」傑克咧著嘴笑，笑容一點都不誠懇。

「是康格里夫醫師叫你這樣的？」

笑容消失了：「是啊，但是……」

「我知道了，別擔心，我馬上回來。」

「柯爾醫師，妳要做什麼跟我無關。」他說是這麼說，眼睛還是盯著珊卓走進洗手間的門，又盯著她回來。

珊卓回到辦公室，拿出一張紙、一枝筆，在紙的最上面寫下**問題**。

她停了下來，輕輕咬著筆尾，整理一下思緒。

關於：奧林．馬瑟的文件

一、這份文件是奧林自己寫的，還是別人寫的？如果不是他寫的，那又是誰寫的呢？

珊卓想到她其實可以查查看這份文件是不是奧林大膽抄襲之作。她用電腦打開搜尋功能，輸入文件中的一兩行文字。沒有搜尋到什麼，這也只能證明就算文件不是奧林寫的，也沒有放在網路上。如果在網路上找得到，那奧林很有可能是抄襲，現在沒找到，就什麼也不能證明。

二、這份文件是小說，還是妄想？

這個問題除非能接觸到奧林，否則無法回答。柏斯說文件接下來會提到芬雷的倉庫，顯然至少有一小部分是奧林自己寫的，這就帶出了下一個問題。

三、「特克．芬雷」是真有其人嗎？如果有，跟經營倉庫的那個芬雷有關係嗎？

珊卓搜尋了休士頓地區的電話號碼簿，找到一大堆姓芬雷的，但是湯瑪斯（Tomas）與泰瑞爾（Tyrell）之間並沒有特克（Turk），也沒有登記T．芬雷的人。

四、艾莉森．寶若是真有其人嗎？

根據奧林的文件，艾莉森．寶若曾經住在紐約州的夏普倫。珊卓找出夏普倫的電話號碼簿，開始搜尋，覺得自己實在有夠蠢。她找到五個姓寶若的人，大部分都是單身，沒有名字開頭是A的人，也沒有叫艾莉森的人。還有兩個已經結婚了，是用先生的姓登記，有一對哈維．寶若夫婦，還有一對法蘭克林．寶若夫婦。

珊卓兩度拿起電話，又兩度掛上，好不容易才鼓起勇氣撥其中一個號碼。她心想，**真是白癡**。她乾脆也打給哈利波特，打給《頑童歷險記》的主角哈克算了。

電話響到第四聲，哈維．寶若來接聽。他很客氣，但是一頭霧水。沒有，這裡沒有人叫艾莉森。珊卓匆匆道歉掛斷，感覺到自己的臉都紅了。

她告訴自己，再打一通，再打一通她就要放棄，不管這事了。

這次是法蘭克林．寶若太太接的電話，她的聲音比較年輕，也比較友善。珊卓客客氣氣地問：請問艾莉森小姐在不在？

「嗯……請問您是哪位？」

珊卓的脈搏加速：「唔，我連這個電話號碼對不對都不知道……我是要找一位老朋友，艾莉森．寶若，我上次聽說她住夏普倫，所以……」

寶若太太笑了起來：「嗯，這裡是夏普倫沒錯，妳的電話也沒打錯，不過我想艾莉森應該不會是妳的老朋友，除非妳是唸小學的時候認識她。」

「怎麼說？」

「小姐，艾莉森才十歲，她**沒有**成年朋友。」

「喔，這樣，不好意思……」

「妳找的那位艾莉森人緣一定很好。我們前一陣子才接到一通找她的電話，是個男的，他說他是休士頓警局的。」

喔！「他有沒有留下姓名？」

「有，可是我忘了，我就把剛才跟妳說的也跟他說了一遍，我說抱歉，可是你要找的一定不是我們家的艾莉森，不過還是祝妳早日找到妳要找的那位艾莉森。」

「謝謝妳。」珊卓說。

ꕥ ꕥ ꕥ

康格里夫今天要開員工會議（珊卓並沒有受邀），所以六點過了很久還沒回家。七點過了幾分鐘，康格里夫在離開大樓的路上敲了敲珊卓辦公室的門：「柯爾醫師，妳還在這裡啊？」

「我就要回家了。」

「我要妳寫的信妳寫了沒有？」

「明天一早會放在您的桌上。」

「好。」

康格里夫離開時，珊卓瞄了門外一眼。傑克．格迪斯還坐在走廊上，椅子往後歪，自顧自地哼歌。珊卓聽著康格里夫的腳步聲消失在走廊盡頭，國家照護下班後的樣貌開始浮現。日班的員工差不多都回家了。開放病房的病人也從餐廳回房了，有些在休息室看電視。她聽見兩位護理員笑著走向大門口。

她關上門，回到辦公桌，拿起電話，撥打柏斯的號碼。

第十六章　特克的故事

一

醫護人員將我和奧斯卡跟其他人隔離一個禮拜，檢查我們身上有沒有污染的跡象，結果發現我們的身心都沒有異常，當然這也不能證明我們一切正常，因為假想智慧生物的儀器輕而易舉就能逃過偵測。不過，經過多次檢查都發現我們很乾淨，至於我們帶回來的樣本，那個裝在密封容器內晶瑩剔透的蝴蝶，一直都沒活過來，也許是睡著了。

威爾克斯盆地的事情很快傳遍巴克斯。替我們做檢查的醫護人員也好，奧斯卡也好，臉上都寫滿了對死去軍人與科學家的哀悼之情，巴克斯上上下下都悲傷不已。我問奧斯卡，能體會到整座城市的人和你有一樣的情緒，是怎樣的感覺？

「很痛苦。」他說，「不過總比孤單一人好。最難受的是領導受到攻擊而故障的那時候，死了那麼多人，沒有辦法**分享**悲傷。那實在很難熬，無法想像的可怕。」

「領導」這個字眼只是概略翻譯，學者找不到一個英文字能完全闡述這個概念，就姑且稱之為

「領導」。翻開古字典，會發現「領導」是名詞，源自古希臘，指的是合唱隊領隊。而在巴克斯，「領導」指的是反饋圈與運轉運算的老本營，負責控制巴克斯人民神經節點的輸入與輸出。「領導」就是網絡的情緒中心，艾莉森說「領導」是「愛與良知的國會」。

但凡是人，有時難免會獨自悲傷（或者感到罪惡與愛），至少以前是這樣。我們人類很久以來都獨自承受，直到後來才有所改變。我想能讓別人分擔自己的包袱，減輕痛苦，應該也不是壞事，巴克斯人民願意承擔同胞的悲傷，也許值得敬佩。但是減輕痛苦的代價就是失去個人自主，失去隱私。我要讓奧斯卡覺得我很認同他們，甚至對他們很好奇，這也是我跟艾莉森的計畫其中一部分。

ꕥ ꕥ ꕥ

我們的隔離一解除，我馬上回到我和艾莉森一起住的幾個房間。門一滑開，她就向我跑來，在我懷裡顫抖。

我們有好多話想說，好多話該說，卻一句也不能說，只能隱隱約約表達一下愛意。過了一會兒我們在廚房弄了飯吃，艾莉森打開視訊串流（笨手笨腳地操作手動介面），這就是巴克斯的新聞節目。新聞不斷重播先鋒探險隊最後的畫面，而且是用慢動作播放，看起來好像水中芭蕾。光亮的蝴蝶從黑暗中墜落，像會殺人的雪花一樣黏在軍人與技術人員的身上。他們都驚呆了，像脫了線的木偶一樣跳來跳去。蝴蝶把他們一個個圍住，一個個殺掉。

我們看了兩次重播，我叫艾莉森把新聞關掉。

那場災難過後，巴克斯派出無人駕駛飛行船隔著安全距離探測那一帶，但是一直到天亮都沒發現異常狀況，沒看到人類屍體，沒看到分析儀器，也沒看到摧毀分析儀器的光亮蝴蝶。只看到冷冰冰的超大型假想智慧生物機器，在南極洲的荒地悠閒漫步。

ꩩ ꩩ ꩩ

二

快了，艾莉森在飛行船停靠區悄聲對我說，意思是說雖然在威爾克斯盆地出了事，我還是得想辦法讓奧斯卡信任我。我跟他約在一個平台見面，從這裡可以看到巴克斯核心遭受核武攻擊的區域，我想看看重建工作的情況。我早早出門赴約，還繞了遠路。

我愈了解巴克斯核心，愈不覺得這個地方很巨大。巴克斯城市設計的五大要素（這是奧斯卡告訴我的）分別是階地、區、圍場、平原和層。這五大要素都有相當精確的定義。我那天早上走路又搭乘運輸系統，經過三個階地，一個圍場，從一座橫跨兩個層的橋看到一個平原。巴克斯核心不分四季，一天有二十四小時，其中有十六小時是人造日光，八小時是夜晚，不過每一區日光的**品質**都不太一樣。我走過一個階地，日光像下雨天的日光一樣漫散，又走過一個圍場，日光來自一個點，像正午的太陽一樣明亮。等到夜晚降臨，人來人往的斜坡會像幾座城市一樣閃閃發亮，樹木或是綠草茂密的平原則會進入寧靜的黑夜。

我上次到巴克斯核心的廢墟，這裡還是一堆無法穿越的醜陋殘骸。現在大部分的殘骸都已收拾好了，要嘛回收再利用，要嘛扔進海裡。揮之不去的輻射都已經用一種我不懂的科技「螯合」了（這是奧斯卡的用語），重建工作進度很快。轟炸留下的最大坑洞保留下來作為紀念，不過周邊已經興建起新斜坡，還有景觀高雅的階地。

我跟奧斯卡在工人領餐的地方見面，這裡可以俯瞰整個重建區。我們拿到的食物很可口，不過分量很小。我們到達地球之後，少了農民人力，所以食物不足。我們聊了一會兒艾莉森，我說我很擔心艾莉森，她憂鬱症發作的次數愈來愈多了，一次比一次嚴重。我說她三不五時會大哭一場，偶爾焦慮症發作，生活就全面停擺。

「這也不意外。」奧斯卡說。他的目光從我們的桌子移到一面矮牆，再移到炸彈坑。在我們的下方與後方，像機器人一樣的重建機器正在切割發泡花崗岩柱，打算蓋新的階地。奧斯卡說：「事實就是她不可能成為她想成為的那個人，她的一部分大腦堅稱她**是**艾莉森，問題是她不可能成為艾莉森。這種衝突也影響到她的健康和理智。」

「她只想做艾莉森．寶若。」

「艾莉森．寶若只是一個錯覺，只是推論、合成跟輔助資料加起來而已。崔雅覺得她是艾莉森，是因為她與網絡之間的連結斷掉，所以有分離創傷。我知道你很同情她，我也知道你為什麼同情她。她是你與你的過去的連結，這就是她該扮演的角色，我們設計出艾莉森．寶若，就是為了這個目的。

但是芬雷先生，她並不是來自二十一世紀的時空旅客。」

「我知道，但是……」

「但是什麼？」

「她對巴克斯的敵意感覺非常真實。」

奧斯卡聳聳肩：「她有資格生氣。當初把艾莉森．寶若輸入她的新大腦皮層就很有爭議，當然那時候沒有人想到網絡會故障那麼久，事情會變得那麼複雜，但是她這樣逃避不能解決問題。『艾莉森．寶若』不是一個穩定的配置。崔雅最需要的就是把邊緣節點修好。」

我點點頭，一副認同的樣子。在坑裡，形狀像蛇一樣一節一節的機器把一塊毀壞圍場的圓材拆掉。我問奧斯卡，現在假想智慧生物的機器都衝著我們來了，大概是要讓我們歡天喜地與他們相會，幹嘛還要重建這座城市？

「沒人知道跟假想智慧生物在一起會怎樣，當然我們都會改變，身體會改變，精神會改變，智力也會改變，但是我們應該還是需要一個可以居住的城市。」

「你不會覺得這樣很可怕嗎？」

「如果是個人當然很可怕，我們是一個集體，沒有那麼膽小。」

「不好意思，不過我實在很難想像節點、網絡和領導這些怎麼運作。」

「我都解釋過了。」

「我是說個人主觀的感覺。」

「你是說植入手術嗎？那是完全不會痛的……」

「奧斯卡，不是**手術**！我是說腦袋裡有電線的感覺怎樣。」

「喔，唔，那不是電線，那是人造神經組織與視蛋白軸，不是，」我正要回嘴，他舉起一隻手制止我：「我**知道**你要問什麼，我只能跟你說一點感覺都沒有，當然我身上的節點是一出生就裝上了。如果你想知道的話，我可以告訴你網絡故障的時候我的感覺。」

我點頭。遠處在做建築工程，這裡的地面也顫抖。空氣有點花崗石粉塵的氣味。

「失去網絡就像失去一種知覺。有點像是輕微失明。節點的作用之一就是促進通訊。即使是簡單對話，邊緣介面也能幫助我們察覺、解讀一些我們很容易忽略的細節。至少對話雙方都有節點，作用就很明顯。我說這話你別介意，我們覺得沒有節點的人都很遲鈍，幾乎跟智障一樣。」

「喔，這樣……你是不是覺得我很遲鈍，像個智障？」

奧斯卡微笑：「我學會容忍別人的缺陷。」這就是他的幽默，他對幽默也就只懂得這麼多。

「你們在某些時候會有共同的情緒對不對？我不懂的就是這個。」

「也許『情緒』這個字眼不見得正確，比情緒還要細微。領導管不到我們頭腦的判斷，但是你想想，人類的認知其實很多都是**無意識**的。打個比方，你和我常常都是根據道德直覺做決策。我們把這種直覺稱做『良知』，良知不是刻意一步一步推理出來的，這並不代表說良知不合理，也不是說良知沒有邏輯啦！你看到一個人在河裡快要淹死了，你游泳去救他，你行動之前會不會先考慮呢？你會不會先衡量這麼做的好處跟風險呢？顯然不會。你是直覺能體會到那個快要淹死的人的感受，所以趕快游去救他。你對他的痛苦感同身受，雖然你很害怕，你還是會幫他解除痛苦。如果你沒去救他，你也會有罪惡感，覺得後悔，這並不是微不足道的現象。出於良知的行動曾經推翻政府，顛覆帝國，這在你的時代就發生過了。」

「我們不用節點、不用網絡就做到了。」

「是不用，但是大家都知道個人的良知非常不可靠。個人可能會說服自己不做正確的事，也有可能真的不確定**怎麼做**才對。」

「奧斯卡，你跟我一樣都不是絕對可靠。」

「可是我的良知跟一千人、一百萬人的良知加在一起，就會降低犯錯的機率，也幾乎不可能自己騙自己。這就是領導的功能。」

他對我宣傳了一回「大腦邊緣民主國家」的好處，他說的都是心裡話，但這些並沒有回答我的問題：「我不是要知道有什麼好處，我是想知道感覺如何。」

他想了一會兒：「拿最近的食物配給舉例好了，在過去，食物配給總是會製造黑市，大家會囤積食物，甚至會用暴力抵抗，對吧？這些情況在巴克斯都不會發生，不是因為我們是聖人，是因為我們的集體良知夠強大，能預防這種事情。所謂的領導，就是我們比較好的直覺的總和，領導知道配給有其必要，也是公平的做法，所以我們每個人都會覺得配給有必要，很公平。」

「我還是覺得這叫脅迫。」

「是嗎？那你跟我說，你有沒有闖入過鄰居家，偷人家的東西？」

「沒有……」

「那是因為你被**脅迫**，還是因為你知道這樣不對？答案只有你自己知道，不過我想應該是你覺得這樣做很丟臉，這樣做你會看不起你自己，別人也會看不起你。嗯，我如果不遵守配給規則，就會有這種感覺，我也相信我的鄰居也會這麼想。」

我看不起我自己的次數多到超過他的想像，不過我還是問了個不太一樣的問題：「那萬一共識是錯誤的呢？就算數人頭，良知還是有可能出錯啊！」

「也不是說百分之百不會出錯，但是當然**比較不會**出錯。」

「奧斯卡，我初來乍到，也沒有資格批評，不過我看到那場叛亂，很多農民都被殺了，那些活下來的人，你們也沒有當成俘虜抓走，就讓他們自生自滅。你們的集體良知不會不安嗎？」

「那是在網絡故障的時候做的決定，當時如果領導正常運作，我們也許不會這樣做。」

「你們把農民囚禁起來，強迫他們做農奴，良知不會不安嗎？我看歷史書，你們幾百年來都是這樣做。」

「我不會探討以前這樣做的理由。我承認會這樣做也是不得已，我們心裡也不好受。當然你說得對，我們在道德上並不是從不出錯。我們也不會自詡百分之百正確。你可以把我們的歷史跟任何一個國家、任何一個文化比較，比較死亡人數，比較不公不義的程度，你比比看。」

「我們現在就坐在炸彈坑旁邊，你還是這麼想嗎？」

「那是大腦皮層共和國家展現他們的激進標準生物意識形態。芬雷先生，理性比良知製造更多怪物。」

也許是吧！我沉默了一會兒。

「說到艾莉森，」我說，「我是說崔雅，她把節點裝回去，就不會再痛苦了是嗎？」

「可能需要一點時間適應。」奧斯卡說，瞪大眼睛打量了我一眼，「但是讓她苦惱的矛盾很快就會解決。」

炸彈坑飄起白色羽毛般的灰塵，飄向人造天空的濾網。遠處傳來敲打聲，我發覺那些機器在一步一步打造新地層、新地面，我也在一步一步打造一個騙局。我現在已經來到騙局的中心支柱。

「我想幫她。」我說。

奧斯卡開心地點點頭。

我說：「這對我來說並不容易，不過歷經南極荒地的事情之後，我做了一兩個決定。」

「怎麼樣呢？」

「我並不是自己選擇到巴克斯，你要聽實話嗎？我現在知道這些事情，我還比較希望當初能到世界連環去，也許看看中間世界是什麼模樣。」

「我了解。」奧斯卡小心翼翼地說。

「可是我不能這樣做，我不能讓時光倒流，去改變已經發生的事情，我也不能改變未來。我就要生活在這裡，死在這裡。」

奧斯卡的眼睛瞇了起來。

「我如果要在這裡生活，那我要跟艾莉森一起生活，我不想看著她受苦。」

「要解除她的痛苦只有一個辦法。」

「就是做植入手術。」

「沒錯，你能說服她嗎？」

「不知道，不過我想試試看。」

奧斯卡臉上浮現謹慎、算計又高深莫測的表情，好像賭客在考慮要不要下注。他說：「我們給她艾莉森的身分，就是要讓她跟你產生感情。她捨不得艾莉森的身分就是因為你，她也許也會因為你放棄艾莉森。」

炸彈坑裡的一排機器開始焊接鐵桿，火花像流星一樣從他們的手指墜落。

「如果我先做，」我說，「我是說我先動手術的話，她可能會願意。」

奧斯卡的眼睛睜得好大，他慢慢微笑起來。

第十七章　珊卓與柏斯

柏斯把車停進國家照護的停車場，撥了電話。珊卓把所有她想從辦公室拿走的東西，也就是幾份檔案還有凱爾受傷前的照片，通通塞進包包裡，走到櫃台接柏斯。

傑克．格迪斯還在走廊值夜。他從椅子上站起來：「柯爾醫師，妳要回家了？」

「傑克，晚安。」這其實不算回答，不過傑克看著珊卓走向大廳，走到轉角傑克還對她揮揮手，顯然從監視任務中解脫很高興。

柏斯穿著警察制服，又戴著警徽，所以櫃台的警衛沒為難他。下一關是負責隔離病房的夜班護士。珊卓給他帶路。

珊卓只聽過夜班護士的名字，叫梅樂蒂什麼的，珊卓也記不得了。這位護士的名牌上面就只寫著「梅樂蒂」。看她的模樣，大概五十五歲左右，臉上「別招惹我」的表情非常自然，珊卓覺得她可能是天生就長這樣。梅樂蒂看到珊卓和柏斯走來，就從辦公桌後面走出來，這麼一來就把病房門給堵住了。她還沒來得及說話，柏斯就遞給她一張制式的「最近親屬領回病患」單，想必是柏斯自己填的。

梅樂蒂皺著眉頭看著單子。

「小姐，麻煩把門打開。」柏斯說，「現在很晚了，我想把這位病患送回家。」

「他是病患沒錯，可是他不是**你的**病患，至少現在不是。沒錯，現在也很晚，這麼晚你來幹什麼？」

珊卓趕快開口：「我們好像是第一次見面。我是柯爾醫師。妳說得對，現在不是移轉病患的正常時間，拜託通融一下，我會簽字讓病患出院。」

梅樂蒂遲疑了一下。根據員工之間的八卦，夜班護士都把隔離病房當成自己的領地。顯然梅樂蒂不喜歡別人闖入她的領土。「好吧，柯爾醫師，不過這個奧林．馬瑟是有特殊治療的，我看他的表單上寫的醫師也不是妳，我倒是有**看到**康格里夫醫師註記，說妳一兩天前已經把案子轉給別人了。」

「表單上有沒有寫不准本院醫師與警察進入病房？我已經有點不耐煩了，梅樂蒂。」

梅樂蒂瞪大眼睛，不過還是把手伸向打開病房門的開關，她又把手伸回來：「要移轉病患必須由主治醫師授權。」

「梅樂蒂，我只是要妳開門而已。」

「康格里夫醫師可能會有意見。」

「妳要是繼續讓我們等，**我**會有意見。雖然我不是康格里夫醫師，但是我發誓會讓他知道妳擋在門口刁難我們。」

梅樂蒂的表情好像吮了檸檬，不過還是按了開關：「我要跟康格里夫醫師說。」

「請便。」珊卓說。

門轉開了。珊卓跟在柏斯後面，沿著走廊走向奧林的病房。燈光關小了，綠色瓷磚的走廊看起來特別長，像是在地下。「幹得好。」柏斯說，往後瞄了一眼：「不過她已經在講電話了。」

珊卓用通行證打開奧林的房門，馬上就遇到下一個問題。奧林躺在床上，整個人像是被扔在床上一樣。珊卓輕輕搖他：「奧林！嘿！**奧林！**」

他的雙眼慢慢睜開，但是只睜開了一半。「什麼？」他輕聲說，「現在怎樣？現在怎樣？」

他體內有大量的藥劑。「奧林，是我，我是柯爾醫師。」

他昏昏沉沉看了珊卓一眼。珊卓心想，那些夜班的混帳。他們是給每個病患都加倍劑量好讓病患安靜下來？還是只拿這一套對付奧林？「柯爾醫師，外面天色很暗……」

「我知道，可是你得起來。起來跟我們走，好不好？」

奧林還是動也不動地躺著，他穿的住院袍在他細瘦的臀部上皺成一團：「嗨，柏斯警探。」

「嗨，奧林。聽我說，柯爾醫師說得對，我們要把你帶出去才行。帶你去找你姊姊愛瑞兒，這樣好不好？」

奧林過了幾秒鐘才聽懂，露出怪異的微笑：「柏斯警探，我就是希望這樣，謝謝你……不過我很累。」

「我知道。」柏斯彎下身去，雙臂抱住奧林的肩膀，把奧林扶起來。奧林搖搖晃晃的，勉強可以站著。

「有輪椅比較方便。」珊卓說。她走出病房，走廊還是空無一人。梅樂蒂護士還在櫃台，對著電話慷慨激昂。珊卓從醫療用品間拿了一個折疊好的輪椅，皮革椅背上面印著「德州國家照護休士頓區」。珊卓把輪椅推到奧林的病房，發出咯噠咯噠的聲音，在寂靜的病房聽來格外響亮。

柏斯扶著奧林坐上輪椅，奧林一坐上去，下巴就垂到胸前，眼睛又閉上了。珊卓想，也許這樣比較好。柏斯走在前面，珊卓推著輪椅走向出口。

梅樂蒂又擋在病房門口了，身旁還多了一個戰友傑克．格迪斯。

「慢著。」梅樂蒂說，「我跟康格里夫醫師通過電話了，他說妳沒有權力讓這位病患出院。妳就把馬瑟先生推回病房吧！有什麼話明天一早再跟主管商量。」

柏斯沒理會梅樂蒂，格迪斯挺著胸膛，在柏斯面前擺開架勢，柏斯對著他說：「這是警方的業務，我有權帶馬瑟先生出院。」

「你**沒有**權力。」梅樂蒂說。

「到旁邊去，」柏斯跟格迪斯說，「不然我就以妨礙公務的罪名逮捕你，你趕快決定。要不是有急事，我也不會在這個時候出現在這裡。」

珊卓想康格里夫一定是在車上接到電話，要掉頭趕回來。他下班多久了？半個鐘頭還是四十五分鐘？是直接回家，還是中途有停留？珊卓硬是不看錶，免得被人看出焦慮。

格迪斯與柏斯怒目相對，珊卓想他顯然是想用目光壓倒柏斯，沒想到他嘆了一口氣，對著梅樂蒂說：「他給妳看了警徽，看了文件沒有？」

「有，但是……」

「小姐，那我就沒辦法了。」

格迪斯站到旁邊，異常鎮靜的柏斯問梅樂蒂：「需要我簽名嗎？」

「如果你非要帶他走，就最好簽字。」梅樂蒂塞給他一個寫字板：「簽在最底下，柯爾醫師，妳也要簽。等康格里夫醫師回來，妳就完蛋了。我只能說妳要怎樣隨便妳。」

柏斯簽了字，珊卓用有點顫抖的手也簽了字，快速推著奧林穿過走廊，跟在快步走的柏斯後面。奧林又睡著了，真神奇。珊卓聽見他那又刺耳又小聲的打呼聲，伴隨著輪椅的喀噠喀噠聲。

他們一穿過大門，進入停車場，珊卓的臉上就被汗水刺得直疼。密布的雲朵遮蓋了所有的星斗。

「你給他們看的文件，」珊卓說，「是合法的嗎？」

「不算，是制式表格，我只是隨便填了幾格。」

「那並不是完全合法，對不對？」

柏斯微笑：「又燒斷一座橋了。」

「他們就要到了。」

珊卓看了國家照護最後一眼，她再也進不去了，她失業了，也自由了，她害怕到極點，卻很想大聲笑出來。

他們前往愛瑞兒．馬瑟住的汽車旅館。奧林睡在後座，身體鬆垮垮的讓安全帶綁著，住院服散落在大腿上。「我們要找一些新衣服給他穿。」珊卓說。

「愛瑞兒應該有從拉雷給他帶了幾件衣服來，以備不時之需。」

一輛車朝反方向從他們身邊呼嘯而過，珊卓覺得可能是康格里夫的車，不過她也不確定。珊卓想了一會兒，想著康格里夫從傑克．格迪斯或者梅樂蒂護士口中得到消息，覺得很有意思。

「他的筆記本我也帶來了。」柏斯說，「奧林看到一定會很開心。」

「你寄給我的我都看過了，應該還有對不對？」

「還有一點點。」

「你還想聽我的意見嗎？」

他好奇地看了她一眼：「妳想說什麼我都想聽。」

「你之前覺得這內容算是證據。」

「是啊，妳可能還沒看到那些內容。」

「但是這不是重點，對吧？重點是有多少內容是真實的？」

柏斯笑了笑，不過珊卓發覺他握方向盤握得更緊了。「拜託，珊卓，**真實**？」

「你明白我的意思。」

「妳真的覺得奧林在召喚公元一萬兩千年的鬼魂？」

「我覺得你一定也這麼想過。筆記的內容有些細節是可以查證的，你可以追蹤調查的。有些東西連我都能追蹤。比方說艾莉森．寶若，她在紐約州夏普倫出生，在那裡長大。一個沒有好奇心的人不會管這個人存不存在，但是你不是沒有好奇心的人。」

「我就當妳在稱讚我好了。」

「夏普倫的電話號碼簿剛好沒有艾莉森．寶若這個人。」

柏斯臉上的笑容消失了：「妳查過了？」

「總共只有幾個姓寶若的，沒有叫艾莉森的，不過有一對夫妻有個女兒叫艾莉森。」

「妳打過電話給他們？」

「沒錯。」

「他們有沒有告訴妳我也打過電話？」

「有，還是謝謝你現在提起。」

「這些東西不管是奧林寫的還是別人寫的，都應該不是隨便發明幾個人名，艾莉森．寶若、特克．芬雷應該都是確有其人。我問寶若太太認不認識奧林．馬瑟、愛瑞兒．馬瑟，或者長得像他們的人。」

珊卓倒沒想過這個問題：「她認識嗎？」

「不認識，這兩個人她都沒聽過，不過這並不代表奧林跟艾莉森完全沒關係。奧林也許是在某個地方知道艾莉森．寶若這個名字，也許他有個鄰居是艾莉森．寶若的遠親，我也不曉得，有可能只是巧合。」

「可能嗎？」

「不然是怎樣呢？難道奧林能穿越時空嗎？就我所知，他唯一的遠行只是搭著灰狗巴士從拉雷到休士頓。」

「所以我們永遠沒辦法知道囉？」

柏斯聳聳肩。

第十八章　艾莉森的故事

一

巴克斯和假想智慧生物機器首次相遇之後的幾個禮拜，我常常默默唸著自己的名字，**艾莉森．寶若，艾莉森．寶若**，牢牢記住每個音節還有讀音，記住唸這個名字時我喉嚨和舌頭的感覺。

身為艾莉森，我看過一本探討人類大腦的書，我從那本書上學到「神經可塑性」這個詞彙，就是大腦回應環境變化而自我改變的能力。我能當艾莉森．寶若，就是因為具備神經可塑性。有了神經可塑性，活生生的大腦才能連上邊緣植入體。大腦會適應，大腦就是負責適應。

特克跟我說他自願接受手術，我假裝很驚訝，其實從一開始我們就打算一定要讓他植入節點，但是總要表演給網絡的隱藏式感應器看，所以我不得不裝出一副被他背叛的模樣，不得不跟他吵架。於是我就吵架了、哭了，我演得很逼真，因為有十分之九是真的。我不會懷疑特克的勇氣，但是天底下沒有百分之百不會出錯的計畫。我很擔心，萬一出錯他會變成什麼模樣？

原版艾莉森曾在原本的日記寫下：**人生總有狗屁倒灶的事**。還寫了「這話真是一針見血」等等的話。舉個例子，特克安裝節點的那天，大概就在他被推進手術室的時候，艾沙克．杜瓦利來找我，把我的祕密攤開來講。

ಽ　ಽ　ಽ

我接到網絡的新聞，艾沙克復原神速。巴克斯核心上上下下都屏息關注他的情況。在這座城市的創建人眼中，艾沙克比特克好太多了，完全符合他們心中「入門人」該有的形象，就是一座活生生的橋樑，能通往假想智慧生物。有了艾沙克，巴克斯核心超然存在的夢想至少還有點希望。沒有艾沙克，巴克斯就只是一群狂熱份子，被信仰困在一座沒有生命又能致命的星球上。有了艾沙克，大家至少還能相信巴克斯是一群志同道合的先鋒，是人類命運的先驅。

威爾克斯盆地那場災難發生才幾天，艾沙克就已經能說流利的巴克斯語。他的動作技能也恢復到可以不用輔助自己走路。他的身體本來很虛弱，現在也很強壯，重建的頭顱看起來非常自然，跟真的一樣。特克之前看到的那個用低沉沙啞的聲音說話、還會尖叫的艾沙克已經不見了。新的艾沙克口若懸河到令人害怕的地步，現在已經不需要醫治了，不過還是住在醫護室。他最近跟學者、主管談話，沒談到什麼重點，只是極盡巴結之能事，談話內容全程公開播放。艾沙克稱讚巴克斯奉獻堅忍的精神，還說創建人的預言真是高瞻遠矚。幾天來他像觀光客一樣到處參觀巴克斯核心，有時候好奇的兒童看到他就一哄而上，他們的家長也很好奇，卻只是害羞地站在原地，不敢開口。

這些我都是從新聞報導看來的。巴克斯正在往發瘋的路上前進，對艾沙克．杜瓦利這種卑躬屈膝的崇拜，只是最新出現的症狀。我告訴我自己，類似的事情將來只會更多。「要有心理準備，將來還會看到怪事。」艾莉森在日記裡這麼寫著，她不是第一個這麼想的人，不過總是很貼切。

我覺得我也有心理準備，再怎麼光怪陸離的事都嚇不倒我……不過那天艾沙克出現在我的門前，像蘑菇一樣蒼白，像嬰兒一樣興致勃勃，臉上掛著微笑，呼喚著我的名字，他沒叫我崔雅，竟然叫我**艾莉森**，真是嚇死我了。

§ § §

我當然很怕他。

我不知道他要幹嘛，也馬上就開始擔心他出現在這裡會吸引的注意力，一定已經吸引不少人注意了。他的看護人一定在附近的走廊走來走去。網絡隱藏的耳朵一定已經豎起，隱藏的眼睛一定已經聚焦。

不過他只說了句：「我能不能進去？」我沉默地點頭，等他進來，讓門自動關上。

我也不知道哪來的勇氣，還叫他坐下。

他還是站著：「我一會兒就走。」他說英語，我想起他的母語就是英語。雖然他整個人歷經重建，但是在層層疊疊的人造材料之下，至少還遺留了一些從前的艾沙克．杜瓦利，一個在赤道洲沙漠長大的小男孩，撫養他的人幾乎跟巴克斯人一樣非常想接觸假想智慧生物。他跟我，跟特克都一樣，是分裂又不完整的人。他也是個非常危險的人，至少很有可能造成危險。

他全身上下除了蒼白的皮膚之外，最鮮明的特點就是眼睛。他看著我，我第一個念頭就是畏縮。他叫我不要怕，我說：「很難。」

「我生病的時候妳到過我房間。」他說。

「你記得？」

他微笑著點點頭：「從那時候開始我就知道很多妳的事情。」

「我的事情？」

「是從網絡知道的，我知道妳是誰，做什麼工作，我覺得我們談談應該有用。我不會傷害妳，也不會告訴任何人妳打算逃走。」

幾個月以來，我都在訓練自己擺出一副高深莫測的模樣，就是要隱藏這一百零一個簡單的祕密。現在裝模作樣也沒用了，我震驚到極點，動彈不得。

「沒人聽得到我們說話。」艾沙克說。

「你錯了。」我好不容易說出這話。

他的微笑還掛在臉上，這真是瘋狂。「這個房間的網絡感應器都關閉了，只要我在這裡，感應器就會一直關閉。」

「你還能關閉感應器？」

「能，因為我是艾沙克，外科醫師在我體內放了東西，我可以影響網絡，甚至影響領導。」

這可能嗎？

領導就是巴克斯人民的總和，也是巴克斯人民的主宰，是一整套遍布巴克斯核心的量子處理器。之前即使遭受核武攻擊，也只是短暫消音而已。我從來沒想過領導**也會受影響**，不過以前也從來沒有像艾沙克這樣的人。他一出生就全身都注入假想智慧生物的生物科技，他的神經植入體不是只有加裝在大腦上而已，他是整個大腦都在植入體周圍再生，把植入體包圍在大腦裡面。

「真的。」他說，「妳高興說什麼就說什麼，至少現在可以。」

我的心怦怦跳。艾沙克顯然知道我們的計畫，又大剌剌說出來，既然如此，我只能希望他說的是實話。「你真的能關掉感應器啊？」

「我能，我也能讓他們沒辦法分析看到的東西。」

「既然你已經知道……」

「妳要逃跑。」他說（我又畏縮了一下），「妳隱藏得很精明，妳的呼吸、脈搏、汗液與尿液的皮質醇含量，幾個禮拜以來都在高標，但是看上去跟情緒壓力造成的效應沒兩樣。領導可是花了不少時間分析妳的隨機指標跟覺知指標，就是妳做的事、妳說的話，還有妳沒做的事、沒說的話。而要不是我出手，」他臉上又浮現佛祖般的微笑，「領導還是會知道。」

我吸了一口氣：「那……你是怎麼知道的？」

「領導已經開始做出推論，我是根據領導的推論做出推斷。我不清楚細節，不過我想妳應該是打算偷一台飛行船，穿過拱門到赤道洲。」

「差不多。」我低聲說。

「我也希望妳能順利逃跑。」

「你這是……你是什麼意思？你想跟我們一起走嗎？」

他的微笑消退了：「那是不可能的。我經過重建，重要的神經功能已經交付給網絡裡面的遠端處理器。我只有一部分是活在這個身體裡。妳也知道的嘛，不是嗎？一個人可以有不只一個身體。」

「……是啊……」

「我不能跟你們去，不過我應該能幫上忙。」

「怎麼幫？」

「特克要等到他的節點能用，讓他能操作飛行船的控制面板，才能駕駛飛行船。但是等到他的節點**完全**能用，他就不想離開了。我想妳應該明白機會之窗有多狹窄。」

「當然是這樣沒錯，但是……」

「現在特克覺得他是要在逃跑和束縛之前做選擇，等到節點開始影響他的大腦，他就變成要在逃跑和寬恕之間做選擇。」

寬恕什麼啊？我不明白，不過我也沒問。

「重點是我可以在他快要改變的時候提醒妳。我也可以在關鍵時刻引開領導的注意。細節我們以後再談，現在我要妳知道我是妳的朋友兼盟友，我也希望妳把我當成自己人。」

他說話的樣子像極了一個很早熟、希望人家喜歡他的小孩，我幾乎忘了要怕他。他起身走向房門，我還是差點恐慌。「等等！這個房間的網絡監視系統是永遠關閉了嗎？」

「抱歉，不是，我也不是萬能。除非我人在這裡，不然網絡還是知道房裡的動靜。」

我鼓足勇氣站在他身邊。他右臉的皮膚是貝殼的粉色，幾乎沒有毛細孔，太完美了，反而感覺不完美。他的眼睛閃耀著柔和的光芒。我說：「我還想問一個問題。」

「怎麼樣？」

「你是不是……就是他們說的那樣？」

「我不太懂妳的意思。」

「你是不是就像預言說的那樣，你真的能跟假想智慧生物說話嗎？」

「沒辦法。」他說，「現在還沒辦法。」

ᔕ ᔕ ᔕ

過了不到一小時，奧斯卡出現在門口，一副心煩意亂的樣子。他知道艾沙克來過，他發了瘋似的想知道艾沙克說了什麼，但是無法開啟網絡的紀錄，所以就來找我，要我說給他聽。

我以前還是崔雅的時候，接受聯絡員訓練，就很了解奧斯卡。他一向很平靜，深信他的工作有意義、很純潔。巴克斯人有句俗話：「和潮汐一同高升，一同跌落。」這是形容一個人隨時注意巴克斯核心的需求，隨時滿足這些需求，毫無怨言。奧斯卡就是這種人，不過最近他可沒那麼平靜了。艾沙克跟一個身上沒有節點的變節者私下會面，為了隱私，還把網絡例行的監視功能關掉，這簡直是顛覆了奧斯卡對社會秩序的堅持。

我跟他說艾沙克是在懷念二十一世紀。

「妳所知道的二十一世紀的事情，他都可以輕易讀取。」

「他可能對我很好奇吧！我也不知道，他可能想說點英語。」

「妳能說什麼讓**他**這種人感興趣的話呢？就算用英語說也一樣。」

這話太過分了，我就用奧斯卡在正規訓練沒聽過的一句話回敬：「去你的。」說完就關上門。

二

特克那裡沒有消息，他跟我說過，他們給他動完手術可能會留他過夜，可是我覺得我不能坐在這裡乾等，一部分是因為我擔心我的心跳加快、荷爾蒙濃度升高，網絡就會看出我的心思，何況艾沙克不在這裡，不能關閉感應器。我需要能夠分心的事情，所以我離開房間，搭乘運輸系統前往距離最近的大型公共場所，是一個能俯瞰市場區的層地，看看伊多節一長串的火光。

巴克斯核心有許多儀式與節慶。我以前是崔雅的時候，一直都很喜歡這些。我身體裡面的艾莉森覺得很驚訝，巴克斯這樣嚴格的國家竟然會這麼喜歡慶典。不過巴克斯畢竟是大腦邊緣民主國家，最擅長分享大眾的情緒。

巴克斯是在一個叫做艾斯特的星球建立的，距離老地球有五個世界之遙。我們還是依照艾斯特的算法，一年有七百二十三天，一天有二十四小時（這個習慣跟地球一樣古老，不過艾斯特的一天和一小時都稍微長一些）。巴克斯已經穿越了全部五個世界，等向海將火星之外每個世界連環的世界連接在一起，艾斯特就在等向海上航行。這些日子很多都是在慶典當中度過，有建國慶典、預言慶典、大大小小的戰爭紀念日等。伊多節是紀念我們在泰端凡拱門戰勝標準生物軍隊，我們在那場戰役拿下的戰俘，後來就成為農民階級的中堅。

伊多節是個熱鬧非凡的假日，有煙火、鼓樂，還有火把遊行。伊多節的慶祝活動通常都很歡欣豐富。今年的宴會食物必須配給，慶典之中有著狂歡瘋鬧的氣氛。大家都知道這可能是世界改造之前的最後一個伊多節。

我當然不能加入狂歡的行列，就算我想也不行，巴克斯核心上上下下接到網絡傳來的新聞，都知道我是誰。我背叛自己的過去，是「入門人」的故事中一個不諧和的音符。我沒有節點，他們無法洞悉我的所作所為，所以不會信任我。群眾不會對我怎樣，至少現在還不會，但是就算我加入他們，也會被排擠、被漠視，所以我找了一個可以獨處的地方，一個長滿樹木的地方俯瞰市場區。往下坡走八百公尺左右就是市場區，漸漸入夜了，周圍的光線愈來愈微弱，市場廣場擠滿了參加慶典的人。他們拿著大大小小、顏色不一的火把，跟在領隊的後面排成蜿蜒的隊伍，穿過迷宮般的市場攤位，在黑夜中從遠處看，感覺非常壯觀，好似一條閃閃發光又七彩繽紛的蛇跟著鼓聲搖擺，四處纏繞。

我感到悲傷襲來，思鄉的情緒異常強烈。我再也不是崔雅了，我也不想當崔雅，不過我很懷念崔雅以前從這些慶典中得到的快樂。那也是**我的**快樂，**她就是我**，**她的就是我的**。看起來好簡單，短短一句話就講完了，其實沒那麼簡單。

即使沒有節點，我還是能感覺到群眾又開始興奮了。我隔著一片樹頂，從慶典其中一台大螢幕看到是怎麼回事。我看到隊伍中的一群人打開一面橫幅，上面有艾沙克．杜瓦利的畫像，真的是在黑暗中發光。歡呼聲與鼓掌聲像傾盆大雨般向我襲來。

他們其實不是為艾沙克歡呼，是為艾沙克象徵的意義歡呼，那就是預言實現了，大家的日子就要到盡頭了。窮途末路的領導，透過巴克斯人民崇拜自己。

要怎麼知道大家都瘋了？我覺得有幾個徵兆，像大家會互相傳染不理性的情緒，毫不關心真正的問題（比方說我們現在缺乏穀物與動物性蛋白質），還有在南極洲沙漠的那場大屠殺之後，大家都對假想智慧生物瘋狂著迷。現在到處都有假想智慧生物機器的照片，大家開始覺得那些在第一批探險行動中身亡的軍人和科學家其實並沒有死，只是成為「入門人」。

等到那些機器抵達巴克斯，我們大概也會歡天喜地與假想智慧生物相聚……不然就是被殺，兩種都有可能。先知一直都含糊其詞。巴克斯的創建人認為巴克斯的末日會是他們口中的「阿簡泰」，翻成英文大概就是「擴大」的意思，就是人類意識擴張到銀河系空間與地質時間，他們認為假想智慧生物的意識就是能擴張到這種規模。

反正根據我們的學者估計，假想智慧生物機器以現在的速度前進，還要好幾個月，甚至拖上幾年才到得了巴克斯。還有些虔誠的老人家請願，希望在離開人世之前能搭著飛行船飛往那些機器，好成為「入門人」。

他們大可不必擔心，伊多節才過了幾個鐘頭，我們派出去的無人駕駛飛行船就從威爾克斯盆地傳來令人不安的消息。假想智慧生物機器移動的速度開始變快了，事實上應該說是在加速，每隔幾個鐘頭速度就會加倍。現在還不要緊，但是如果持續加速，就會比預期的時間提早抵達巴克斯。根據學者的說法，會提早很多，幾個禮拜，甚至幾天就會到。

這個消息在巴克斯炸開了。

第十九章　珊卓與柏斯

他們把車停進愛瑞兒．馬瑟下榻的汽車旅館停車格，柏斯說：「我們還是不安全。」這個珊卓完全相信，她看到柏斯駕車離開國家照護時一直看著後照鏡。柏斯說他們的計畫就是先把愛瑞兒接出來，再帶她和奧林到另一家汽車旅館投宿。明天早上，柏斯的「朋友」會開車帶他們到城外一個安全的地方。

珊卓跟奧林坐在車裡等，柏斯敲了敲愛瑞兒的房門，過了一會兒柏斯回到車上，跟在後面的愛瑞兒拎著一個磨損的塑膠手提箱。愛瑞兒穿著牛仔褲，褲管都磨損了，還有一件黑色T恤，上面印著「北卡羅萊納大學」。珊卓想，愛瑞兒大概是在二手商店買到這件衣服才認識北卡羅萊納大學吧！

愛瑞兒彎著身子坐進後座，柏斯說：「有些人大概還是認為奧林是個威脅，所以我們要帶你們去另外一家汽車旅館，只住一晚。明天你們就會離開休士頓，離開這些麻煩事。馬瑟小姐，妳覺得這樣好不好？」

「好啊。」愛瑞兒心不在焉地說，「我也沒有更好的法子。奧林是怎麼了？奧林，你還好吧？醒醒！」

「他們給他用了鎮靜劑。」珊卓說，「再過幾個鐘頭就好了，現在他想睡就先讓他睡比較好。」

「他們給他**下藥**啊？」

「只是一顆安眠藥。」

「哼！說老實話，我還真搞不懂妳怎麼能在一個平白無故給無辜的人下藥的地方工作。」

「我也受夠了。」珊卓說，「我已經辭職了。」

ꕥ ꕥ ꕥ

柏斯先是走小路，等到確定沒人跟蹤才敢走大路，在機場附近一個不知名的兩層樓汽車旅館停車。這時候奧林已經清醒到可以爬出車子，在姊姊的攙扶下搖搖晃晃走到房間。珊卓在汽車旅館小小的大廳裡等，柏斯提著愛瑞兒的手提箱。

現在很晚了，珊卓都沒睡，不過還是很警覺，也有點興奮，在國家照護大量湧出的腎上腺素還在體內。珊卓看著愛瑞兒對待奧林那種粗獷的溫柔，想起自己的哥哥，在一個比國家照護仁慈得多，也昂貴得多的地方過夜。珊卓還想起那個打電話來，想用長壽藥買通她的神祕男子。

柏斯那一群不知名的朋友也能拿到長壽藥，是原始的火星人的藥，不是那個濫用的商品。這些人願不願意幫凱爾呢？如果願意，又會要求怎樣的回報呢？

「並不是那種很複雜的祕密組織。」柏斯是這麼說的。他昨天才說過這話嗎？感覺好久啊！「原本的成員就是傑森．羅頓剛好認識的人。」就是那個科學家傑森．羅頓，萬諾文就是把自己的一堆藥物託付給他。「他們不見得都有**接受**治療，不過有些倒是有，他們都願意保管藥物。他們要把藥物用在道德的用途，除非法律改變，不然他們只願意祕密流通藥物。這些年來他們的人數愈來愈多，人多了總會有些不可靠的人，也難保沒有會告密的人，不過我們還是盡量彼此照應。」

珊卓注意到他說**我們**。

柏斯一個人回到大廳：「妳一個人回家不安全，我想我今天晚上就在這裡住一個房間好了。」他微笑：「如果妳想省錢，我也可以安排雙人房。」

「是怎樣？就為了**省錢**嗎？」

「不是，」他說，「不完全是。」

ꕥ ꕥ ꕥ

房間的冷氣欲振乏力，但有些事情是值得流汗的。

一場激情過後，他們躺在房裡，路過的汽車頭燈昏暗斷續的光線照在窗簾上。珊卓的指尖拂過柏斯的疤痕，從肚子一直到肩膀。柏斯發覺她的舉動，先是退縮了一下，之後又放輕鬆了，也許他硬是強迫自己放輕鬆。她說：「怎麼會有這道疤？可以跟我說嗎？」

柏斯沉默了好久，珊卓想他應該很介意。柏斯坐了起來，靠著床頭板。

「我十七歲那年，」他說，「到印度馬德拉斯看我爸，那時候我爸跟我媽已經分開了。我爸是一家公司的工程顧問，這家公司專門裝設淺水風力發電機。公司給我爸租了一間可以看到海景的平房，那一區很危險，治安很差。有天晚上小偷闖了進來，把我爸殺了，我那時候還笨到想保護我爸。」他握住珊卓的手，「那些小偷拿著刀子。」

這個傷疤如果是刀傷，那柏斯幾乎是被開膛剖肚：「真可怕……對不起。」

「有個鄰居聽到打鬥聲，就報警。我流了很多血，有一段時間不知道有沒有命。我媽也搭飛機趕來照顧我，幫忙打點了一下，確定我能得到好的醫療。」

珊卓想柏斯也許就是因為這樣才會到休士頓警局工作，對小偷的罪行感到憤怒，又覺得警察是遲來的救星。時間迴旋之後的印度南部。「我聽說那裡有幾年情況都很糟。」

「比休士頓糟不到哪裡去。」柏斯說。他並不想談這個，珊卓也就不說了，慢慢沉入夢鄉。

∽ ∽ ∽

在陌生的床上，在柏斯身旁醒來感覺很奇怪。早上已經過去了，汽車旅館窗戶關得不夠緊，柴油的氣味飄了進來。珊卓坐起來打呵欠，柏斯還在睡，仰躺在床上，呼吸的節奏就像海浪打在海灘上一樣規律。床單還留有激情過後的氣味，鹹鹹的，很微妙的一種氣味。

珊卓願意永遠躺在這裡，其實也沒關係，她還不算正式失業，不過也等於失業了。她無處可去，但是喀爾文主義的現實思想還是讓她拿起床頭桌上的手錶。中午過了一會兒了，已經浪費了半天，真可怕。

她從床上起來，沒有吵醒柏斯，逕自去洗澡。她唯一的衣服就是昨天穿的牛仔褲與襯衫，不算太乾淨，不過也只能將就了。

珊卓從浴室出來，柏斯已經醒了，對著她露齒而笑。「吃早餐吧。」他說。

「現在吃早餐有點晚。」

「那就吃午餐吧，我剛才打電話到愛瑞兒的房間，奧林還是昏昏沉沉，不過已經好些了。他們要去汽車旅館的咖啡屋吃東西。我們偷偷去好一點的地方怎樣？等一下再回來。我們要在這裡再住一晚，天黑以前我可以送奧林跟愛瑞兒一程。」

珊卓心想，也好。然後呢？馬瑟姊弟安全離開市區之後……然後呢？

ഽ ഽ ഽ

熱浪尚未離去，不過氣象預報說今天晚上會有暴風雨，珊卓心想但願如此。天空灰濛濛的，非常炎熱，南方的地平線上，一片片的雲朵將在下午堆成一座大教堂，往上接觸到比較涼快的空氣。

柏斯所謂「好一點的地方」原來是公路旁邊的連鎖餐廳。珊卓點了三明治，沒理會那牛仔主題的裝潢和興奮過頭的侍者。餐點送上來的時候，中午用餐的人潮已經散去，倉庫大小的餐廳安靜到令人舒適。柏斯把一大盤牛排和蛋吃得一乾二淨，珊卓想他大概是做愛之後要補充大量蛋白質。喝咖啡的時候，珊卓說：「我想我們是永遠搞不清楚了。我是說奧林的筆記本。不曉得那些東西是從哪來的，也不曉得那些東西對奧林的意義。」

「很多事情我們永遠都搞不清楚。」

「他會躲起來，我們會……看接下來該怎樣就怎樣。你今天聽過電話留言了嗎？」

「『把警徽繳回來，回你家去。』他們又留言又發簡訊。他們要是知道我在哪裡，大概還會寄給我一盒糖果外加一張卡片吧！」

「你有什麼打算？」

「我在想要不要去西雅圖，那裡很冷，而且常常下雨。」

「長期還是短期？」

「長期吧！」

「收拾東西就去了？就這樣？」

「我也不知道還能怎樣去。」柏斯放下咖啡杯：「跟我走。」

珊卓瞪著他看：「天啊，柏斯！你就這樣大剌剌講這些話……」

「顯然我不是很了解妳的工作，不過我的朋友就是妳的朋友，跟我一起到西雅圖，我們應該可以幫妳找個工作。」

「這實在……我不能……」

「妳有什麼非要待在休士頓的理由嗎？」

「當然有。」話又說回來，她真的有嗎？她在這裡沒有真正的朋友，又找不到工作。「凱爾就是一個理由。」

「妳哥哥，好，那他可不可以轉到華盛頓州的安養院呢？」

「那要經過很多書面作業。」

「喔，**書面作業**。」

「我是說，應該可以，可是……」

柏斯滿懷歉意揮揮手：「對不起，我這樣要求太自私了。我只是覺得我們在一條船上。妳沒有錯，我闖入妳的生命之前，妳都過得很好。」

不是的，他不知道其實她過得不好。「嗯……謝謝你想到我。」珊卓不想說，卻還是說了出來：「我會考慮考慮。」現在她可有時間考慮了。她現在失業了，可以隨意墮落，賭上一切也不會有什麼風險。「重新來過對你來說為什麼這麼容易？我好嫉妒你。」

「也許是因為我考慮的時間比妳久。」

不是，不是這樣。其實是柏斯的個性，內心冷靜到幾乎恐怖的程度。珊卓說：「你跟別人不一樣。」

「什麼意思？」

「你知道我是什麼意思。你只是不想談這個而已。」

「唔，」柏斯從口袋掏出皮夾，「我們把奧林送出市區，再來談這個。」

ꕥ ꕥ ꕥ

珊卓需要換衣服，所以說服柏斯溜到她家一下，讓她趕快跑進去，扔幾樣東西到手提箱裡。珊卓當然打包了幾件衣服，不過她也拿了護照、隨身碟，還有一些私人文件。她不知道何時才能回來，也許很快就能回來，也許再也回不來了。她離開之前再看最後一眼。屋子看起來已經像是沒人住了，好像是知道珊卓要走，把她趕出去了一樣。

珊卓在樓下看到柏斯耐心等著，用汽車音響放著尖細的農民音樂。珊卓把包包扔進後座，坐進前座：「我不知道你喜歡鄉村音樂。」

「這不是鄉村音樂。」

「聽起來像是流浪貓在幹小提琴。」

「放尊重一點好不好！這是經典西部搖擺樂，是鮑伯．威爾斯和德州花花公子。」

聽起來像是罐頭加上弦樂器演奏。「你在德州過日子就是因為這個？」

「不是，不過這是我唯一捨不得的東西。」

柏斯跟著歡樂的節奏在方向盤上打拍子，這時電話響了。汽車擋風玻璃左下角有個免持聽筒裝置，顯示出來電號碼。「接聽。」柏斯說。汽車就自動停止播放音樂，接聽電話。「我是柏斯。」

一個刺耳的嗓音說：「是我，愛瑞兒，你是柏斯警探嗎？」

「我是，愛瑞兒，怎麼了？」

「奧林他……」

「他還好吧？」

「我**不知道**他好不好，我不知道他在**哪裡**！他去販買機買飲料，就不見了！」

「我知道了。」柏斯說：「妳在原地等我們，我們在路上了。」

珊卓發覺柏斯的樣子變了，嘴唇緊繃，眼睛瞇起來。珊卓之前說，**你跟別人不一樣**，現在她還是這麼覺得。柏斯的內心深處蘊藏著冷靜，不過珊卓覺得現在不是冷靜了，是強烈的決心。

第二十章　特克的故事

一

手術結束了。麻醉藥漸漸消退，我漸漸醒來，不算完全清醒，也不算睡著。我看到一個男人身上著了火。一個燃燒的男人，在火焰當中跳來跳去。隔著一波一波過熱的空氣瞪著我看。

這怎麼看都像是一場噩夢，但是這不是噩夢，這是記憶。

ꩰ　ꩰ　ꩰ

醫療團隊在手術開始之前，先給我看了邊緣植入體。我看了驚駭不已，他們一定以為我是因為快要動手術才焦慮。節點是一個有彈性的黑色磁碟，幾公分寬，厚度不到一公分。上面布滿了大頭針頭大小的疙瘩，等到節點從周圍的毛細血管得到足夠的血液，人造神經組織纖維會從這些疙瘩長出來。節點幾乎是一裝上去就會連結網絡，幾天之後人造神經就會連上脊椎骨髓，開始滲透我大腦的某些區域。

醫護人員問我了不了解這些，我說我了解。

接著就是他們用麻醉針扎我，用冷冷的東西擦拭我的頸背。醫師揮舞著手術刀時，我已經毫無知覺。

꩜ ꩜ ꩜

那個身上著火的男人是我爸在休士頓倉庫的夜班警衛。

我不認識他，也不是預謀殺他，罪名到了法庭上可能會從兇殺減為過失殺人。不過我從來沒有出庭。

我這輩子有兩次跟別人說起這個事情，一次是我喝醉了，另外一次我很清醒。一次是跟陌生人說，另外一次是跟我愛上的女人說。這兩次我說的內容都不完整，有些還是胡扯。就算我很想說實話，到頭來還是免不了撒謊。

聽過這事的人都死了一萬年了，不過那位死者始終活在我的良知裡，還是全身著火。我現在把我良知的鑰匙交給領導，不曉得後果會怎樣。

二

手術結束了，我發覺的第一個變化不在我自己身上，而在別人身上，特別是別人臉上。

之前人家跟我說會有副作用，會短暫頭暈、會沒有食慾，這些我都感覺到了，還好並不嚴重，很快就過去了。我害怕的不是我感覺到什麼，而是我**感覺不到**什麼……我可能失去了什麼，自己還沒感覺。我質疑每個突發的念頭，自己悶了幾天，沒跟任何人說話，連艾莉森也不例外（反正她現在是用又難過、又鄙視的態度對我，我希望她只是在做戲）。我跟她都知道該怎麼做，也知道我還沒準備好要這樣做。

醫護人員要我練習「互動自主技能」，也就是操作節點控制面板的能力，其實就是碰一下控制面板，發揮一下意志力把圖表打開之類的簡單事。我要帶著艾莉森離開巴克斯，也得學會這些事情，所以我拚命學，學得很快。奧斯卡偶爾來看看我的情況，有一次他帶給我一些巴克斯兒童用的監護設備，就是一些網絡玩具，我一聲令下就會變色、播放音樂。但是大多數時候玩具並不聽我使喚。我的節點還在滲透我大腦的重要區域，還在學習怎樣強化或者壓制大腦某些區域的活動。反饋圈要嘛是還在建置，要嘛就是還不穩定。奧斯卡要我耐心一點。

我放下控制面板，走到巴克斯核心的公共區域，這才**發現**有了節點果然不一樣。這些走廊、這些層層疊疊的地面我都走了好幾十遍了，可是突然間我覺得好像從來沒看過這些地方。我遇到的人個個都表情豐富，個個都很複雜，好像會發光一樣。我發覺我可以準確看出陌生人的心情，好像已經認識他們一輩子了。醫師跟我說過裝了節點會這樣，可是他們跟我說了一堆「苦杏仁苷連結」、「鏡像神經元叢生」、「視神經交叉感應」之類的詞彙，都是奧斯卡翻譯給我聽的，我有聽沒有懂。現在這些作用可是排山倒海而來。

我決定到巴克斯核心的高處，遠離人群。在巴克斯乘坐垂直升降運輸系統，就像乘坐地鐵車廂大小的電梯一樣。我跟其他乘客目光相對，坐我對面的女人抱著坐在她大腿上的孩子。她看到我，對我微笑。那是正常人面對和藹陌生人的微笑，不過我和她其實也不算陌生人，網絡把我們串連在一起，不用言傳的親密感在我們之間流動。她那不安的眼神，身體一會兒放鬆，一會兒緊繃，我知道她對未來感到焦慮。最近我們都聽到消息，假想智慧生物的機器正在加速向我們衝來，不過她願意接受先知為她設定的命運。她看著她的稚兒，不安的情緒愈來愈強烈。孩子才五、六個月大，身上的邊緣植入體在他的頭顱底下還是個醒目的粉紅色凸塊。這孩子看起來需求很簡單，完全需要倚賴別人照顧。他媽媽哪怕覺得假想智慧生物很友善，也不願意把他交給假想智慧生物照顧。她每次擁稚子入懷，都會感到恐懼。

我感覺到領導那種撫慰人心的幸福感穿透這對母子，跟他們的肢體與姿勢流露出來的情緒形成對比。這實在讓人害怕。我能看透他們的反應，他們當然也能洞悉我的反應。這個媽媽皺起眉頭，閃避我的目光，好像看到討厭的東西。小孩在她身上動來動去，彎著身子靠著她。

我在下一站匆匆下車。

後來我又坐立不安，就在晚上出門，這時走廊的光線多半很微弱，常常空無一人。我一整天都忙著操作網絡介面，雖然很累，我知道我還是睡不著。

巴克斯派出去的無人駕駛飛行船回報，說假想智慧生物的機器跨越橫貫南極山脈的速度比想像中還快。那些機器在威爾克斯盆地上看起來非常笨重，硬梆梆的，但是碰到高低不平的地面又會變形，通過大型障礙。遇到極端的地形，這些機器甚至能像黏液一樣流動，沿著狹窄的路面與陡峭混亂的斜坡往上流。這些機器抵達巴克斯所需時間的估計值又下修了。

那天晚上我遇到幾個人，他們的臉上充滿矛盾的情緒，就像火把一樣照亮了我的眼睛。我匆匆從他們身邊走過。我慢慢了解艾莉森說的「集體發瘋」是什麼意思了。領導不只是散布幸福的情緒，恐懼也在巴克斯人民心中悶燒，像煤堆中燃燒的火，強烈到無法完全壓抑。我走過一個維修工人的身旁，他臉上簡直就是寫著「焦慮」兩個字，頭上有著敬畏與恐懼交織而成的荊棘光圈。我也有這種感覺，那是一種跟我的心跳一樣微弱又持續的壓力，一方面希望能活得更好更光彩，一方面又懷疑從南極沙漠逼近的東西只會讓我們立刻慘死。

我回來的時候，艾莉森也醒了，她不是獨自一人。艾沙克．杜瓦利跟她在一起。

我知道艾沙克歷經奇蹟似的康復，再加上巴克斯的預言背書，讓他在這裡成了人民英雄。巴克斯核心的大街小巷都能看到他的照片，他現在在這裡倒是沒人照顧。他對著艾莉森微笑，艾莉森又對著我微笑。「我們可以談談！」艾莉森說。

我不懂這話的意思。我盯著艾沙克看。他全身像是鍍了金，像是繪畫裡的中世紀聖人。再仔細看，我看到成就了他英雄地位的創傷痕跡，看見一種發光的氣質，他是彩色玻璃拼出的馬賽克圖案，意想不到的精力在他身上閃閃發光。我問他他要幹嘛。

「我來解釋。」他說。

第二十一章 珊卓與柏斯

愛瑞兒．馬瑟在汽車旅館房間地板上踱步，焦慮到全身發抖。一開始她堅持要出去找奧林（「**現在就去！**」），不過柏斯還是說服她待在房間裡，至少先把事情經過講清楚再說。珊卓坐在凌亂的床上，仔細聽著，沒有多說話，準備聆聽危機發生的經過。

「你們去吃午餐。」柏斯先開頭。

「是啊，到咖啡廳吃午餐，我們吃了漢堡。這個線索對破案有沒有幫助呢？」

「奧林今天早上的狀況怎樣？」

「我覺得不錯，以他昨天晚上被下藥來說算不錯了。」

「好，他心情不錯，你們聊了什麼？」

「大部分都是聊他離開拉雷之後的事情，就是他怎麼到休士頓，怎麼會在芬雷那傢伙手下工作。我問他當初怎麼會想要離家，是我做錯什麼了嗎？還是他在家裡不開心？他說都不是，他也很抱歉讓我那麼擔心。他說他只是覺得休士頓有事情等著他解決。」

「什麼事？」

「我也問他，可是他不肯說。我想事情都過去了，就也沒追問。我們要回家了，我以為我們要回家了。」

「你們還聊了些什麼？」

「天氣，熱死人了。拉雷也很熱，但是沒像德州那麼誇張！說實話，我真不曉得這個地方怎麼會有人住。除了熱死人的天氣，什麼都沒有。我們吃東西的時候，奧林把筆記本放在大腿上，就是他那些破破爛爛的筆記本，你昨天還他的那些筆記本。」

「他有提到筆記本嗎？」

「他今天早上給我看了幾頁，但是他真的很害羞。那裡面有些字我看他應該不懂是什麼意思……連**我**都不懂。我問他這些是不是他自己寫的，他說算是。我問他什麼叫『算是』，到底是不是他親筆寫的？他說是。我問他寫的時候旁邊有沒有人？他說沒有。我說那就是你寫的，不管怎樣都算你寫的。他說那只是個故事，可是我不曉得他為什麼死抱著那些筆記本不放，到底為什麼呢？他跑掉跟筆記本有關係嗎？」

「我不知道，」柏斯說，「吃完午餐之後呢？」

「他問我要一些出門的錢。」

「出門的錢？」

「我們在拉雷都是這麼說。他打零工幫忙付房租，自己身上常常沒有錢，所以我每個禮拜六都會給他一點錢，讓他到店裡買點東西，到市立游泳池游泳，或者到麥當勞吃個午餐。他口袋裡沒錢不喜歡出門。」愛瑞兒不再踱步，搖搖頭：「我給了他四張十塊錢紙鈔哄哄他，沒想到他拿了錢就跑了。四十塊在這種城市能做什麼？吃完午餐我們就回房間等你們。他說，愛瑞兒，我要去大廳換零錢，到販賣機買可樂。我說我給他零錢好了。他說不用，我已經給他錢了，他想拿去換零錢。他去了二十分鐘還沒回來，我就去找他。他不在販賣機那裡，我去大廳也沒找到他。櫃台的人跟我說他看到奧林在公路上的車站等市區公車。」

「公車往哪個方向走？」柏斯問。

「你要問櫃台的人才會知道。」

「奧林是一個人還是跟別人一起？」

「櫃台的人沒說他旁邊有人。」

珊卓等柏斯把該問的都問了，說：「我能不能問一兩個問題？」

柏斯似乎很驚訝。愛瑞兒不耐煩地嘆口氣，點點頭。

「我們上次見面，妳說奧林很溫和，從來不會傷害別人。妳還記得嗎？」

愛瑞兒的嘴唇繃得緊緊的：「當然記得。」

「可是他之前想離開國家照護，跟一個阻止他的護理員打架。」

「那個人胡說。」

「有可能，可是那個護理員隔天就纏了繃帶，他說奧林咬他。」

「我不會把這些人講的話當一回事。妳不是說妳辭職了嗎？」

「是啊，我不在那裡工作了。我只是想弄清楚這件事。」

愛瑞兒又踱步了一會兒，接著她說：「柯爾醫師，誰都不是聖人。我說奧林很溫和，那也是實話。也許上次我們聊的時候我有點誇張，但是把他關起來的那些人是妳老闆，我怕說錯話會把事情搞得更糟。」

「妳怎麼誇張了？」

「奧林從小到大也遇過一兩次麻煩。柯爾醫師，他不會輕易動怒，他也討厭打架，那並不表示他從來沒打過架。以前鄰居小孩會欺負他，用髒話罵他，反正就是跟他過不去。奧林通常都是跑走，有時候他也會不耐煩。」

珊卓與柏斯互瞄了一眼。柏斯說：「愛瑞兒，他多久動手一次？」

「嗯，我不知道。他小時候大概一年一兩次吧！」

「會很嚴重嗎？他有沒有受傷？有沒有把別人打傷？」

「沒有……」

「妳說的每件事都很重要，也許可以讓我們找到他。」

「這我可看不出來。」愛瑞兒停頓了一下，「唔，有一次他把路易森家的男孩子打得很慘，眼睛縫了幾針。其他都是小打小鬧，也許一兩個人眼睛瘀血吧！有時候奧林被打得最慘。有時候是別人遭殃。」愛瑞兒又說：「他每次事後都很難過。」

「好了，謝謝。」柏斯說，「妳還記不記得奧林今天早上說了什麼？不管什麼都告訴我們，就算不重要也沒關係。」

「沒了，就像我剛說的，就說說天氣。他對咖啡廳的收音機播放的氣象報告很有興趣，氣象報告說今天晚上會下大雨，他聽了很興奮，還說：『我想就是今天晚上了，就是今天晚上了。』」

「妳知不知道他是什麼意思？」

「唔，他一向很喜歡暴風雨，喜歡打雷什麼的。」

ꕥ ꕥ ꕥ

柏斯勸愛瑞兒留在房間裡，「不然回頭你們兩個都走丟了」。愛瑞兒心情也夠平靜，知道柏斯說得對。

「那你會打電話給我吧？一有消息就會打電話給我吧？」

「有沒有消息我都會打給妳。」

柏斯回到汽車旅館大廳，跟櫃台人員說了一會兒話。櫃台人員說奧林是在等開往市中心的公車。沒有，他沒有看到奧林上車，只看到他在等公車。就看到一個穿著破牛仔褲，黃色T恤的瘦子在太陽下站在路邊等車。「這傢伙這種天氣這樣搞，是存心想中暑。公車每四十五分鐘才來一班。」

柏斯問完了話，珊卓問他：「現在怎麼辦？」

「看情況，妳想留在這裡陪愛瑞兒嗎？」

「不怎麼想。」

「我想應該可以到一兩個地方找找。」

「你是說你知道他去了哪裡？」

「我猜得到一兩個地方。」柏斯說。

第二十二章　艾莉森的故事

艾沙克．杜瓦利解釋他如何關閉網絡監視。特克一動也不動坐著，小心翼翼，看著艾沙克，也看著我。

「是真的。」艾沙克說完之後我接著說，我把其餘的事情跟特克說了。我說我幾天前跟艾沙克談過，艾沙克知道我們的計畫，還有我們的交談內容網絡一個字也聽不見（至少現在是這樣）。

我本來還不確定他相不相信我，直到他起身走到房間的另一頭，我們眼神交會，那是我們打算逃亡以來第一次坦誠的眼神交會。我們互相擁抱，心中有千言萬語想說，卻只能說出一些又悲又喜，沒頭沒腦的話。說不說話並不重要，只要能抱著他，又不必撒謊編理由就夠了。我的手碰到他脖子後面的節點，一塊皮膚像紙一樣乾乾薄薄，凸起來一塊。他往後退了一下，我們就分開了。

他轉身面向艾沙克：「謝謝你幫忙……」

「不客氣。」

「……可是我有點搞不清楚。我是在赤道洲沙漠認識艾沙克．杜瓦利。你長得很像他，畢竟之前發生了那些事，你當然會長得像他，我知道他們是用艾沙克的身體重建了你，可是你一定有一大部分是純粹的巴克斯人。而且說老實話，你說起話來也不像我認識的那個艾沙克。」

「我**不是**你認識的那個艾沙克。沒有一個字眼可以形容現在的我。」

特克用腦中的網絡判讀無形的蛛絲馬跡：「我是說我不知道你來這裡幹嘛。我不知道你要幹嘛。」

艾沙克臉上的微笑消失了，眼睛發出一道寒光，明顯到連我都看得見。「我**要**幹嘛不重要。從來就不重要！我又不是自願在我媽懷我的時候就被注射假想智慧生物的生物科技，我又不是自願穿過時間拱門，我明明就死掉了，是他們硬要把我救活，我有什麼辦法？我**想要**的東西從來就不重要。現在也不重要。我的神經機能都和網絡內建的處理器共享。我跟巴克斯是綁在一起的，沒有巴克斯我活不下去，現在巴克斯快要被吞噬了……被一個我們不懂的東西吞噬。」他努力克制自己的情緒：「人類的生命太短暫了，假想智慧生物才不在乎。他們是對領導感興趣。假想智慧生物的機器一到巴克斯，就會吸收領導，拆解巴克斯核心。到時候人都會死光。」

我說：「你怎麼知道？」

「奧斯卡以為我能跟假想智慧生物說話，其實我不能，但是我可以聽見他們在黑暗中的滴答聲，那不是他們的思緒，是他們的胃口。」他的臉放鬆了，他閉上眼睛，大概是在聽吧！他搖搖頭，看著特克：「我痛苦的時候你幫了我，不是因為你認為我是神，也不是因為你要利用我。你不像那些醫生是一群盤旋在我這塊腐肉之上的烏鴉。」

「那沒什麼。」特克說。

「你們如果可以救自己一命，我也想幫忙。這也**沒什麼**。」

「那你自己呢？」我問。

他的臉上又泛起一絲微笑，很酸楚的微笑：「我要是走不掉，應該也可以躲起來。我想在網絡裡面建造一個保護區，不是要保護我的身體，是要保護我的**自我**。我是真的想試試看，可是假想智慧生物太強大了，領導嘛……領導瘋了。」

領導瘋了。

我還是崔雅的時候，沒怎麼想過領導。我們很少人會想到領導。領導是一個抽象的概念，是默默在網絡與節點之間協調的隱形處理器統稱。

以前老師給我們看過領導與網絡、節點關係的示意圖如下：

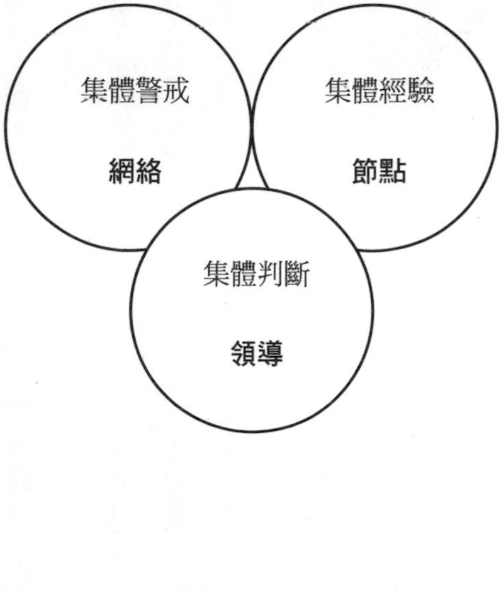

我們想知道、該知道的就是這些。領導很穩定，能保護自己、延續自己的生命，過去五百年從未出錯。那艾沙克說領導瘋了是什麼意思？

問題在於巴克斯的預言。巴克斯的創始人把預言寫入領導，預言是亙古不變的真理，是內建的真理，永遠不得爭論也不得修正。之前我們朝著「與假想智慧生物歡喜相聚」的目標漸漸邁進，當時距離那一天還很遠，所以還無所謂，但是現在問題已經到了眼前，預言已經與現實碰撞，真相昭然若揭：預言可能有錯，領導卻不能這麼想。

這個衝突已經在連結我們生命與科技的監視系統與基礎建設系統上演，已經在每個身上有節點的人的大腦邊緣介面和心底深處的情緒上演。「最危險的地方，」艾沙克說，「就是我們無法預測結果。最有可能的結果是系統裡面有機和無生命的部分都會漸漸出現自毀行為。」他說：「這已經上演了……比我預期還快。」

我問他這話什麼意思，問完馬上就後悔了。

「巴克斯的末日就要到了。所以不需要多餘的食物補給。如果有人不想參與，那巴克斯也用不著這些人了。」他轉過頭去，好像不忍心看著我們的眼睛：「領導正在殺最後一個農民。」

꩜ ꩜ ꩜

我不肯相信他說的話，等到親眼看到證據才信。艾沙克一走我就搭乘垂直升降器到一座高塔上，找到一個能看到全景的窗戶。現在是晚上，天空卻異常明亮，北邊的地平線浮現一輪明月。

農民生活在巴克斯群島外島下方的空間。叛亂之前大概有三萬名農民生活在那裡，叛亂之後人數比較少，不過至少應該還有一半。

現在是一個都不剩。

外島正在下沉。領導切斷了外島和中央的連結，又把外島通往海洋的古老通道打開。有些農民沒被海水淹死，大概是爬到最上面一層才逃過一劫，如今他們卻一個一個死在我眼前。羅斯海把外島拖下去，湧出大量紫羅蘭色的泡沫。斷裂的通道與港口形成幾處噴泉。裹著一層硬鹽的花崗岩懸崖從有毒的海水浮起，還滴著水，翻了個身就永遠沉在海底，留下油膩的殘渣和那些死掉樹木糾結的樹枝。

我站在那裡快一個小時，嚇到連哭都哭不出來。

第二十三章　珊卓與柏斯

柏斯帶著珊卓到了奧林以前的租屋處。在這種地方，就是開車經過都要把車門鎖好以策安全。他們爬上五樓，窗戶像眼睛一樣閉上，把暑氣肆虐、陰鬱冷漠的街道擋在外面，門口到處都是壞掉的針筒。珊卓心想，奧林在夜班之前漫長的午後，一定是在這些房間的其中一間，孜孜不倦地在筆記本上筆耕，日復一日，一頁寫過一頁。「你覺得他回來過？」

「不是。」柏斯說，「不過我也不曉得他對休士頓其他地方有多熟。他口袋裡雖然有四十塊。我想他這輩子大概都沒坐過計程車。他是坐公車，可能會順著他熟悉的路一直走下去。」

「他熟悉的路會到哪裡？」

「到芬雷的倉庫。」柏斯說。

ꩰ　ꩰ　ꩰ

他們就沿著奧林以前搭公車上班的路線走，陰暗的天空布滿雷積雲，壅塞的街道悶熱不堪。柏斯進入一個區，都是單層的工業建築，佇立在奄奄一息的黃色草皮上。這時天色已經漸漸暗了。工業建築裡面都是些小製造商與區域經銷商，每一家生意似乎都很慘澹。

柏斯在角落的加油站停車場停車，加油站旁還有一家賣咖啡與甜甜圈的店。珊卓說：「倉庫離這裡很近嗎？」

「算很近了。」

柏斯提議喝咖啡。這家「餐廳」（珊卓覺得叫這個地方「餐廳」實在是抬舉了）裡面有十二張小桌子，通通沒人。窗台上都是灰塵，綠色油地氈在地板跟牆壁的交界都開口笑了，不過至少還有冷氣。「最好吃點東西，」柏斯說，「我們要在這裡待上一會兒。」珊卓拿著鬆餅和咖啡到角落的桌子，她從這個角度可以看到街道，看到遠端長長一排一模一樣的房子，看到烏雲密布的天空。芬雷的倉庫會不會是其中一間？

柏斯搖頭：「芬雷的倉庫在附近，還要往下走一兩條長長的街，不過離這裡最近的公車站就在這條街的對面，看到了嗎？」

珊卓看到一個固定在街燈上的生鏽公車站牌，又看到滿是陳年塗鴉的水泥椅。「看到了。」

「如果奧林是坐公車來的，他會在這裡下車。」

「我們要坐在這裡等他？」

「妳要坐在這裡，我要到附近看看，說不定他比我們先到，不過我想應該不會。我覺得他應該要到天黑以後才會到這裡。」

「你怎麼知道？就憑直覺？」

「奧林的東西妳看完了沒有？」

「還沒，還沒全部看完。」

「有帶在身上嗎？」

「有印出來，放在包包裡。」

「那妳就把剩下的看完吧！等我回來我們再談談。」

꩜ ꩜ ꩜

柏斯開著車子到附近晃晃，珊卓讀著文件。等到柏斯把車停進停車場，珊卓只剩幾頁就要看完了。柏斯把車停在餐廳的裝卸卡車後面，這樣從街上就很難看到車子。珊卓心想，該說他謹慎呢，還是偏執？柏斯走進大門，珊卓問：「有看到什麼嗎？」

「沒有。」柏斯又點了一杯咖啡，還有三明治。珊卓聽到他問櫃台後面的女人：「我們還要在這裡坐一下，不曉得妳介不介意？」

「你們高興坐多久就坐多久。」她說，「我們都是午餐時間最忙。下午三點以後主要都是開車點餐的客人。你們高興怎樣就怎樣，只要偶爾點點東西就好。」

「麻煩妳幫我煮一壺新鮮的咖啡，我有小費給妳。」

「我們做櫃台服務不能收小費。」

「我不會講出去的。」柏斯說。

那女人微笑：「好像下雨了，待在屋裡比較好。」

珊卓看到剛降下的大雨點打在餐廳窗戶上。沒多久傾盆大雨就嘩啦嘩啦沖刷起窗戶玻璃。大雨在停車場炙熱的瀝青路面彈起。潮溼微溫的空氣氣味從門縫鑽進來。

柏斯把三明治外層的塑膠紙剝開：「奧林的東西妳看完了？」

「快看完了。」

「那妳知道我為什麼覺得他會來這裡？」

珊卓稍微點點頭：「這個東西不管是誰寫的，是奧林也好，是別人也好，顯然知道芬雷家的一些事情。至於這些事情是不是**事實**，那就是另外一回事了。」

「我比較在意奧林的想法，比較不擔心他寫的東西是不是事實。記不記得他跟愛瑞兒說的『就是今天晚上了』？」

「他有事情還沒了結，至少他是這麼想的。」

「沒錯，不過他不知道芬雷他們現在戒備森嚴。倉庫周圍到處都停著私家巡邏車。」

「他們有私人保鏢啊？是像布林克公司那樣嗎？」

「不是，不是像那樣。這些人不是公司，也沒有廣告。」

珊卓顫抖了一下，她告訴自己，一定是因為空氣突然變得潮溼。

在外頭，一輛市區公車在滂沱大雨中停車。一個堵住的排水孔周圍形成了水窪，公車車輪把水濺在三個心不在焉的等車工人身上。他們上了車，沒人下車。公車開走了。

「奧林可能會受傷。」珊卓說。

「我們一看到他，就把他帶回愛瑞兒身邊，安排他們兩個離開休士頓。這就是我們的打算。如果他從我們的視線溜過，那我們也沒有辦法。」

風愈颳愈強。整條街上只有一棵樹，是一棵細長纖弱的小樹，在人行道周圍的草地上，被風吹得像得了關節炎的老人彎了下去。餐廳的平板玻璃窗咯咯作響。

珊卓的思緒又飄回柏斯身上的疤痕，還有柏斯的父親在印度慘死的往事。「在馬德拉斯闖入你爸家的那群小偷。」她說。

柏斯嚇了一跳，看了珊卓一眼：「提他們幹嘛？」

「他們要找什麼？」

「幹嘛研究這個？」

「好奇。」珊卓心想，我有資格好奇。

一陣沉默之後，柏斯開口說：「也許妳猜到了，他們在找藥。」

「什麼藥？」

「就是妳似乎覺得他們在找的藥，火星人的藥。」

「你爸不只是工程師，還跟第四年期有關係。」

「他瞧不起那些只想著要長壽的人。他討厭『長壽』這個字眼。他說長壽不重要，成熟才重要。」

「你媽知情嗎？」

「就是我媽把他拉進來。」

「這樣，所以那道疤……」

「怎樣？」

「我唸醫學院可是有修過解剖學的。除非割傷你的那把刀刀鋒長度不到三公分，否則一定會弄傷你的重要器官，那你鐵定會沒命，何況你還是等了一會兒才有人醫治。」

珊卓已經習慣了柏斯一向冷靜的模樣，所以看到柏斯閃避她的目光，嚇了一跳。過了一會兒，柏斯說：「那是我媽決定的。」

珊卓昨天晚上就想到了，不過親耳聽見柏斯承認，還是有點訝異。「你是說你媽決定讓你接受火星人治療。」

「這也是不得已，我想活下去就一定要這麼做。我媽這個決定爭議很大，知道的人都議論紛紛。我可沒有選擇，治療的時候我不省人事。」

火星人用假想智慧生物的殘骸製作了蜂窩技術，在生物反應器中培養，再注射到柏斯受傷的身體，把身體修復，到現在還在他體內運作……珊卓想起柏斯一兩天前才說過的話：**生物科技一旦滲透**

你的細胞，就會永遠停留。有些人沒辦法接受。

她碰觸過的這個身體，不完全是人類的身體。

「所以你才這麼在意芬雷的進口生意。」

「芬雷還有芬雷上面的人，把能影響我們未來的東西給貶損了，給弄臭了。他們不只是一般的罪犯。他們是會動手殺人的，如果是為了多活幾年，那還可以理解，可是他們不是為了多活幾年，是為了販賣壽命。」

「他們就跟殺了你爸的那些人一樣。」

「完全一樣。」

又一陣大雨敲打著窗戶。街燈點亮了，一連串的黃色光圈。柏斯伸手向前去碰觸珊卓的手。珊卓想都沒想，就把手縮了回來。

第二十四章　特克的故事

一

我們按照計畫逃跑之前，艾沙克．杜瓦利又來看我們。他還是跟以前一樣，讓網絡的內建感應器聽不到我們說話，不過我想還是有一個監視設備在看著我們，那就是我身上的節點。領導想知道這裡的情形，透過我的眼睛不就全看見了嗎？

「你不要以為領導是一個人。」艾沙克說，「領導並不是一個人，也不像你想的能看到這裡的情形。」

「可是……領導還是在我的腦袋裡。」

「那不是要監視你。監視是網絡的功能。領導會影響你的情緒還有潛意識的想法，但是領導現在還沒有跟你完全連上線，要透過其他人才能影響你。領導想跟你說話，一定要透過別人的聲音。」

「你覺得領導會想跟我講話？」

「我覺得領導會無所不用其極阻止你離開。」

我們敲定了計畫的最後細節，計畫很簡單。艾莉森和我會分頭前往軍用飛行船停靠的高層地。我們需要比較大的飛行船，可以一趟直接抵達印度洋，跨越拱門，不用中途停下來加油的飛行船。飛行船停靠的地方不會有警衛看守。一個跟網絡緊密連結的地方是不需要警衛的，不過萬一有老百姓或技術人員碰巧在那裡，可能會干擾我們，要是領導又發覺我們的打算，那就更糟了。我們上了飛行船，我會駕著飛行船離開停靠站，一旦離開，飛行船（還有我的節點）應該就接收不到來自巴克斯核心的信號。

這段時間艾沙克會想辦法不讓領導注意到我們。我們也不知道他有沒有能力協助我們順利逃亡，不過至少能提高成功機率。

艾沙克起身離開，走到房門又遲疑了一下。他這個人一半是脆弱的小孩，一半是發光的怪獸。他幾乎是帶著傷感，問我們還有沒有什麼問題。我說沒有，艾莉森搖搖頭。

「千萬要小心。」他說，打量了我一眼，「節點植入愈深，領導對你的了解就愈多。領導或多或少已經在跟你交涉了，早晚會跟你談條件，拿你想要的東西吸引你，說不定你會覺得很難抗拒喔！」

剩下的幾個小時我練習操作奧斯卡的網絡玩具，十次有九次我都能得到想要的回應，感覺比較安心。我已經可以跟套房裡連上網絡的控制介面（新聞報導、溫度控制等）在非常保密的狀況下互動。軍用飛行船比這些複雜得多，不過駕駛只要能把意思表達清楚就好。我想我應該沒問題。

艾莉森看著新聞，我睡了一兩個鐘頭。她看到農民被殺，悶悶不樂，也提高戒備。根據新聞畫面，巴克斯核心各地爆發小規模暴力事件。一個女人從住宅層的高牆跳下自殺。一個男人用廚房菜刀狠刺他剛出生的女兒。一波波互相衝突的情緒襲來，領導招架不住，差點沒辦法把這些情緒一一辨識消滅。還有更糟的消息。艾莉森把我搖醒：「你一定要看看這個。」她說。

我跟著她走出臥室。她要我看的是高空拍攝的假想智慧生物機器最新畫面。畫面一開始，假想智慧生物機器爬過乾燥的冰河河谷，爬向羅斯海海岸。比起昨天，他們現在當然是更靠近我們了，不過除此之外畫面看起來一切正常。無人駕駛的飛行船繼續在安全範圍之外繞行，拍攝角度也稍有改變。我在想我應該看什麼呢？答案接著就出現了。突然間所有假想智慧生物機器同時開始變形、分解。

幾乎是一瞬間，機器就從地面上消失了，只留下灰色的濃霧。攝影機鏡頭持續拉近，到最後濃霧填滿整個螢幕，已經不是霧了，而是一堆一顆一顆的小東西。我運用網絡技巧，放了一個公制單位的比例測量器，發現這些小東西大小都一樣，最長的軸長度是一公分多一點。

這只是證實了我本來就知道的事情，那就是這些東西就是在威爾克斯盆地圍攻我們先鋒部隊的水晶蝴蝶，現在數量比那時候多出許多。假想智慧生物機器一定是全部都轉換成蝴蝶了。

這群蝴蝶像一個模糊的箭頭飛向羅斯海。

「他們就會這樣追著我們跑。」艾莉森說。她看了我一眼，意思是說：**我們現在就得走**。

ᔕ ᔕ ᔕ

二

我們決定分頭前往飛行船停靠站。艾莉森選了一條路線，避開住戶眾多的區域。她趕在走廊照明調到大白天之前離開套房。我們原本打算我先等幾分鐘再出發，刻意跟艾莉森保持一段距離，領導可能已經起疑了，不要讓嫌疑加重。

但是艾莉森出去沒多久，房門的警報就響了。我打開門，發現奧斯卡站在門外，臉上露出緊張的微笑。他說：「我能不能進去？」我只好說可以。

我在地球的時候（我是說我長大時的地球，不是現在的地球），聽說有一種魚，能在海裡發光，這種現象叫做生物發光。我的知覺經過網絡加強，覺得奧斯卡的臉有點像在發光。整張臉散發著愉快的柔和光芒，偶爾閃過一抹疲倦，還有壓抑在心中的懷疑。在那張臉之下，狐疑在靛藍色的脈搏裡跳動著，跟心跳一樣規律。

我能看透他的情緒，他當然也能洞悉我的情緒。我們看的是彼此的情緒，不是想法，但是我說謊還是會被他逮到。我希望他會把我藏不住的情緒波動看成面對危機的正常反應。

奧斯卡說：「崔雅在嗎？」

「不在，我不知道她什麼時候回來。」

「真不巧，我是想邀請，邀請你們兩位。芬雷先生，請你務必光臨寒舍。帶崔雅一起來。我家人都在。」他散發出強烈卻膚淺的誠懇，就像爐子散發熱氣一樣。「五百年的歷史就要邁入高潮，到那一刻你不應該獨自一人。」

「謝謝你，奧斯卡，真的不用麻煩了。」

他用犀利的眼光掃描著我：「你沒有早點加入網絡真是太可惜了。你已經很接近了，不過我想你還是不了解你能活著看到這一刻，我們能活著看到這一刻，是多麼幸運。」

「我了解。」我說，「謝謝你邀請，我還是想一個人面對這一刻。」

我這是說謊，更糟的是失策。他**知道**我在說謊，疑心大起。他說：「我能不能跟你聊聊，聊一下就好？」

我也只能請他進來坐坐。他在思索該說什麼，我再次提醒自己，信口撒謊是騙不了他的（也騙不了領導），剛才說謊實在太蠢了。我只能說實話，選擇性說實話。

奧斯卡終於開口：「我們管理階層有些人有點信不過你。後來你願意接受手術，就沒什麼人有話說了。現在我們再過幾個鐘頭就要看到**最後的結局**，又有人提出這個問題了。這些日子以來，我覺得我算是你的朋友。」（他是真的相信他講的這些。）「身為你的朋友，看到你漸漸成為巴克斯的一份子真的很開心。你快要成為真正的巴克斯人了。這誰都看得出來，但你總是觀望，好像很怕我們一樣。」他抬起頭來，「你**會**怕我們嗎？」

要說實話。「會。」我說。

「巴克斯不只是一個國家，還是一種生存的狀態。這你也感覺到了，不是嗎？」

他是在把了解與感覺分隔開來，把事實和我經歷的事實區隔開來。「我是感覺到了。」我說。這也是實話。我能感覺到，是因為我腦袋裡發生的事。醫護人員跟我解釋過。大腦有個區域叫做內側前額葉皮層，嚴格說來不算是大腦邊緣系統。內側前額葉皮層是控制道德判斷，是節點要滲透、控制的最後一關。我說：「感覺就是……在冬天的晚上站在屋子的門廊。屋子裡有人，也可以說屋裡、屋外都是一家人……」

這話奧斯卡愛聽。他眉開眼笑，臉上浮現微笑。

「但是我一直覺得我跨進那道門，屋裡的人不會歡迎我，因為他們會知道我是什麼人。」

「你是什麼人？」

「我是外國人，跟他們不一樣，還很醜陋，很討厭。」

「你的來歷不太一樣，其他不一樣的地方都無關緊要。」

「奧斯卡，這你就搞錯了。」

「是嗎？你要讓我們認識你才知道啊。」

「我不想讓別人認識我。」

「不管你有什麼事情不希望我們知道，我跟你保證巴克斯都不會介意。」

「奧斯卡，我的意思是說我不是一個沒有罪過的人。」

「我們每個人都有罪過。」

「我殺過人。」我說。

這都是實話。

那個被藍色火焰席捲的男人。

我殺了他，因為我很憤怒，因為我覺得丟臉，也許只是因為破紀錄的熱浪才剛離開休士頓，暴風雨馬上接著肆虐。也許追究原因沒有意義。

黑夜中油膩膩的雨水從屋頂滑落，沖進排水溝裡。我走在空無一人的後街，拎著裝在塑膠袋裡的一罐甲醇。我的右口袋裡面有一盒火柴，也包在塑膠袋裡，為了保險起見，我還帶了丁烷打火機，店員跟我說那是防水的。

那時我十八歲，我從我和父母一起居住的郊區出發，搭上公車，一路換了三次車。最後一輛公車上只有幾個鬱鬱寡歡的夜班工人，我希望我看起來就是個全身溼透的倒楣鬼低薪工人，不要太突兀才好。公車穿過一個像監獄一樣陰森的工業園區。我下了公車，一個人在公車站牌下面站了一會兒，公車笨拙遲緩地轉了個彎，噴出大量柴油廢氣，街道就空無一物了。我爸經營的犯罪集團大本營倉庫距離這裡只有一兩條街。

我爸的勾當我不太清楚，印象中就只記得我媽跟我爸為了這個吵過架。我小時候在伊斯坦堡生活了六年，所以我的朋友才叫我特克。我們家在伊斯坦堡就跟在休士頓一樣，都是住在城裡比較好的區域，我爸工作的地方就差得多了。我媽來自路易斯安納州，遵循家族傳統，也是浸信會教友，對伊斯坦堡的清真寺、波卡罩袍始終不適應。伊斯坦堡其實是個各國人士齊聚的大都會，我們住的地方也很西化，我媽卻還是不習慣。我有一陣子覺得我媽跟我爸一天到晚吵架是因為這個，後來我們搬回美國，他們還是整天吵。他們瞞著我，我後來還是發現我媽不高興，不是因為我爸長時間不在家，也不是因為我爸在國外工作那段日子，而是因為我爸的勾當。

我媽在一些小事情上表達她的羞愧與不悅，有人打電話來，一定要是熟悉的號碼她才肯接聽。我爸媽兩邊的親戚我們都很少拜訪，他們也很少來看我們。一年過了又一年，我媽變得沉默內向，鬱鬱寡歡。我一步入青春期，就儘量少待在家裡，都在外頭耗。我寧願在街頭晃蕩，也不願意待在那個拉上窗簾、壓低聲音說話的家。

我好像把我家的情況講得太糟了，至少我們表面上過得還不錯。家裡不愁吃穿，我唸的也是好學校。我爸的生意雖然鬼鬼祟祟，卻也一帆風順。我聽見我爸在電話上和人吵架，他總是占上風。有時候會有西裝筆挺的男人來找我爸，輕聲細語、畢恭畢敬和我爸說話。有時候我會想，我爸做的事情是不是違法的啊？只是又覺得這個想法很荒唐。我覺得我爸應該是在規避無關緊要的法令，也許是在避稅、避進口稅。我看電視還有網路上都說這種行為是值得稱讚的，換個角度看，搞不好還會覺得很神勇。時間迴旋那些年，我們都明白規則一旦瓦解，要嘛自立自強，要嘛就等死。那個時候為了養家活口，違法的勾當也得幹。

我愛我爸。我對自己說我愛我爸，我也相信我愛我爸。只是後來我爸把傳統道德丟一邊，又像神經病一樣死要人家服從他，我才跟他起了衝突。

現在下著傾盆大雨，剛好給我做掩護。我爸做生意的地方在時間迴旋之前就存在了，是一棟二十世紀的磚牆建築物，窗戶小小高高的，是綠色的鉛玻璃。這棟建築物面向著一條陰鬱的街道，不過建築物後面才是真正幹活的地方，進貨卸貨都在那裡。我爸帶我去過那裡兩次，我媽不高興，他還是帶我去，他讓我看看倉庫，只是沒看到他那些勾當就是了，他大概是希望有朝一日讓我接班。我兩天前才勘查過這一帶，擬定了計畫。我沿著兩棟相鄰建築物中間的狹窄走道，走到後面的巷道。很久以前有條鐵路支線經過這幾間倉庫，後來鐵路支線上鋪了柏油，現在有些地方的柏油脫落了，露出老鋼軌，在街燈煙霧般的橙色燈光下閃耀。雖然雨勢凌厲，我還是聽得見我拿著的罐子裡易燃液體嘩啦嘩啦的聲音。

去年我愛上了一個名叫蕾蒂夏．菲利普斯的女孩。就像一個十七歲孩子那樣，全心全意傻傻地愛著她。蕾蒂夏比我高個兩、三公分，長得甜美動人。我每天早上醒來，常常擔心有一天她會發現特克．芬雷配不上她。她不只漂亮，還很聰明。要不是因為時間迴旋之後大家都勒緊褲帶，獎學金大幅縮水，我想她應該能進長春藤盟校。她想當海洋生物學家，想防止海洋酸化。她也參加抗議活動，反對會製造硫酸鹽懸浮微粒的工廠。

她家不算有錢，也不算窮。我們家住在有柵欄、有警衛的社區裡，她家就住在社區旁邊。我想她家的房子應該是租的，我沒跟我爸媽提過蕾蒂夏，我知道我爸一定不喜歡她。在德州和路易斯安納州加入美國之前，就有芬雷家的貧困祖先生活在那裡。我爸遺傳到他們不可理喻的種族歧視，不過他早就練就一身深藏不露的好功夫，該裝的時候還是會裝出來。他在伊斯坦堡就很難接受，到了休士頓還是牢騷一堆。他一回家就會脫掉寬容的虛假外表，像脫掉一雙太緊的鞋子那樣。他說全世界都在製造雜種，他知道誰是罪魁禍首。我不曉得我媽是不是也這樣想，就算她這麼想，她也從來沒說。我媽跟我一樣，習慣把我爸的牢騷當耳邊風，只是裝作很注意聽。

他的種族歧視幾乎到了老古板、惡毒的程度，不過也起不了什麼作用（我是這麼覺得啦！）。不管怎樣，我還是不太想讓他知道蕾蒂夏，因為蕾蒂夏好死不死正好是黑人。我見過蕾蒂夏的家人，她爸是藥劑師，她媽二十年前從多明尼加共和國移居到休士頓，現在在沃爾瑪百貨上班。他們對我有些防備，卻也真的很和藹。

我沿著老鐵路路基走，走到我爸倉庫裝卸貨區的對面。我發現兩座混凝土橋台之間有個黑暗的空隙，就蹲在別人看不到的地方，當然這裡也不太可能有人路過就是了。倉庫現在關閉著，我爸有時候會在這裡待到很晚，處理一些突發狀況，今天他倒是沒留在這裡，已經回家吃晚飯了，拿了杯酒坐在沙發上，眼睛死盯著二十四小時新聞頻道。雨還在下，我全身溼透，冷得打哆嗦。說也奇怪，今天明明又悶又熱，這雨不是來自這些隱蔽的後巷，是從比較冷、比較高的地方來的。我盯著倉庫，看了半個小時。我之前勘查地面，發現這裡過了午夜就只剩下一個夜班警衛，那是個瘦乾巴的流浪漢，是我爸從市中心的公車總站雇用的。我看著那幾扇窗戶，連他的習慣都摸得一清二楚。他每個鐘頭有十五分鐘會把樓上樓下幾層巡一遍，其他的時間都待在小房間裡，那個小房間有一扇毛玻璃與鐵絲網加強的窗戶。我看光線一閃一閃的，想必房間裡有閉路電視。

我早就知道我爸不會同意，可是我是真心喜歡蕾蒂夏。我們都論及婚嫁了，應該說論及「私奔」才對，反正就是要先瞞著我爸，把生米煮成熟飯，到時候他想管也管不了。我們沒有敲定日期，因為至少應該讓蕾蒂夏多唸點書，如果她唸得起大學就該讓她唸。我們是真的要結婚，至少我是這麼以為。

對結婚這件事我是認真的，認真到在廚房的桌邊跟我媽實說了。我媽一語不發認真聽著，靠在椅子上，對我說：「我再也不知道怎樣叫對，怎樣叫錯了，我看我大概這輩子從來都不知道。你要想這樣做，我看你還是離開這個家比較好。」她又哀怨地說了一句：「我希望哪天能跟蕾蒂夏見面，等到能見面的時候，在那之前我不會跟你爸透露一個字。」

我知道我媽是說真的，但是那年夏天一定發生了什麼事，讓我爸起了疑心。我不知道到底是怎麼回事，也許我爸看到我忘了刪除的簡訊，或是聽到我跟蕾蒂夏講電話。我爸沒有問我，不過他問了我媽，我媽拗不過他，只好一五一十招了。

我爸一向認為直接行動最好。我是到了後來打電話、傳簡訊給蕾蒂夏都沒回音，才知道我爸在背後搞鬼。我去蕾蒂夏她家，她爸媽不讓我跟她說話，說她決定跟我分手。這也有可能，但是我一定要聽她親口說才肯相信。我一直盯著她家，只看到她跟她媽出門一兩次，就沒再出過門了。

我請一位她認識的女孩拿一封信給她，裡面寫著一個更安全的ＩＰ位置，是我瞞著爸媽偷偷換的。那天晚上我等她回音，結果只等到她直截了當又毫無感情的一段話。特克，對不起。你爸跟我爸談條件，只要我願意跟你分手，就幫我付大學學費。這種交易爛透了，可是我爸媽逼我非答應不可，說這是我唯一能進好學校的機會什麼的，巴不得能從你那種族歧視的老爸身上揩油。我想叫他們去死，可是說真的，我們兩個窮光蛋年輕人能過什麼好日子啊？我是愛你，可是用不了多久我們就會發現為了愛情付出的代價太大了，然後開始互相埋怨。不要怪別人，怪我一個人就好了。我知道我可以選擇，也知道我這麼做大概是錯的，可是我有我的人生，我得設想未來。我在哭，拜託不要再寫信來了。

我爸就是在這間矮矮的磚造建築物弄錢給我們家買房子、買後院游泳池、買我身上的衣服，還有收買我最大的希望，讓她背叛我。就是這間倉庫還有我爸在倉庫裡面的勾當，害我媽一直悶悶不樂，害我丟臉丟到家。所以我才會頓悟，覺得應該燒了這房子。是，我是為了復仇沒錯，不過我也想用一把火淨化這裡。我看過人家說在戰場上，有時候為了止住嚴重出血，會燒灼傷口。我現在就流著血，這棟房子就是我的傷口。

雨水流入我腳邊的排水溝，發出汩汩聲，留下幾塊紙片、菸蒂，還有一個像水母一樣蒼白軟爛的用過的保險套。那個夜班警衛現在在巡邏，他一間又一間巡視著，我從樓上的窗戶看到他的手電筒燈光搖來搖去。等到他走到房子遙遠那一頭（我是判斷出來的），我過了街，走到裝卸貨區，往上走幾步到了鐵門，那門漆成軍服的綠色，是房子的後門。門邊有個兩段式的鎖，要先用鑰匙打開，看到一個數字鍵盤。我從我爸在家裡辦公間的辦公桌最上層的抽屜拿了鑰匙。我爸上次帶我來這裡，我記得他輸入的密碼（因為我發現那密碼簡單到不行，就是他的出生年）。

不管我爸付了多少蕾蒂夏的學費，他大概都覺得很划算。我爸從來不會炫耀他有錢，可是我畢竟跟他生活了十幾年，偶爾也聽見他隱約提到他在海外的資產，還有他砸大錢請律師，讓國稅局取消查帳。我要是稍微有點唸書天分，我爸出錢讓我唸兩次耶魯都行。他對這個倉庫倒是一毛不拔，裡面的走道是用廉價黃色亮漆漆的，而且漆得太過了，地上還鋪著土黃色的油地氈。天花板燈是日光燈管，上面都是蒼蠅大便。右邊的一扇門通往儲存轉發區，左邊的樓梯通往二樓辦公室。

我打算把走廊的燈關掉，放火，啟動出口旁邊的警報器（給夜班警衛一點警告）再跑走。火勢會很快被控制住還是會擴散；我爸的損失會很慘重還是九牛一毛；我會被抓被罰，還是可以買張車票離開休士頓，改名換姓，我通通不知道。這些都不重要，我的憤怒才重要，我受到的羞辱才重要。我把塑膠袋包著的那罐甲醇拿出來，放在地上，把蓋子擰開，把甲醇倒出來。

地面歷經歲月的折磨，變得坑坑洞洞的。甲醇在地上形成幾個水窪，流向倉庫裡面。甲醇的味道很刺鼻，我眼淚都出來了。甲醇填滿了油地氈的縫隙，沿著走道穩穩往下流，東積一灘，西積一灘。這一罐的容量是八公升，感覺倒出來的卻遠遠不只八公升啊！

我從口袋拿出紙板火柴，剝掉防潮的外包裝。紙板火柴是乾的，我的手卻是溼的。我點了兩根火柴都沒點著，到第三根終於點起火焰。我想走道上濃烈的氣體搞不好不用點火就會自動燃燒。我這把復仇之火會不會吞噬自己？這都不重要了。

我正要扔下火柴，這時右邊的門打開了，那個夜班警衛走了進來。

走道上搞不好有裝監視器，只是我沒看到，也有可能是我一進門，警衛在小房間的警示燈就亮了。也許他是要小便才離開小房間。我只知道他突然出現在走道上，離我只有一、兩公尺遠，盯著我看。他身材瘦削，穿著牛仔褲，身上的開領襯衫都被汗水浸溼了。他的頭又大又尖，頭髮都剃光了。他的年紀應該比我大不了多少，他看到我很驚訝，眼球都凸了出來。一條甲醇小河在他那雙棕色的舊鞋周圍分流。

他張開嘴巴要說話，可是我已經扔下火柴了。火柴在空中墜落，留下一道煙圈。我還來得及在驚慌中倒退一步，他卻只是傻傻看著。我看他大概不知道接下來會怎樣。

藍色火焰迅速擴散在液體表面，也擴散到他的鞋子四周。空氣與蒸汽之間那道要命的界線打破了。大量熱空氣瞬間噴發，我整個人被推倒在地上。我轉身快速跑出門外，跑進滂沱大雨中。現在門口已經是一片火海與黑煙，我還是能看見那個夜班警衛身上著火了。他想跑走，要是真能跑走還能撿回一條命，但是他的腳從腳底開始著火。他像跳舞一樣跳了一會兒，接著倒在燃燒的液體中。乾燥的地板像火種一樣燃燒。我看他的樣子像在尖叫，大火鋪天蓋地，我什麼聲音也聽不見了。

ᔕ ᔕ ᔕ

我想起艾莉森走到飛行船停靠區，她現在大概已經在那裡等了。她在等我，巴克斯的其他人則在等待前往天堂的門票。

「你不用一個人承擔。」奧斯卡說。他的口氣跟第一浸信會的牧師一樣寬厚又處變不驚。我小時候我媽常帶我去第一浸信會。「芬雷先生，我們會跟你一起承擔。等到你的介面弄好，領導也會跟你一起承擔。」

大腦邊緣節點已經發揮作用了。我好想、好想接受他所說的救贖，我當時在第一浸信會也是同樣感覺，那時候我的罪過都是些小事。年輕人，把你的重擔卸下，放在救世主的腳邊。我那時候還是個孩子，就已經明白為什麼這麼多哭泣的人會到教堂的聖壇去。領導知道我，知道我的一言一行一舉一動，我從裡到外都瞞不過領導。我的罪過就是領導的罪過。

奧斯卡緊盯著我：「你心裡還沒準備好要踏出最後一步，你想得到全國同胞無條件的寬恕……可是你又不願意接受。」

他們現在會寬恕我，等到假想智慧生物出現，他們的寬恕就會消失了。還是我又搞錯了？也許巴克斯真的會得到救贖，也許巴克斯會永生不死。我腦海裡一直有個聲音說會的會的。我說：「有些罪過恐怕不值得原諒。」

「你殺的那個人一萬年前就死了。一直在判斷錯誤造成的悲劇上打轉於事無補，只是浪費時間與精神而已。」

「我不是說**我的**罪過。」

「喔？那是誰的罪過？」

「奧斯卡，那些農民的死不只是謀殺而已，是種族屠殺。」

不知道奧斯卡從我的臉上看到什麼，總之他突然退縮了一下，突然表露出不確定感。「假想智慧生物不可能把那些農民帶走……那些農民會死也是遲早的事。」

「他們會在這裡，完全是因為巴克斯奴役他們，把他們帶到這裡。」

「他們會在這裡是因為**有必要**。」

「是有人下決定。」

「是我們一起下的決定！」

「你們都會寬恕自己做了這個決定。」

「是**領導**寬恕我們，領導就是我們的良知。」

「奧斯卡，我不是要跟你吵。難道你不覺得能把種族屠殺合理化的良知有問題嗎？」

他凝視著我，因為憤恨而紫漲了面皮。他聳聳肩：「你才剛裝上節點，很快你就會懂了。」

我就是害怕這個，我心裡想。

「現在不用管這些。」他說，「跟我來。」

我很想。我成年到現在都活在那個著火男人的陰影裡。我好想讓領導承擔我的罪過。如果要付出無知或死亡的代價，大概也只能說是遲來的正義。至少我可以清清白白地死去。

我有資格清清白白地死去嗎？

「到那時候，」我說，「我想跟艾莉森在一起。」

「那她現在怎麼不在這裡？我知道你覺得你該對她負責，可是她是反常的，是一艘空無一物的船隻。她對你也是虛情假意。你現在連上網絡了，一定能明白她是這樣。」

我不想告訴他我所明白的艾莉森是怎樣。

「去吧，奧斯卡，」我說，「去跟你家人在一起。」

他想回嘴，又閉上嘴巴點頭同意。他大概是看出來我有多羨慕他，大概是太好心了，所以沒說出來。

他起身：「好吧。芬雷先生，再見。」

他走了出去，門關上了。我等到確定他離開走廊了才行動。我告訴自己該走了，可是我又想，什麼都不做多輕鬆啊！之後會怎樣就怎樣吧！逃離的想法很愚蠢，是虛榮心嚴重作祟，是侮辱幾百萬生在巴克斯核心、死在巴克斯核心的人，也是侮辱幾百萬現在生活在巴克斯核心的人，他們的希望可是在我眼前熊熊燃燒呢！

我看了四周最後一眼。我想著艾莉森還在等我，動身前往飛行船停靠區。

第二十五章　珊卓與柏斯

柏斯還沒來得及說別的話，珊卓還沒來得及思考柏斯剛剛跟她說的事，另一部公車停在對街的車站。珊卓轉過頭去看著公車。

在橙色的街燈下，溼得發亮的公車看起來像飄浮的幻象。沒有人上車。兩個男人下車，只是兩個提著晚餐盒的夜班工人。公車開走了，兩個人匆匆走向他們要去的地方，不知道是哪裡，反正不是往芬雷倉庫的方向。

「現在有點晚了。」珊卓說。她還沒有心理準備消化柏斯剛剛說的事情，柏斯看來也很想換個話題。珊卓說：「他要是不來怎麼辦？」

「我覺得他會來。」柏斯說。

「就因為他寫的東西？」

「不管他寫的到底是什麼，我覺得奧林自己認為他寫的是預言。特克．芬雷把倉庫燒掉那一段，對奧林來說那不是**發生過**的事，是**可能會發生**的事。他想要改變結果。」

「他顯然知道芬雷家的一點事情，如果他寫的東西是事實的話。」

「要確認基本資料不難。芬雷在伊斯坦堡待過幾年，有個十八歲的兒子。他兒子高中畢業那年，也有個同年級的學生叫蕾蒂夏·菲利普斯。」

「你跟她談過嗎？」

「沒有，我要跟她說什麼？這些事情跟她又沒關係。」

「那芬雷的兒子呢？」珊卓想他的綽號一定是叫特克。

「找他談一定會驚動芬雷。」

「那我們可以假設奧林跟芬雷的兒子談過，或者是聽到什麼，自己就有了想法，還寫到故事裡面。」

「是啊，這樣很合理。他又不是靈媒。」

「唔，暴風雨倒是讓他料中了。」珊卓說。這場雨每隔一段時間會變小，然後又傾盆而下，好像半個墨西哥灣都飄浮在這座城市上面，然後被地心引力拉下來。

「但是其他細節他就搞錯了。他筆記裡說倉庫裡面除了夜班警衛什麼都沒有，可是不是這樣，今天晚上就不是。還有，奧林被開除之所以那麼生氣，是因為他以為特克縱火的時候，**他自己**是值班的警衛。」

「他預測他自己會死？」

「可以這麼說，不是因為他想死。我覺得奧林一點都不像想自殺的人。我想他來這裡是要阻止一件他覺得會發生的事情，不管他自己會不會受害，他都要阻止事情發生。」

柏斯把他所想的前因後果說給珊卓聽。奧林在芬雷的倉庫工作，無意中發現老闆的兒子要縱火，他一直在筆記本上寫著幻想故事，就把這一段也加進去。那些筆記本是一個煩惱年輕人的作品，這個年輕人碰巧比所有人想像的都要聰明，連他姊姊都不知道他這麼聰明。聰明歸聰明，他可以說是跟現實嚴重脫節。他完全沒有心理準備就被開除了，接著又被關在國家照護，他陷入恐慌，他認為老闆的兒子快要縱火了，如果他能逃出來，就能阻止這場慘劇（珊卓覺得這就是奧林莽撞脫逃，咬傷傑克．格迪斯的原因）。柏斯和珊卓帶他逃了出來，他跟愛瑞兒借到車錢，就毅然動身，要阻止特克．芬雷犯下不可原諒的罪過。

珊卓想了想：「你的時間順序好像有點弄錯了。奧林被開除之前完全不知道特克的感情問題。」

「我們也不知道是誰告訴他的。也許他是從別人那裡聽來的，也許他跟倉庫的人還有聯繫。提到感情的那幾段是最新寫好的，我們也不確定是哪時候寫的。」

「奧林幹嘛要管特克．芬雷要不要燒他爸的倉庫？他都已經失業了，他拿的薪水比最低工資還少，連住個廉價旅社都不夠。」

「我不知道。」柏斯說，「幾天前我還希望妳能告訴我。」

珊卓那時候沒有答案，現在也沒有。「萬一事情比我們想的還要奇怪怎麼辦？我不知道，我總覺得……怪怪的。」

「那我們還是坐在這裡。」柏斯說，「就像現在一樣。」

餐廳櫃台後面的女人，那個叫柏斯高興待多久就待多久的女人，現在下班了。珊卓看到她開著十年車齡的藍色本田汽車離去。接替她的是一個十來歲的男孩，臉上有溼疹，還會因為緊張而抽搐。夜班經理把頭伸出辦公室一兩次，打量珊卓他們，後來柏斯起身，說了些讓他放心的話，又買了兩個甜甜圈，他們倆都沒吃。

下一班公車準時到達，大雨還沒停，排水溝裡的水滿出來，街道上的油光都沖刷掉了。這次有四個人下車，珊卓覺得他們應該都是夜班工人。沒有一個是奧林。其中三人往左邊跑，急著要躲雨。另外一個往右悠閒走著，似乎絲毫不受大雨影響。

珊卓轉過頭去，不看窗戶了。她倒是發現柏斯聚精會神看著窗外。「怎麼了？」

「那個年輕人，一個人走的那個。」

是啊，真的很年輕。一個瘦瘦的年輕人，穿著黑色披風外套，拿著一個塑膠袋，裡面好像裝著很笨重的東西。

「糟了。」柏斯說。

珊卓的腦海也浮現同樣荒謬卻又無可迴避的念頭：「你覺得他是芬雷的兒子？他是特克．芬雷？」男孩走到轉角往南走，那是倉庫的方向。「現在怎麼辦？」

柏斯突然起身：「留在這裡，把手機放在手邊，看到奧林就打給我。發現重要的事情也打給我。」

待在這裡不要動，等我跟妳聯絡再說。」

「柏斯！」珊卓說。

「我愛妳。」柏斯激烈地說了出來，這也是他第一次說出口。

珊卓還沒閉上嘴巴，柏斯已經走出大門。她看著窗外的柏斯穿過餐廳停車場，沿著跟街道平行的樹籬走，全身馬上被雨打溼也在所不惜。

櫃台的男孩一定是看到了珊卓驚訝的表情。「小姐？」他關心一下：「妳要咖啡嗎？還是需要什麼別的？」

「瘋了。」珊卓大聲說。

「妳說什麼？」

「不是說你。」

第二十六章　艾莉森的故事

一

我在比巴克斯核心高出許多的飛行船停靠區等特克。

我循著迂迴路線走到這裡，先沿著安靜的右側階地往上走，再沿著崔雅小時候最喜歡的有遮蔽的草木空地走廊走。一路上的每個花園、每個出入口都充滿了回憶（**她的**回憶）。想不難過都難。巴克斯漸漸走向死亡，我卻無能為力，無力幫助失去的朋友、無力幫助放逐我的家庭，也無力幫助我曾經深愛的城市。我只能把我的記憶和疑慮帶到更安全的地方，幾個世界之外的地方。

飛行船停靠區是個開放的階地，有靜電層覆蓋，不會受到有毒的大氣影響。巴克斯的飛行船就在這一片廣大平坦的土地上排成一直線，活像種在機械花園的銀色莊稼。維修與駕駛人員都回家陪家人了。我的腳步聲聽起來像空蕩蕩房間裡的水滴聲。

我在燈塔底部找了個不顯眼的地方，坐下來等待。這一等就等了好久。我開始覺得特克可能不會來了。可能被人困住，沒辦法來了。可能是他自己**不想**來。他的節點終於滲透大腦掌管愛、忠誠、需求與欲望的區域，他的神經網絡隨著時間過去，愈來愈細微、有效率。領導在他的內側前額葉皮層的回音腔輕柔地唱著「不要去，不要去」。

萬一他不來怎麼辦？這個問題很好回答：我會死在這裡。假想智慧生物機器一定會把巴克斯核心拆掉吃掉，就像在南極平原上把先鋒探險隊拆掉吃掉一樣，一切就完了。我克制不住湧上心頭的恐懼，不是因為知道自己會死而恐懼，而是身為巴克斯人特有的恐懼，害怕會**孤單**死去……

我聽見一段距離之外運輸艙門打開的聲音。我躲起來，等到確定是特克才出來。他走出升降器的模樣很僵硬，大概是心不甘情不願。他的表情空洞又憔悴。我喊他的名字，朝他跑過去。

ᔕ ᔕ ᔕ

巴克斯是個平靜又零犯罪的社會，所以不太需要警察之類的人員維持治安，只要網絡保持警戒就好。不過巴克斯創立至今大部分的時間都在跟外國打仗，主要是跟中間世界與較老的世界的標準生物社會打仗。我們的飛行船是戰爭武器，也以戰爭武器的規格受到保護。

我挑了一架很大但是武器很少的飛行船，是運輸武器與軍隊的那種。艙門是一個網絡控制的介面，特克最近學會用的就是這一種。我還是崔雅的時候，只要把手放在控制平面上，在腦海裡想著如何操作，就可以不費吹灰之力把艙門打開。現在我沒了節點，就沒了這種本事。我現在是艾莉森，就連巴克斯最簡單的設備與應用程式都能把我拒於門外。偏偏特克又是個新手，很難專心用意志操作。

他現在搞不好連自己要怎樣都不知道。我氣喘吁吁弄了半天，艙門總算開了。

我們走進飛行船，裡面的燈亮了起來。我趕快去看看這裡該有的補給品是不是齊全，我們需要足夠的水和食物度過從拱門到赤道洲的這段時間。儲存箱裡的補給品一應俱全。警示燈沒亮，警報器也沒響，所以我們可以出發了。特克在前艙的位子坐下。用飛行船的任何一個控制面板都能駕駛飛行船，不用看影像也能知道外面的景象，可是特克以前當過飛行員，習慣用眼睛和雙手駕駛。他找到介面之後的第一件事情就是在前面的牆上開一個視窗，就像在舊式飛機駕駛艙裡那樣。突然間我的眼前就出現了廣大的飛機庫甲板畫面，我有一種無所遁形的感覺，我還寧願看到空白牆壁。

不過只要特克覺得得心應手，那也無妨。我在他身旁坐下，看著甲板，看看有沒有人發現我們，馬上就發覺不對勁。吊艙上黃燈閃爍，快要有人來了。我倒是沒想到現在才有人發現，不過也有可能是艾沙克出手幫我們。「我們得走了。」我說，「現在就得走。」飛行船裡面的指令不能從外部推翻……至少我認為不能，但是萬一有第二架飛行船追逐我們，那我們理論上就會被攔截或是擊落。

飛行船動也沒動。特克低聲說：「主選單一直跑掉，我很難用意志力控制。」他在想像一個我看不見的主選單，額頭上浮現汗珠。

「就跟練習的時候用的介面一樣，我們只要起飛就好。」

外面距離我們最近的吊艙打開了，裡面湧出一整連軍人。

「特克，現在就走，不然我們就得留下來了。」

他一臉無助看著我。

我說：「我不要死在這裡。」

他點點頭，閉上眼睛，用力吞了一口口水。突然間下方的甲板就掉了下來。

二

我們的飛行船穿過靜電層，飛入朦朧的日光。巴克斯突然變成我們遙遠的下方羅斯海上黑黑的一塊，周圍那些沉沒的島嶼是農民的，看起來像沉沒的礁石。我們以頭暈目眩的速度起飛，一直到霧氣遮住了海洋，一直到我們飛在一望無際的雲層之上才慢下來。

特克在飛行船的程式協定輸入目的地，又封鎖了來自巴克斯的信號，現在領導也影響不到他身上的節點。他戰慄了一下，又搖搖頭，像是驅趕身上的寒意。他指示飛行船如果發現有人追逐要通報我們（目前沒有人追在後面，這大概是艾沙克的功勞）。操作完控制面板，他整個人蒼白疲憊，靠在椅子上。下方的雲朵看起來跟野地的群山一樣冷峻。

他瞇著眼睛看我。我記得那種感覺，就是網絡故障時崔雅的感覺，好像這個世界失去了所有的顏色與感覺。「答應我。」他說。

「什麼？」

「他們裝在我脊椎上的東西，等我們到了那裡，答應我要幫我拿掉。」

我鄭重答應他。

꩜ ꩜ ꩜

等我們到了那裡。我們一直都沒機會好好談談這個。

之前在巴克斯核心，我花了很多時間瀏覽巴克斯檔案的資料（我只用手動介面，速度很慢又很傷腦筋），閱讀巴克斯人為特克準備的歷史資料。巴克斯被眼紅的大腦皮層民主國家迫害了幾百年（我學到的歷史是這麼說的）。沒有領導搖旗吶喊，我看這些熟悉的故事感覺含糊不清，甚至可以說很反感。巴克斯的創始人是激進信仰組織的激進份子，因為把違禁的假想智慧生物生物科技拿來試驗，所以被中間世界的多數標準生物排擠。這群創始人於是決定建立自己的封閉政體，要創造有著內建玄學的大腦邊緣民主國家。

巴克斯看起來一定就跟艾斯特（一個海洋眾多的中間世界）海洋上成長茁壯的眾多人造島國沒什麼兩樣，只是稍微古怪一些，至少一開始是這樣。巴克斯的創始人放棄假想智慧生物的生物科技試驗，轉而相信人類與假想智慧生物有朝一日會締結聯盟，所以每個假想智慧生物碰過的人都成了他們眼中的聖人，第一個聖人是時間迴旋時期之初的傑森．羅頓，還有千千萬萬的長壽邪教信徒、古老的火星第四年期人，還有那些被時間拱門吸收的亡命徒跟倒楣蛋。

標準生物多數是巴克斯史料一再出現的壞蛋。雲儸慘劇發生後不久，艾斯特就禁止了大腦邊緣神經社會，巴克斯不得不啟航，展開長達幾百年的老地球朝聖之旅。但是在世界連環大部分的星球上，大腦皮層民主國家還是相當發達，在艾斯特與雲港尤其如此。**等我們到了那裡**，長遠來看的意思是到了和平繁榮的中間世界。

日落之後我們往北航行，我想著這件事。特克無精打采吃著東西，一會兒抬頭看著貧瘠的月球，一會兒低頭看著有毒的雲朵。他的思緒又飄到過往的傷痛。他說：「我們把這個星球搞得夠爛了，對吧？」

「那要看你所謂的『我們』是誰。」

「就是一般人吧！尤其是我們這一代。」

我們在前艙看到的景象就是人類失敗的明證。雲朵有一種怪異的美，但是雲朵映照出的月光又帶點有毒的綠色。「大概是吧！」我說，「不過故事還沒完，你離開地球那時候人口有多少？六十億？七十億？」

「差不多。」

「人類現在不只在地球生活，也在世界連環的每一個世界生活。你知道世界連環現在有多少人居住嗎？將近**五百**億啊！而且不像老地球的人口是對環境有害，這五百億人是和環境永續共生，是五百億幸福生活的人。我們不是失敗的物種，我們是成功的例子。」

「巴克斯要逃離的就是這個？要逃離成功的例子？」

「唔，巴克斯嘛……巴克斯不是要逃離中間世界，是要走向假想智慧生物。」

「又不是假想智慧生物用核武攻擊巴克斯核心。」

「中間世界也不是天堂，大部分的人都一樣，都是貪婪又短視，不過他們懂得做出更好的決定。」

「在腦袋裡面裝電線來做決定？」

特克用手撫摸著後腦勺的腫塊，大概是下意識的行為。「也不是……」我說，可是他現在煩惱的並不是大腦皮層民主國家的概念，「特克，是不是發生了什麼事？從我先離開到你來飛行船停靠區的這段時間……」

「沒有……沒什麼大事。」

我不用連上網絡也知道他在說謊：「想不想跟我說說？」

「現在不要，」他說，「等我們到了那裡再說吧！」

ᔓ ᔓ ᔓ

飛行船的警報器響了，我們再過一兩個鐘頭才會到印度洋。

我睡了一會兒，特克堅持要在前艙看守。他不信任飛行船無人監督自動駕駛。我實在是累到沒辦法陪他，就爬上工作人員睡的床，閉上眼睛，再睜開眼睛的時候，警報器正在響。

我趕快到前艙去。特克正在與飛行船的介面同步作業，我看他那沮喪的表情，想必他操作控制面板不太順利。牆面仍然是一個視窗，月亮已經落下，天空除了拱門的頂端之外，還是漆黑一片。拱門的頂端已經接近天頂，映照淡紅色的微光，再過一兩個鐘頭就是日出。

我把手放在他的肩上，他抬起頭來：「我有個警告畫面，可是不知道要怎麼看。」

「好，你就放在牆上，讓我也能看見好不好？」

他就放在牆上。畫面就疊在夜空上面，是雷達標記，還有追蹤細節。特克說：「雷達發現什麼了，可是我讀不到範圍跟軌跡。」

是不是有人在追逐我們？應該不是，飛行船偵測到的東西很高，在東北方。我說：「飛行船啟動警報，是因為那個領空不應該有東西。不曉得是什麼，好像不是按照設定好的路線走，好像是一直線移動。」

也就是說這個東西在墜落，大概是自然現象，某個古老的殘骸跌出軌道外。可是警報響了又響，又有兩個標記出現在畫面上。

我們在一個鐘頭之內發現了五個墜落的物體，都是從東往西走，行進路線大致與赤道平行，距離我們的飛行路線很近。特克指示飛行船先在原地繞行，等我們搞清楚狀況再說。平靜了大約二十分鐘之後，警報器又響了。根據向量顯示畫面，飛行船這次偵測到更大的物體，大到也許肉眼就能看見。特克指示飛行船將視窗鎖定在物體所在的象限。

我們看著一片黑暗的視窗，幾顆星星在第一道曙光之後變得黯淡。「**那裡**。」特克說。

那個物體在雲層上面一兩度的地方飛奔掃過地平線，像燃燒著燐火一樣明亮，留下一道很快就消失的亮痕。刺眼的光芒橫掃整個雲層，製造出動來動去的影子。物體走過之後又是一片黑暗，但是也沒黑暗多久，地平線下方又鑽出亮光，那就是撞擊。

「叫飛行船回算這個東西的軌道。」我說，「看看是從哪裡來的。」

說起來簡單，做起來可不容易。我們只有這個東西的大小與質量的概略估計值，不過飛行船還是計算出一個圓錐的可能軌道，與監測到的其他物體比對，把可能的路徑疊在上面，這樣並沒有得出確定的結果，但是特克和我都看出來了：最有可能的軌道全在假想智慧生物的拱門交錯。

「這什麼意思？」特克問。

我不知道，不過就要日出了，從我們的位置，很快就可以看到拱門最近的一個腳。特克把視窗瞄準那個腳觀看。

假想智慧生物的拱門是接觸過地球表面最大的人造結構，這個紀錄永遠不會打破。拱門的頂點比大氣層還高，底部則是埋藏在地幔深處。拱門橫跨在印度洋上，好像婚禮樂隊傾斜著跌進淺淺的池塘。我們在雲層上方盤旋，看到黎明像是一塊黃色織布，拱門則像與織布交織的一條銀線。「聚焦在拱門的頂端，」我跟特克說，「放大畫面。」

他操作介面不是很順利，最後還是搞定了。他把顯示畫面弄成視窗，所以我們好像突然無比靠近拱門的上段，感覺很危險。畫面搖來搖去，被大氣干擾而扭曲。接著那條一維的銀線變寬了，變成一條彩帶，實際尺寸應該有好幾公里寬。

打從特克那個年代，就算是最精細的拱門放大畫面都不曾顯示過拱門表面任何細微的瑕疵，現在可不一樣了。彩帶上的瑕疵顯而易見，平滑彎曲的邊緣破破爛爛，呈現鋸齒狀。「再放大十倍。」我說，其實都快要超出飛行船畫面顯示的極限了。

又一次讓人暈頭轉向的聚焦。畫面不停扭動，直到飛行船執行矯正計算才停下來。

我倒抽一口涼氣，那拱門不只是有瑕疵而已，上面一道一道的裂痕清晰可見，還有脫落的幾大塊留下的空隙。

原來從天空落下的就是拱門的碎片，每一塊就跟小島一樣大，有些移動速度只比軌道速度慢一點點，重返地球時會燃燒，把大量的動能耗在地球那些死亡的海洋與沒有生物的陸地上。

照理說這不可能發生。但是我們看著看著又看到一次。一道黑暗的裂痕愈來愈寬、愈來愈大，與另外一道交錯，突然間拱門又脫落了一塊，開始墜落。這塊拱門因為本身的慣性，移動的樣子很笨拙，我想應該還會環繞地球一兩圈才會燃燒墜落。

我看著特克，他也看著我。此時無聲勝有聲。我們都知道這是怎麼回事，通往赤道洲的門永遠關閉了，我們的計畫失敗了，現在無處可去了。

第二十七章　珊卓與柏斯

柏斯沿著一排樹籬走，儘量壓低身子，希望大雨能遮住他的身影。那個拿著塑膠袋的少年沿著人行道走，行蹤非常清楚，跟柏斯距離半條街，他應該就是特克吧！他再走個一兩公尺，柏斯先前看到的警衛巡邏車應該就會看到他。那是一輛看起來很普通的灰色汽車，兩個悶悶不樂的男人坐在裡面，想必是全副武裝。

柏斯看到少年有些躊躇，知道他一定是看到巡邏車了。那是非常短暫的遲疑，沒有仔細看絕對看不出來。少年沒有別的動靜，低著頭繼續走著，雨水從他的披風外套流下來。他直直走過那輛車，裡面的警衛看著他走過，兩個人的頭同時轉過去，好像被同一條線拉著。

少年只要再左轉，走過一條街，就會走到芬雷倉庫的前門，他還是繼續直走，這步棋走對了。柏斯把握機會，穿過一棟工業建築物後面雜草叢生的空地。有這棟建築物遮蔽，巡邏車看不到柏斯，但是柏斯也看不到特克。雨下得好大，柏斯覺得這雨很像好多雙粗暴的手在他身邊揮舞，想吸引他注意。他的鞋子已經溼透了。到了下一個轉角，柏斯又看到少年，少年還是往同一個方向走著，距離倉庫已經很遠了。柏斯心想，**拜託繼續往前走，去搭另一輛公車，給我省點麻煩。**

但是少年往左轉，柏斯發現他是隔著一段距離繞著倉庫走，想找機會穿越封鎖線。

ᔕ ᔕ ᔕ

柏斯努力揣摩少年的想法，把自己當成特克．芬雷，大致按照奧林的筆記本演出。這實在不容易。柏斯很崇拜自己的父親，從來沒想過弒父，連象徵性的弒父都沒想過。

柏斯倒是很了解憤怒與無力的滋味。那群小偷闖入他父親在馬德拉斯的家，當時他的心情就是憤怒又無力。柏斯的父親要他躲在房間裡的書桌下面，柏斯就乖乖聽話躲在那裡，一顆心怦怦跳動著。他一直憋著氣，肺部都缺氧了。「我來處理。」柏斯的父親說。柏斯也相信父親，躲在桌子下面沒出來，直到聽見父親的第一聲慘叫，那也是父親在人世間的最後一聲慘叫。當柏斯隨父親的慘叫聲出來沒多久，他也跟著發出慘叫。

他的父親給許多人做過第四年期治療，自己倒是沒做過。在人生的長河上，柏斯的父親還在寬闊的中游，還沒準備好要承擔長壽帶來的責任義務。柏斯的母親可沒那麼中規中矩，她安排柏斯接受第四年期治療，是為了要救柏斯的命。柏斯還太年輕，不適合接受這種治療，但是在生死關頭，也顧不得火星人的道德觀念了。柏斯的母親一向先斬後奏，這次也不例外，她先給柏斯治療，治療完了才徵求同僚同意。柏斯知道他應該感激母親，但是他並沒有那麼感激。他每次想起馬德拉斯的那場慘劇，常常覺得母親應該讓他死了算了，就不會那麼難過了。

少年不疾不徐在雨中走著，經過第二輛巡邏車。幾個鐘頭之前柏斯開車在這裡繞，就看到不少警衛，現在人數更多。倉庫裡到底有什麼勾當，需要這麼多警衛？柏斯想芬雷一定是接到消息，知道奧林從國家照護逃出來了，大概是擔心聯邦調查局可能會發出搜索票，搜查他的倉庫。面對危險，他會做出什麼舉動呢？誰也不知道。

柏斯希望特克就這麼放棄，回家算了。就算他不放棄，柏斯也希望能攔截他，把他嚇走。已經耗掉太多時間了，他還有奧林要傷腦筋。柏斯稍微加快腳步，避開街燈，儘量沿著裝卸卡車的車道走。

他又看到特克了，特克距離他只有十幾公尺，站著不動。特克只要往北走一兩條街就會走到芬雷的倉庫，現在四下都沒有警衛。特克在街道左右張望，柏斯往後閃躲，特克只看到鎖著的門，破爛的人行道，還有下個不停的雨。特克很緊張，一直換手拿那個沉重的塑膠袋。柏斯正要走上前去，要跟特克正面對決，或者把他嚇走也可以，沒想到特克突然往左轉，用雙手抱著塑膠袋，跑在兩個漆黑無光的建築物之間。

柏斯心想，**糟了**。他快步跟上，還是很謹慎，希望沒人看見特克，不然他們兩個都小命不保。

沒想到特克動作很快，而且很聰明，至少他採取的策略很聰明。他知道這一帶有很多巷道，很多都沒有路燈。他走到倉庫前門的那條街，沒被別人發現。那條街有不少人看守，不過特克悄悄走在兩部空車之間，趁著大雨傾瀉而下快速閃過空地，又走到另外一條巷子的入口，完全沒人看見。柏斯發現特克並不是想從倉庫前門進入，是想從裝卸貨區所在的後巷進入，跟奧林的故事如出一轍。

柏斯沿著同樣的路線跟在後面，覺得自己顯眼到誇張的地步。他再次告訴自己，他唯一的目的就是要阻止這個年輕人犯下滔天大錯，不要讓他傷到自己，傷到別人。問題是現在柏斯不管用什麼方法接觸特克，都可能會嚇到他，他被嚇到會做出什麼事情就不得而知了。不管怎樣，柏斯都得跟特克說上話。

柏斯身上沒帶武器，但倒是有些本領可以派上用場。火星人的療法壓抑了他的某些神經功能，也強化了某些神經功能，非法集團賣的長壽藥可沒這種效果。火星人的療法壓抑了自發攻擊行為，所以柏斯就是所謂的「不輕易動怒」，也壓抑了恐懼感，卻增強了同理心。柏斯的視力與反應速度也進步了。柏斯在警校能成為知名神槍手，就是要歸功於火星人的療法。

特克沿著巷道往上走，走到巷道在倉庫後面與另一條巷子的交叉處。他彎下身去，穿著黑色披風外套，幾乎成了隱形人。他伸出頭來看看動靜。柏斯把握機會走到他後面。

現在不出手就沒機會了。柏斯說：「嘿。」他壓低了聲音，不過還是可以聽見，沒有被雨聲蓋過。

少年猛然一動，轉過身來。柏斯伸出雙手，手心朝上。「我沒帶武器。」他說，靠近男孩一兩步，「我不是**他們**一夥的。」

少年好不容易擠出一句：「那你是誰？」他右手拿著一罐甲醇，緊緊抓著，情況不對就可以當成噴霧器甩向對方。

「我以前是警察。」柏斯說，「你是特克．芬雷對吧？是老闆的兒子？」少年一句話也沒說，並不驚訝，顯然是默認了。「我沒別的意思，」柏斯說，「只是覺得我們應該掉頭，離開這裡。不管你想幹嘛，都不能動手，今天晚上不行。」

雨水從少年溼漉漉的黑髮流了下來，流進披風外套的領子。他隔著傾盆大雨看著柏斯，用微小平淡的聲音說：「看你後面。」

「什麼？」

「他們在你後面。」

少年馬上彎下身去，柏斯也一樣，他冒險往後看一眼，兩個男人從巷子走來，在雨中彷彿鬼魂一般。他們還沒看到柏斯跟特克，視線被牆壁遮住了，不過除非他們掉頭，否則早晚會看見。

特克看到柏斯的反應，好像比較安心：「往這裡。」

柏斯別無選擇，只能跟著特克轉彎進入後巷，在這裡一定會被發現……結果沒有，綠色的裝卸卡車跟裝卸區凸出的地方之間有個狹窄的間隔，大小剛好夠他們兩個擠在裡面。柏斯躲進去之前，快速地仔細看看四周。芬雷倉庫的裝卸區在他左手邊半條街的位置。三輛車停在巷子裡，一輛沒有標記的白色貨車停進其中一個裝卸區。裝卸區的門已經拉了起來，對著黑暗投射出一塊長方形的燈光。柏斯努力把景象記在腦子裡，計算相對的距離還有可能的逃生路線。他在特克身邊蹲下，特克像落水狗一樣全身顫抖。

兩名警衛從巷子走來，出現在他們眼前。他們經過裝卸卡車，回頭往裝卸區的方向走，柏斯看到他們身上的黃色雨衣。柏斯心想，看那輛貨車就知道倉庫裡的勾當。芬雷顯然很緊張，打算把倉庫裡的違禁品通通運走。貨車後面的箱子從車底一直堆到了車頂，大概都是些來自黎巴嫩、敘利亞的化學物質，要送往黑市的生物反應器。

柏斯覺得他應該看清楚一些。他先是跪著，接著趴在地上。他身下的瀝青地面溼溼的，不過還留有白天的熱氣，聞起來像是浸在油裡的動物。他匍匐著蜿蜒前進，仔細看著裝卸卡車邊緣外面。他身上唯一的偽裝就是他深色的皮膚與頭髮。

他清楚看見監督裝貨的男子，是個中年人，非常憔悴，手上拿著手電筒。柏斯認出他是特克的父親。「你爸在這。」他悄聲跟特克說。

短暫沉默後，特克開口：「你認識我爸？」

「我認得他。」

「你要逮捕他嗎？」

「我也想，可是我現在不是警察了，我誰也不能逮捕。」

「那你到這裡**幹嘛**？」

「幫一個朋友。**你**在這裡幹嘛？」

特克沒回話。

柏斯正想建議他們沿著來時路走回去（雖然很危險），這時第四部車停在貨車旁邊。開車的人下了車，爬上水泥裝貨台，走向芬雷。芬雷給他一個「**現在怎樣**」的表情。那傢伙說了些話，說什麼柏斯聽不見，又指著巷子。芬雷突然拍拍手，開口大叫，叫聲壓過了雨聲，他是叫裝貨的工人趕快弄完，把外面巡邏的警衛叫進來。

柏斯看了看錶。下一班公車早該來了，幾分鐘之前就應該到了。他心想，是**奧林**。他想應該是芬雷的警衛看到奧林，跑來告訴老闆。

芬雷跟一個警衛一起坐進車裡。車子開下巷道，車輪把雨水濺到蹲在黑影中的柏斯和特克身上。柏斯看到特克眨著眼睛，看著汽車在路面留下的漣漪。特克知道父親明明近在咫尺，現在卻又跑掉了。他怒氣沖天來到這裡，現在還從滿腔憤怒變成一頭霧水。

他們身後的巷道又傳來更多腳步聲，外面巡邏的警衛都叫進來了。

「我們得離開這裡。」柏斯說，接著又說：『我們恐怕得聲東擊西。」

特克都快哭出來了：『你在講什麼？什麼聲東擊西？」

柏斯說：「你身上有可燃物品嗎？」

第二十八章　艾莉森的故事

我們的飛行船燃料還夠用上幾天，但是沒有必要再這樣漫無目的繞行下去了。特克在從前的印尼群島南側外海找到一個陡峭的小島，我們就在那裡降落。小島的位置夠偏南，拱門掉落的碎片不會掉到這裡，而且也夠高，讓我們不用擔心拱門碎片掉落引起的海嘯。飛行船在一個相當平緩的坡道降落。我們四周的景象就像地球其他地方一樣蒼涼破敗，不過還是能看見西南方的海洋。我們可以離開飛行船到外面去，飛行船的儲存櫃裡有面罩與防護裝備，可是沒理由到外面去，而且到外面去可能很危險。外頭一直颳著大風，大概是因為北邊的衝擊力道太強了。

我跟特克商量，覺得拱門可能還能運作，就算破破爛爛，搞不好還能察覺特克，允許我們進入赤道洲。但這簡直就是我們的一廂情願，冒這種險也太危險了。我們一降落，飛行船又偵測到兩個碎片脫離軌道。我們隔著雲層看不見碎片，但是衝擊形成的衝擊波隔著幾百公里都能讓飛行船發出喀噠喀噠的聲音。一小時之後，海水逐漸遠離小島的沿岸，露出古老的死亡珊瑚還有黑色的沙子，接著一個大浪又猛打過來，還好沒有生物被浪打到，不然後果不堪設想。

我跟特克說，我們可以回到巴克斯。反正等飛行船的燃料快要耗盡時，飛行船也會自動回到巴克斯。

「巴克斯可能什麼都沒了。」特克說。假想智慧生物機器應該已經到達巴克斯了。

也許吧，大概吧，可是我們不知道拱門為何破敗，也許假想智慧生物機器現在也在衰敗，也許正在羅斯海海岸上逐漸分解。只要巴克斯保持完整，就還是可以從海水的細菌吸收足夠的蛋白質，養活一小群人口。

「如果是這樣，那些人也會搶奪食物。」特克說，「如果所有假想智慧生物機制都瓦解，那也不是好事。」

他說的當然有理。假想智慧生物有一項科技我們都習以為常，也就是那層保護地球不受腫脹老化太陽傷害的無形保護層。要是沒了保護層，海洋會沸騰，大氣層會爆炸進入太空，巴克斯就會變成一堆過熱的分子，四處散落。

可是到了那個時候，我還是想回到巴克斯核心，那是我（崔雅）出生的地方，死在那裡也算死得其所。

ら　ら　ら

那天晚上我們目睹了有史以來最大的衝擊。飛行船發出警報，有個大型物體朝我們飛來，特克調整了視窗，我們可以看見天空的西北象限。雖然有厚厚的雲層遮蓋，我們還是看得到火球像一團朦朧的紅光一樣移動，接著是日落的餘暉照著地平線。免不了會有巨大的衝擊波，所以我們指示飛行船把高強度纜線射進基岩，自動航向島嶼。

衝擊帶來結實的強風與高溫的雨水。我們的飛行船是氣密的，而且停靠得很穩當，但是我還是聽得見飛行船與纜線拉鋸的聲音，那是一種痛苦的呻吟，彷彿地球承受著疼痛。

大風稍微平靜了一些，我就上床睡覺，那天晚上我夢到夏普倫，艾莉森的夏普倫。我在夢中走在艾莉森熟悉的街道上，在艾莉森買過東西的購物中心買東西，又跟艾莉森的爸媽說話。從頭到尾都感覺好私密，好真實，但是夢境中的世界沒有色彩也沒有質感。艾莉森的媽媽做了雞肉派與烤豆子晚餐。我是艾莉森，很喜歡雞肉派，但是她放在我面前的餐點很模糊，像個圖表，一點味道都沒有。

因為這些其實不是記憶，是從一個過世女人的日記擷取出來的細節。我冒充艾莉森，發現很多關於自己、關於我所居住的世界的事情，但是其實我一直都還是崔雅。這點奧斯卡倒是說對了。我只是利用艾莉森這個工具把崔雅從巴克斯的暴政拉開。現在的巴克斯暴政也許什麼都不剩了。

我爬下床，到前艙去。特克還醒著，繼續他那毫無意義的守夜。外頭的風依然呼嘯，不過沒有那麼猛烈了。根據飛行船的感應器，打在船身的雨水跟蒸汽一樣熱。

我跟特克說了我的夢，還有夢的意義。我說我不想再假扮艾莉森了。我說我沒有一個值得擁有的姓名。我會死在空虛的星球上，沒有人知道我是誰、我以前是誰。

他說：「我知道妳是誰。」

我們一起坐在視窗牆對面的椅子上。他用雙臂環抱著我，直到我冷靜下來才鬆開。

他跟我說了在我們逃走之前，他在巴克斯核心碰到的事。他說他跟奧斯卡說話，透過奧斯卡也跟領導說了話，也坦白供出一個關於他自己的真相。

「什麼真相？」

我想我知道答案，他說的應該是自從我們把他從赤道洲的沙漠搭救出來，他就一直逃避的真相，那個關於他自己，又恐怖又明顯的真相。

沒想到他跟我說的是另外一件事。他說他年輕時候住在地球，殺過一個人。他的語氣僵硬，帶著一種冷酷的壓抑。他轉過頭去，雙拳緊握。我認真聽著，讓他說完。

他可能不要我回話，寧願沉默就好。但是我們眼前沒有什麼未來了，在死之前，我想把一個重要的真相說出來。

他鎮靜下來之後，我說：「我能不能也跟你說個故事？」

「那有什麼問題。」

「這是艾莉森的故事。」我說，「也一樣發生在老地球，其他的地方跟你的故事就完全不同。這件事情壓著她的良心很久了。」

特克點點頭，等我繼續說。

我說：「艾莉森的爸爸年輕時是軍人。時間迴旋之前那些年他在海外服役。艾莉森出生那年他四十歲，艾莉森十歲那年他五十歲。艾莉森十歲生日，他送女兒一個禮物，是廉價木框框著的一幅畫。

艾莉森打開的時候很失望，爸爸怎麼會認為我想要一幅外行畫家畫的女人抱著嬰兒的油畫呢？她爸幾乎是羞怯地告訴她，這是爸爸親手畫的，爸爸幾年前在書房利用晚上的時間畫的。她爸說畫中的女人是艾莉森的媽媽，那個嬰兒就是艾莉森。艾莉森很意外，因為她爸從來就不是什麼文藝青年。她爸是公路旁邊購物中心裡一家鞋店的經理，她也從來沒聽她爸說起文學與藝術。她爸說女兒出生是他這一生最好的際遇，他想記住這種感覺，所以畫下這幅畫作為紀念。現在他把畫送給艾莉森。艾莉森聽了之後，覺得這禮物還是不錯，也許是她得到最棒的禮物。」

「八年後她爸被診斷出得了肺癌，這其實也不意外，她爸從十二歲開始就一天抽一包菸。接下來的幾個月，她爸雖然裝作一切正常，身體卻是愈來愈虛弱，到後來一天中大部分時間都躺在床上。到最後艾莉森她媽媽沒辦法照顧他了，因為他沒辦法吃飯，連起床上廁所都沒辦法，只能把他送到醫院，那時候艾莉森心裡明白，爸爸回不了家了，他到醫院接受所謂的安寧照護，醫生就是幫他死亡，給他吃止痛藥，一天一天愈吃愈多。爸爸直到最後一個禮拜腦筋都還很清楚，只是一直哭，醫生說他『情緒不穩』。有一天艾莉森去看他，他要艾莉森把那幅畫帶來，他看到畫可以勾起以往的回憶。」

「可是艾莉森沒辦法帶來，那幅畫不在她手上了。她剛開始是把畫掛在床頭的牆上，後來她開始覺得掛這種畫很丟臉，這幅畫粗糙又濫情，她不想讓朋友看見這幅畫，就把畫放進衣櫥裡，眼不見為淨。她不知道她爸有沒有發覺，就算有也沒吭氣。後來有一天艾莉森清理舊東西，也就是她小時候的東西，還有她不會再拿來玩的洋娃娃跟玩具，她把那幅畫和其他東西一起裝箱，捐給了義賣商店。」

「她實在開不了口，她爸現在又黃又瘦，要氧氣筒才能呼吸，怎麼能告訴他呢？艾莉森只好點點頭，說她下次會帶畫來。」

「艾莉森回到家，又把衣櫥翻了一遍，好像還指望能找到那幅畫，其實她很清楚畫沒了。她還跑到義賣商店問那幅畫的下落，都過了這麼久，那幅畫不是賣掉就是拿去回收了。隔天她空著手去醫院，她爸很失望。她就掰了個藉口，跟她爸承諾明天一定帶來，撒這種謊只是讓她更難堪。她每天都空著手到醫院，每天每天都去，她爸一天比一天虛弱，一天比一天害怕，每天都問怎麼不帶畫來？艾莉森每天都說明天一定帶。結果當然是她爸到死都沒能再看到那幅畫。」

飛行船裡靜悄悄的，只有船身的哼哼聲。拱門的碎片愈掉愈多，在雷達畫面上就像亮藍色的雨點一樣滾落。特克沉默了很久終於開口：「那是艾莉森的傷痛，是原本的艾莉森。這個傷痛跟著她一輩子，也跟著她一起死亡。妳沒必要替她承擔。」

「你也不需要承擔古時候的殺人罪孽。」

「妳不覺得不太一樣嗎？」

他還在逃避真相，也沒聽懂我的故事的重點，我就把話挑明了說：

「想想赤道洲沙漠那道時間拱門。那道拱門跟連結世界的拱門不一樣，時間拱門從來就不是為了人類設置，是假想智慧生物保存資訊的工具，假想智慧生物是用複製資訊來保存資訊。假想智慧生物**吸收**你、**記住**你，到最後也**複製**你，也就是說**真正**的特克．芬雷就跟真正的艾莉森．寶若一樣，早就死掉了。你是一個很逼真的複製品，可是你帶著另外一個男人的記憶在沙漠出生。你不必為那個人的罪過負責，就像我也不必替艾莉森的罪過負責一樣。」

特克凝視著我，有那麼一瞬間，他露出暴怒的神情，那一瞬間我很怕他。
他起身走向飛行船的船尾，走向黑影之中，留下我獨自陪伴呼嘯的暴風雨。

ら　ら　ら

接下來幾天，碎片的衝擊漸漸減緩，一個禮拜過去了，看看飛行船的雷達畫面，大氣層之上就只剩零零散散的灰塵與碎片。地球的拱門只剩下凸出於印度洋的兩塊碎片，最高的那塊比海平面高出一千五百公尺。地球現在完全孤立了，就像在時間迴旋之前的幾千年一樣，孤獨地佇立在宇宙間。

特克和我沒有再提起我們在那個難熬的夜晚所說的話，而是從簡單的話語、簡單的溫暖尋求慰藉。就算我們虛假又不真實，至少我們了解彼此。我們填補了彼此的虛空，假裝時間停駐。

但是時間依然繼續流逝。飛行船的補給快要耗盡了。特克眼看不能再耗下去了，就將飛行船拔錨，離開多岩石的島嶼，帶著我們飛到比最高的雲朵還要高的地方，飛到可以看見恆星的地方。

我不想停在這裡，我想到飛行船到不了的地方。我想到遙遠的恆星和世界。我想邁著大步，跨越一個又一個的恆星，就像假想智慧生物那樣。

當然我做不到，我們連家都回不了，我們沒有家，我們只有巴克斯（如果巴克斯還在的話）。我們就往南飛，往右側飛，把歷史的廢墟拋在後面，前方只有陌生的事物和渺茫的希望。

第二十九章　珊卓與柏斯

珊卓坐在餐廳窗邊等著柏斯，時間像無窮無盡的火車車廂一樣過去。十五分鐘過去了，三十分鐘過去了，四十分鐘過去了。珊卓心想，我們幹這件傻事，現在出狀況了。外面的暴風雨稍有緩和，接著又變本加厲。這幾個禮拜的天氣都是無情的乾熱，現在老天爺做出補償，這是一種恐怖的因果平衡。

一輛公車在對街停下，先是楞在那裡一會兒，接著咳了一聲，緩緩駛向一片黑暗。珊卓一開始以為沒人下車，接著她看見站在街燈光芒之下的人影。那個人穿的黃色短袖T恤像一層油漆一樣黏在他的皮膚上，這種天氣穿這樣簡直是傻瓜。一個瘦骨嶙峋的孩子，不是奧林還會是誰。

珊卓想都沒想就站了起來，跑出餐廳。櫃台服務生被她這麼一搞，緊張大叫：「小姐，小姐？」

奧林看到眼前的珊卓，叫了一聲：「柯爾醫師。」他看到珊卓並不驚訝，表情十分悲淒。「我迷路了，」奧林說，「我不應該現在才到這裡。妳大概知道我是想阻止特克・芬雷。」他的嘴唇顫抖：「現在來不及了。」

「不會，奧林，聽我說，沒關係的。」雨水穿透珊卓身上的衣服，好像衣服根本不存在一樣。她得縮著身體才不會發抖：「我了解。特克比你早一點點到，柏斯警探跟在他後面。」

奧林眨著眼睛：「柏斯警探跟他在一起？」

「柏斯警探不會讓他縱火的。」

「妳是說真的嗎？」

「千真萬確，他馬上就回來了。」

奧林心中一塊石頭落地，肩膀也放鬆了：「謝謝你們到這裡來。」雨聲太大了，幾乎要蓋過奧林的聲音。「我真的很感激，妳大概看過我的筆記本了吧？」

珊卓點頭。

「事情沒有按照上面寫的發生，不過我想這也是意料中的事。」

「什麼意思？」

「不只是一件事。」奧林嚴肅地說：「這是所有路徑的總和。」

珊卓想問奧林他到底在說什麼，不過站在公車站淋雨好像不太好。「奧林，跟我一起到對面。我們在那裡等柏斯。他馬上就來了。」

「我想喝杯咖啡。」

珊卓轉過身去，還沒走下路邊又退回來。一輛車停了下來，擋住珊卓的去路。乘客座位的車窗搖了下來，珊卓看見車裡有兩名男子。乘客是個中年人，臉上的微笑很僵硬。駕駛的大腿上放著一把槍。

「哈囉，柯爾醫師。」那位乘客說，「哈囉，奧林。」

珊卓認得這聲音，整個人都麻木了。她想跑走，可是沒辦法把視線從那輛車移開。她覺得好像被釘在那裡。

「哈囉，芬雷先生。」奧林悲哀地說。

「奧林，我真不想在這裡看到你，對你、我都不好。你跟柯爾醫師坐在後座吧！我們聊聊。」

ᔕ ᔕ ᔕ

駕駛沒把引擎熄火，也沒把車開走。珊卓希望他不要把車開走，只要她還能看見這條醜陋的道路、公車站，還有對街窗戶亮著黃燈的咖啡店，她就有理由相信她還能全身而退。要是車子開走了，珊卓就要遠離她熟悉的世界了，踏入黑暗的世界，那個骯髒齷齪到無可言喻的世界。

珊卓知道那個世界是怎麼回事。她在國家照護常常訪談一再被打、被虐、被拋棄以及被屈辱的人。他們是來自那個世界的難民，珊卓透過他們的眼睛，漸漸了解那個世界有多遼闊，多空虛。

芬雷坐在前座看著她，他的臉上有不少皺紋跟麻子，眼神溫和到會讓人誤以為他是好人。「先談最重要的事，」他說，「你們少了一個人，柯爾醫師啊，柏斯警探到哪去了？」

珊卓就算想回答，也不知道怎麼回答。她的嘴巴乾燥無比，整個世界都泡在雨水裡，她卻連吐口水都沒辦法。

「唉呀，快說。」芬雷不耐煩了。

珊卓好不容易擠出一句：「我不知道。」

「拜託。」

「他沒跟我在一起，我不知道他在哪裡。」

芬雷嘆了一口氣：「柯爾醫師，我先前跟妳談條件妳應該接受。我提出的條件都是真的。妳哥哥可以重拾人生，妳只要幫我一個微不足道的小忙就好。妳完全沒有損失，這麼好的生意妳要到哪裡去找？妳真是沒腦袋。」他停頓了一下：「這條街對面，那台停在後面的就是柏斯的車。柯爾醫師，他到底在哪裡？」

珊卓緊閉雙唇，搖搖頭。

那個駕駛（有槍的那個）轉過頭來看著珊卓。珊卓覺得他看起來不像壞人，慈眉善目的，好像高中英文老師，上了一天班很累了。

他給珊卓瞧瞧他手上的槍。珊卓對槍一無所知，也不知道他手上的槍是哪一種。這個人好像在說：「我就是要靠這個整垮妳。」好像希望珊卓了解這一點，承認這一點。他緊抓著槍托，狠敲珊卓的臉。

這一擊擊中珊卓的顴骨，她的一顆牙被打鬆了。珊卓痛到想吐。她緊閉著雙眼，感覺眼淚流了出來。

「不要這樣。」奧林說。

芬雷轉頭看著他：「奧林，你看你給大家找來多大的麻煩。你幹嘛這樣？我把你帶離街頭，給你一份好工作，哪裡對不起你了？」

「芬雷先生，發生這些事都不是我的錯。」

「那是誰的錯？講啊！」

「大概是你自己的錯吧！」奧林說。

拿槍的那傢伙把座椅往後挪，要打奧林，還好芬雷抬起手阻止他。珊卓一隻手捂住流血的嘴巴，瞇著眼睛看著這一切。觸目所及都是水汪汪的，大雨好像下到車子裡面來了。

「你怎麼會覺得是我的錯？」芬雷問。

「你兒子恨你。」奧林冷靜地說。

芬雷的臉脹紅了：「我**兒子**？我家的事你知道多少？」

「你不該那樣對待他的朋友蕾蒂夏。我看他一輩子都不會原諒你。」

「你是聽誰說的？」

奧林閉上嘴巴，轉過頭去。珊卓縮起身子，覺得奧林要被揍了。

沒想到拿槍的傢伙看著珊卓後面，看著街上！「芬雷先生，來了。」

珊卓鼓起勇氣往後看。一輛普通的白色貨車靠近他們。珊卓完全搞不清楚這是怎麼回事，芬雷看到這輛車倒是很開心。貨車經過他們，芬雷向貨車駕駛揮揮手。「好啦，」他說，「我們也該走了。」**踏入那個骯髒齷齪到無可言喻的世界。**

「我給妳最後一次機會，柏斯在哪裡？」芬雷說。珊卓看了拿槍的傢伙一眼，他臉上露出猙獰的微笑。

奧林看著那輛貨車超前：「芬雷先生。」

「奧林，你又要說什麼？」

「芬雷先生，那台貨車好像著火了。」

ς ς ς

黃色的火焰從貨車沒有鎖牢的後門竄出。煙也竄了出來，被雨水和霧氣遮住了。貨車司機顯然還沒發現。

貨車裡面**砰**的一聲，有東西起火了。後門打開了，為瞬間成形的煉獄注入空氣。貨車急轉彎，猛然撞上路邊。兩個男人從駕駛座滾下來，滿臉驚恐回頭望了一眼，就往暗處跑去。

芬雷跟拿槍的傢伙還楞楞看著，柏斯的車子從咖啡店的停車場衝出來。芬雷先看到了，大叫：「快走！他媽的快**開車！**」柏斯正好就在他們面前煞車，擋住他們的去路。拿槍的傢伙趕緊倒車，結果只是把後保險槓撞進公車站的水泥椅。他只剩下手上的槍可以依靠。他把槍舉起，開始瞄準。芬雷還在那裡沒頭沒腦大吼大叫。

珊卓看到奧林猛衝向前，抓住拿槍那傢伙的右手臂。珊卓心想，奧林平常可是連隻小蟲都捨不得踩死的啊！除非被激怒，否則他絕不會攻擊別人。他用力拉扯那傢伙的手臂，槍口整個朝上，槍走火了，把車頂打了一個洞，一點點雨淋了進來。芬雷用力把車門推開，摔了出去，整個人在潮溼的街道上翻滾。珊卓發現她也能這樣脫身，可是她動彈不得。她成了定點，宇宙繞著她旋轉。她的身體十分沉重，耳朵嗡嗡作響。

她想幫奧林的忙。奧林一個膝蓋抵住駕駛座的椅背，拚命把那傢伙的手臂往後扳。手槍晃來晃去，活像一條在尋找攻擊目標的響尾蛇。奧林咕噥了一聲，加倍用力，緊抓著那傢伙的手臂，雙腳蹬個不停。槍又走火了。

柏斯把駕駛座的門一把拉開。動作之迅速，讓珊卓嘆為觀止，大概是他第四年期的反射動作吧！奧林筋疲力盡，整個人往後倒，鬆開了手，剛好柏斯衝進來，抓住那傢伙的手臂。柏斯把槍奪走，塞進皮帶裡，把那傢伙拖出來，那人像被逼到牆角的困獸一樣，蹲伏在地上的一灘雨水中，緊握拳頭，露出牙齒，看著柏斯，又看著那把槍，轉過身去跑了，柏斯沒追，放他去了。

燃燒的貨車是整條街最明亮的一點，在滑溜溜的街道投射出熠熠閃動的長長陰影。珊卓看著奧林，他整個人倒在座椅上。他抬起頭來，因為疼痛而有些齜牙咧嘴。「柯爾醫師，我沒事。」他說。但他明明就有事。手槍第二次走火，子彈打穿他的肩膀，留下一道傷口。珊卓拿出醫師的專業為他診治，前一秒鐘還身在瘋狂的險境，現在卻好像回到實習醫師歲月。從醫學院學到的基本步驟。先用力壓。傷口在流血，還好不嚴重。

她扶著奧林走下芬雷的車，進入柏斯的車。等她弄好了，柏斯把手放在她的手臂上，讓她別動，看看她被打的臉頰。她說：「看起來很糟，其實沒那麼嚴重。」卻又吐了一坨血在被雨淋溼的人行道上。

「我們得離開這裡。」柏斯說。

ꕥ ꕥ ꕥ

芬雷站在馬路上，瞪著對街的一個人影看。

那個人影就是他兒子特克。珊卓可以想像芬雷先是震驚，接著漸漸明白一切，灰心失望。

珊卓用嚴厲的語氣大聲說：「他知道你是什麼東西。」她一顆牙齒鬆動了，臉頰又腫起來，有點口齒不清：「芬雷，他都知道了。」

芬雷轉頭看著她，臉上滿是憤怒與困惑。

珊卓沒理他，而是看著那個少年，特克。特克把披風外套的兜帽猛然掀起，背對著父親，一舉一動充滿不屑。珊卓知道他要離開這裡了，她從特克的肢體語言看出來的，特克聳著肩，脊樑挺直，一副就是要遠走高飛的模樣。奧林寫的劇本不是這樣，不過其實也是一樣。特克要走向他自己的無法言喻的世界……不過大概不是奧林為他設想的那個世界。

芬雷看著兒子將離他遠去，微弱地叫了一聲：「等等。」

特克沒理他，逕自走過咖啡店的窗戶，被雨水打滑又被火點亮的瀝青路面映照著他的倒影。他走過轉角，走進一片漆黑。芬雷在雨中看著前方，直到看不見兒子的身影。

ᔕ ᔕ ᔕ

珊卓坐進柏斯車子的後座，想找能用來包紮奧林傷口的東西。柏斯車裡的雜物箱裡有個醫藥箱，他拿出一捲棉花給珊卓。奧林流了不少血，血水和雨水溼透了他身上薄薄的襯衫，傷口只要縫個幾針就好了。珊卓想如果柏斯覺得到急診室太冒險，她也可以自己動手幫奧林縫傷口。「拿著這個，」珊卓把奧林可以動的那隻手放在棉花上，「你可以拿嗎？」

奧林點頭：「謝謝妳。」聲音平靜到有些怪異。

珊卓不知道該說什麼，就只點點頭。

柏斯開車經過燃燒的貨車，經過一兩條荒蕪的街道，上了公路。公路上幾乎沒有車輛，暴風雨像濃霧似的濃密，大雨肆虐，四周一片漆黑。柏斯開著車穩穩前進，前往那個他看不見的城市。

第三十章 特克的故事

我們在瘋狂的天空下飛往巴克斯。飛行船外面的氣溫急速攀升，溫度高到飛行船的感應器偶爾響起警報。黎明的曙光亮得出奇，升起的太陽浮腫又可怕，太陽倒是沒變，是包圍地球的保護層變了。

時間迴旋之後惶恐不安的那幾年，有些人在想，假想智慧生物要是撤掉保護層，地球會變成什麼模樣？答案太可怕了，大家想都不敢想。沒人知道假想智慧生物的目的為何，也沒人能參透他們的動機，只知道他們好像一心一意要讓人類活下去，所以我們就接受了「一切正常」的假象，甚至開始把假象當真，大概假想智慧生物也希望我們這樣吧！

可是我還記得天體物理學家說的話。他們說在時間迴旋期間，太陽幾乎是老了四十億歲。太陽是恆星，恆星年歲漸長體積就會漸增，常常會吞噬周遭的行星。要不是假想智慧生物一直干預，地球的大氣層會被沖走，海洋會像七月午後的水窪一樣蒸發。岩石遍布的地幔會開始融化。

現在保護層終於撤掉了。

湧入的輻射已經開始影響天氣。我們在南飛向南極洲，在十八公里的高空飛行，閃避像黑色液態山峰一樣湧入平流層的雷暴雲頂。我們接近巴克斯，往下飛入狂風暴雨之中，我們的飛行船顯示整艘船已經逼近性能的極限，再逼下去就不能飛了。

「把它拿掉。」我跟艾莉森說。

我們身在前艙，看著世界末日。她不安地看了我一眼。

「我是說真的。」我說，「妳說我不控制飛行船，飛行船就會自動飛回巴克斯。」

「沒錯，可是……」

「那就把我的節點切掉。」

她想了一下我要她做的事：「我不確定我能不能，」她說，「我是說……弄得乾淨俐落。」

「那就弄得亂七八糟好了。」我說，「妳答應過要幫我弄的。」

她瞪著我看，眼神充滿挑釁，又低下頭去點了點頭。

❁　❁　❁

我害死的那個人不能說是完全無辜，失火案揭發了我爸的罪行，我爸也不能說是完全無辜。

（我後來發現）我害死的那人叫奧林．馬瑟。他到處流浪，到我爸這裡上班之前搶劫過拉雷、比洛克西六家賣酒的商店。六次搶劫他都作勢要開槍（一把二手的點四二口徑手槍），其中三次他真的開槍，沒殺死半個人，倒是害一個人腰部以下癱瘓。這些事情我是在我爸受審過程知道的。

我爸大概不知道他雇用的人是個罪犯，就算知道也不會覺得驚訝。他一向喜歡雇用聚集在休士頓公車站附近那些沒有身分的臨時工。他都是付現金給他們，只要求他們不要把倉庫的事情說出去。要是讓他知道某個員工有前科，可能是非法居留，他就會假慈悲繼續雇用那名員工，好讓人家對他死心塌地。這些人到倉庫一開始都是做些搬運的工作，工作期間如果能保持清醒、夠聽話，就會晉升到比較敏感的職位。奧林就是這樣當上夜班警衛。

我放火殺人，卻沒被逮捕。那場火災當然是縱火，但是沒有目擊證人。後續的調查發現倉庫裡藏著嚴格管制的物質，是從中東進口的化合物，上面註明要送往新墨西哥的長壽藥集團。我爸還押候審的時候，我已經在路上了。我爸被判刑的時候，我已經成為最近重新啟用的美國商船隊上一個平凡的水手，在前往委內瑞拉的貨船甲板上工作。我爸被判三項罪名成立，其中一項是「共謀散布」，被判處十年有期徒刑，最後坐了五年牢。這些我都是從新聞廣播聽來的。我和家人再也沒聯絡了。

按照艾莉森說的，這些事情不是發生在我身上，是發生在別人身上，是發生在原版真正的特克·芬雷身上。我就是按照這個早已死亡的樣本重建的成品。

搞不好她說得對，搞不好我還希望她說得對。

但是如果放火的人不是我，如果那場火沒有造就我的人生，如果帶著舊世界的罪惡感到新世界的人不是我，如果那個每次遇到機會只會事後諸葛，每次享樂都會懺悔的人不是我，如果那個自以為捨我其誰就深入赤道洲石油地的人不是我，那我又是誰？

艾莉森把醫藥箱拿到前艙給我動手術，在前艙可以看見天空。我不用轉頭，也能看見鋼絲球顏色的雲朵掃過機翼前緣。「不要動。」艾莉森說。

她割得很深也很快。我的血流得她滿手都是，也沾在我頭髮上。艾莉森用凝膠把傷口黏起來，我還是疼痛難忍。不過至少艾莉森把我大腦邊緣的節點破壞掉了，能拿出來的零件她都拿出來了。

我們的飛行船朝向巴克斯前進，遇到嚴重的亂流，我感覺到腳下的甲板猛烈震盪。飛行船的內建協定顯示飛行船一直在聯繫巴克斯核心，要求降落指示。我問艾莉森巴克斯核心有沒有回應。

「有很簡短的回應。」她說。

「還有人活著啊？」

「艾沙克。」她說。

雲朵散開了，我們看見巴克斯核心就在我們腳下一兩百公尺。看得出來巴克斯核心有些受創，外露的城牆與塔毀壞嚴重，幾乎都融化了，不過大部分的城市還是完整的。我們的飛行船傾斜又顫抖著飛向最近的一座塔，在開放的停靠區降落，帶入了一大堆有毒氣體。

等到外面的空氣乾淨到可以呼吸了，艾莉森扶著我走到艙門。

艾沙克在這裡迎接我們。他在甲板上留下一連串的足跡，上面覆蓋著麵粉般的白色灰塵，他說這灰塵就是假想智慧生物機器的「骨灰」。假想智慧生物想要吞噬巴克斯，把巴克斯拆解，一個分子一個分子地建立目錄。艾沙克入侵了他們的程序協定，散布來自領導深處具有破壞能力的編碼，可惜他動作不夠快。

「他們先把人都吃光了。」他說。

除了我們三人，巴克斯沒有活口。三個染血的人見證了世界末日。我們走進古老的城市等待。

第三十一章　珊卓

珊卓跟她哥哥凱爾說了西雅圖近郊的那家安養院。她想凱爾會喜歡的，她說那家跟活橡樹很像。那裡有不錯的醫師，房間也很大，還有很多綠色的草地，還有一小塊森林呢！綠油油又潮溼的西岸森林，那裡很少像休士頓這麼熱。

說休士頓熱，今天早上倒還算涼爽。珊卓把凱爾從住宅區的房間推到溪邊的橡樹林。外頭有蔚藍的天空，微風輕輕吹著，橡樹彎曲在一起，彷彿說著悄悄話。

凱爾的模樣很瘦。醫生說他有消化不良的毛病，問題不大，只是一直不見起色，所以醫師現在調整他的飲食。今天他的心情倒是不錯。他為了表達他感覺到天氣，感覺到珊卓的存在，感覺到珊卓的聲音，也許是為了表達他什麼都沒感覺到，輕輕地發出一聲噢。

凱爾的信託基金經理人原則上同意珊卓把凱爾搬到西雅圖，目前正在和西雅圖的那間安養院交涉，至於珊卓自己嘛……柏斯一直很有耐心，也一直鼓勵她，但是她現在面對的是截然不同的新生活。她不可能回到以前的日子了。

柏斯也不可能回到以前了。芬雷倉庫失火事件的調查發現了案外案，現在聯邦調查局在調查跟芬雷進貨的長壽藥集團。聯邦調查局將柏斯列為「關係人」，也就是說柏斯得躲一陣子，這倒也不成問題，柏斯的那群朋友知道該怎麼隱藏同夥。柏斯叫珊卓跟他一起走，沒有任何附帶條件，珊卓想長期相處也可以，短期相處也可以，當朋友也可以，當情人也可以，珊卓高興怎樣就怎樣。柏斯說他的朋友可以幫她找份差事。

珊卓見過幾位柏斯的朋友，他們遵循火星人的本意運用長壽藥。珊卓見過開車載著奧林與愛瑞兒離開休士頓的那對中年夫妻，在西雅圖又見到其他幾位。

珊卓覺得他們看起來人不錯，理念非常堅定。他們認為要拯救這個過度狂熱又欠缺思考的世界只有一個辦法，就是要找出扮演人類角色的新方法。第四年期就是朝著這個方向邁進。至少他們是這麼說的，珊卓覺得他們的想法應該不能說是錯……不過真的很天真。

還有柏斯，他當初是不得已才進入第四年期，而且是太年輕就進入第四年期。柏斯也許因為經歷了火星人治療，才會具備那些珊卓喜歡的特質，像是沉著、慷慨與正義感。珊卓相信柏斯大致上仍然是……柏斯。她愛上的是柏斯，不是柏斯血液裡的化學成分，也不是柏斯的神經系統。

但是柏斯已經跟珊卓直說了，凱爾不可能有第四年期。柏斯能有第四年期，是因為只有這樣他才能活命。凱爾不能接受治療，主要是因為第四年期也不能治癒他的毛病。柏斯之前說過，凱爾接受第四年期治療，只會變成擁有健康男人身體的嬰兒，而且大概永遠都會是這個樣子。柏斯的朋友幾經商量，又討論道德層面，覺得凱爾不該變成這樣。

凱爾癱在輪椅上，頭歪向一邊，目光緊盯搖曳的橡樹。

「我昨天收到奧林．馬瑟的信。」在失火事件的調查階段，柏斯古道熱腸的朋友幫了奧林和愛瑞兒不少忙，幫他們找了一個黑白兩道都不會騷擾的住處。「奧林在一家私人開設的溫室做兼職工作。他說他的肩傷復原得很好，還說希望我和柏斯警探一切都好，我們現在應該還不錯吧！他也說他不介意我看他的筆記本。」

（奧林寫道，**如果妳問我，我一定會讓妳看**。珊卓也看出了字裡行間的指責。）

「他說我看過的是他唯一寫過的東西，他到了拉勒米又寫了幾頁，也附在這封信裡。你看，我把他寫的東西帶來了。」

奧林寫道，**妳可以留著這幾頁，我不需要了。我想這件事情對我來說就到此為止。也許妳比我還明白，這整件事我都弄不明白。說老實話，我只想好好過日子。**

珊卓聽著溪流流過樹叢的聲音。今天的溪水很淺，像玻璃般潔淨明亮。珊卓心想溪水應該會慢慢流向墨西哥灣吧！也許會蒸發，化作雨水落在愛荷華州的某個玉米田，或者化作冬季的霜雪，落在某個北方城鎮。

珊卓心想，**所有路徑的總和**。

她拿起奧林寄給她的幾頁手稿，大聲朗讀。

第三十二章　艾沙克的故事　所有路徑的總和
奧林的故事

我的名字叫艾沙克．杜瓦利，我接下來說的是世界末日之後發生的事。

꩜　꩜　꩜

到最後，巴克斯是我的了。巴克斯的人民（我恨他們）都死了（我很遺憾），除了特克．芬雷還有那個自稱是艾莉森．寶若的人之外，沒有活口。

你能怪我恨巴克斯嗎？

我當初一心求死，巴克斯人卻讓我復活。他們認為我不只是人類，其實我連人類都稱不上。我從他們那裡得到的只有痛苦與不解。

巴克斯人堅稱我跟假想智慧生物一起生活過，硬說假想智慧生物「碰觸」過我，這全是子虛烏有，因為假想智慧生物（巴克斯人想像的假想智慧生物）根本不存在。

我父親創造了我，讓我能聽見假想智慧生物彼此對話，能聽見他們在恆星與行星之間發送的私語，我聽了之後發現假想智慧生物是一種**進程**，是一種生態，不是有機體。我可以把這些告訴巴克斯人……只是說也沒用，他們一定聽不進去，而且什麼也不會改變。

其實假想智慧生物存在幾十億年之後，才第一次干預人類歷史。

他們源自銀河系第一批出現的有知覺生物文明，他們出現很久之後，星際塵埃才會凝聚，形成地球與太陽。這些最早的文明就像麥田在春季冒出的第一批嫩芽一樣脆弱孤單。後來他們寄居的星球資源耗竭，生態瓦解，這些文明也隨之死亡。

不過他們在死去之前，還是派出幾批能自我複製的機器前往星際太空。這種機器能探索附近的星球，把蒐集到的資料回傳。假想智慧生物都死去很久了，這些機器還是忠實且不懈地回傳資料。機器還是一個星球接著一個星球探索，爭奪稀有重金屬，互相傳遞行為樣板以及片段操作碼，隨著時間不斷變化、不斷演化。這些機器可以說是智慧機器，但是他們自己從來不知道（也永遠不會知道）。

進入銀河系的繁星綠洲與荒漠真空的其實是**必然會發生的繁殖與物競天擇**。接著發生的就是寄生、掠奪、共生、相互依存，也就是混亂、複雜與生命。

我恨巴克斯人，我恨所有的巴克斯人，因為他們是集體行動。我恨他們根深柢固的大腦邊緣迷信，恨他們把我從百無牽掛的死亡狀態叫回來，讓我的肉體繼續受苦。但是我不能恨特克．芬雷，也不能恨那個自稱是艾莉森．寶若的女人。

特克跟艾莉森都是破碎、不完美的，就跟我一樣。他們也跟我一樣，是巴克斯人的意志創造出來、召喚出來的。他們也跟我一樣，比巴克斯預期的還要好一些，或者壞一些。

我在赤道洲沙漠初次見到特克，那時候我和他都沒有跨越時間拱門。特克殺過一個人，可能是因為無知，也有可能是因為怨恨，並不是意外。他的日子就建築在內疚上。他最會演的戲就是懺悔戲。他接受失敗，認為那是一種懲罰。他渴望得到他永遠得不到的寬恕，領導給他寬恕，他卻驚惶不已。接受這份寬恕是侮辱那個被他殺害的人（那人叫做奧林．馬瑟），也是侮辱巴克斯人，因為接受寬恕就是把寬恕淹沒在全體巴克斯人的封閉人腦邊緣，特克覺得這樣的巴克斯人太可怕。

艾莉森的情況不一樣。她是土生土長的巴克斯人，艾莉森的身分給了她難得的機會，讓她能跨越生活的局限，看到生活範圍以外的事。她把自己當成艾莉森，就等於把自己從領導手中解放出來。解放的代價是失去家人、失去朋友，失去信仰。

這種交易我非常了解。

我希望他們兩個能活下去，所以才慫恿他們逃亡，儘管如此，我還是不確定他們能否跨越逐漸衰敗的拱門。不管怎麼說，我還是讓他們稍微活久一點，夠不夠久就要看怎麼衡量時間了。

ᔕ ᔕ ᔕ

一萬多年來，假想智慧生物機器一直在探測地球表面。地球孕育了我們，我們在地球建立了文明。那些機器把文明的廢墟一一拆解、解讀、記憶。

這種探測廢墟的行為並不是來自自覺意識，不是來自思想，也不是來自**代理**，就跟光合作用一樣，是多年演化出來的行為。特克在南極平原遇到的機器已經累積了大量資料。地球的有形資源（就是由人類提煉，集中在我們的城市廢墟的稀有元素）都已經取出，送到天體運行的軌道和軌道之外的地方，給假想智慧生物在太空航行的群體食用。假想智慧生物快要把地球掏空了。

但是巴克斯一跨越拱門，假想智慧生物的感應器（就是錯綜複雜互相連結的設備，大小跟灰塵差不多，分布在天體運行的軌道上）就發現巴克斯了，指示地面上的機器往巴克斯移動。巴克斯的先知預言的完美接觸，到頭來只是掃蕩行動，從奄奄一息的枯樹上摘走最後一顆莓子。

特克與艾莉森逃走之後不久，假想智慧生物就降臨了巴克斯，一群昆蟲大小的拆解裝置像烏雲籠罩著巴克斯。他們尖牙利齒，很有效率，散發出複雜的催化劑，把化學鍵扯開，像煙霧一樣穿透溶解的牆壁，接著大氣層也變成有毒了。陣陣毒氣吹進巴克斯核心的走廊與走道。這也可以說是恩典，大部分的市民可以直接窒息而死，不必被活活吃掉。

倘若我出手，能不能救他們？

巴克斯人讓我復活，害我承受更大的痛苦。我恨他們，但是我也不希望他們遭此大禍。其實我還是竭盡所能保護他們，然而我的竭盡所能卻是什麼都不能。

我能救我自己就算走運了。

ᔓ ᔓ ᔓ

當然我享有最基本的保護。我跟特克一樣跨越時間拱門，一萬年來，我都存在假想智慧生物的記憶檔案裡，他們在赤道洲沙漠再造一個我，是因為時間拱門正是負責這個：把某些資料密集的結構按照原樣重建，結構裡面的資料就可以用來改正當地系統裡的錯誤。說穿了就只是一個內部平衡的機制而已。

拆解裝置不會對我下手，因為我身上貼著「有用」的標籤，但是萬一巴克斯分解成分子，這種保護就失效了。我得用意識控制假想智慧生物的機器才行。

我最大的希望就是領導。領導由一群處理器組成，這些處理器都受到嚴密保護。就連摧毀網絡的那場核爆也沒有摧毀這些處理器，只是破壞了處理器與實體世界之間的介面。拆解裝置當然也會把這些處理器吃掉，但是要等到巴克斯核心都被拆得差不多再吃。我的意識很多都已經內建在這些處理器裡，拆解裝置受到限制，不能把我的身體大卸八塊，那應該也可以限制拆解裝置不能拆解領導的硬體，應該可以輸入指令，我希望可以。

巴克斯死亡人數飆升，網絡漸漸失靈了，我把握這個恐怖的機會，利用休眠的處理器，分析假想智慧生物機器發送信號的協定。只要我把這些協定和發送信號的機制輸入領導深處的反饋循環，我就多多少少能控制了。

巴克斯人滅絕了，領導成為一人公司，我就是領導。

S S S

我一破解拆解裝置的程序邏輯，就向他們輸入錯誤的識別信號。結果他們馬上停止拆解巴克斯核心。我用比較微妙、比較強大的指令，讓他們進入休眠狀態。他們失去了所有組織凝聚的力量，就像塵埃一樣從空中墜落。

但是對巴克斯核心的居民來說已經太遲了，巴克斯核心上面幾層差點就被腐蝕殆盡，這幾層已經被破壞到只剩骨架以及殘破的外層。我把巴克斯核心比較內部的區域重新封鎖，用機器加上新收編的拆解裝置，修理引擎甲板相對較輕微的損壞。我讓拆解裝置把人類遺骸通通處理掉，不留下任何吃了一半的殘骸。

我修復巴克斯核心的燈光，這時這座城市的走廊、層地與平原都空無一物，好像從來沒有人在這裡生活過。空氣循環系統把殘留的塵埃清乾淨了。

我發現我能做的還不只這些。

我一邊等特克和艾莉森回來（我希望他們會回來），一邊探索最近被滲透的領導和假想智慧生物之間的邊境地帶。很快我就進入比地球人的系統。假想智慧生物的裝置全部都是互相連結，位在重疊的層次結構裡面，從小小的拆解裝置，到地球與月球軌道上的檔案機組全都相連。太陽圈裡開採能源的機制、外太陽系的信號變換器，還有環繞附近恆星的變換器，這些我現在都感覺得到，也影響得到。

我發明了過濾器，把大量的資訊壓縮成能理解的訊息封包，把假想智慧生物的祕密壓縮到我能吸收的程度，同時也把我自己變大。

我開始覺得我的身體是多餘的，開始考慮讓身體死亡，不過我想萬一特克和艾莉森回來，我還是要有個身體才能跟他們互動。他們看到這裡的景象，一定很難接受。我接下來要做的事，也很難向他們解釋。

ꕥ ꕥ ꕥ

假想智慧生物經過幾十億年的演化，學會運用一種他們從未學會的能力，那就是**製造代理**。

所謂製造代理就是為了達到知覺而做出的自主行動，這種現象在銀河系只是偶爾發生。有些有生物活動的行星繞行著適合生物生長的恆星，製造代理的現象多半出現在這些行星裡面那些發展達到顛峰的生態裡。能製造代理的物種一旦讓行星上的生態超載，把這些生態壓垮，自己通常也會隨之死亡。他們是一種不穩定又短暫的現象，以恆星的時間概念來看，算是短暫了。

但是就是這樣的物種創造了能自行複製的機器，這些機器就是假想智慧生物的祖先。這些大量出現的、有知覺的有機體絕對可靠，非常好用，能生產特別的資訊，把珍貴資源集中用在廢墟上。他們常常發射新複製出來的機器，這些機器可以收回，也可以讓比較大的網絡吸收。

過了一陣子之後，假想智慧生物開始大量創造有機文明。

這種行為不算**製造代理**，只能說是盲目貪婪。假想智慧生物徹底利用了有知覺的有機體，手段愈來愈進步。在銀河系成立初期，一個有機文明建造了兩道拱門，想要在附近恆星一個勉強可以居住的行星建立殖民地。這個有機文明沒多久就衰敗滅亡了。假想智慧生物把這個有機文明的科技拿來分析，也拿來用。假想智慧生物也用同樣的方法從恆星核心與潮汐力擷取能源，控制原子鍵與分子鍵，把相距幾百光年的資訊交流穩定下來、建立秩序。後來假想智慧生物找到延長這種物種使用壽命的方法。如果把時間扭曲，讓生殖力旺盛的母體行星停駐在扭曲的時間裡面，再裝設拱門系統，就好像地球在時間迴旋期間，時間也靜止了一樣，那行星的資源就能擴張十倍，行星上的有機文明就會湧入新世界，在新世界蓬勃發展，在衰退期與擴張期之間循環，穩定生產新的可用科技。

當然這種有機物種終究會死亡，最後的結局也是死亡。凡是生物物種都難逃一死，但是可以拿來用的殘骸就會大幅增加。

ഴ ഴ ഴ

拱門倒塌了，那麼多年來保護著地球，不讓地球受到邁向死亡的古老太陽傷害的那些系統也瓦解了，暴風雨隨之而至，艾莉森與特克就在暴風雨中抵達巴克斯核心。

我去迎接他們，告訴他們這裡發生的事。我跟他們說，就算這個老廢物行星毀滅，我也能保護他們。我在非常短的時間內已經變得這麼強大了。

他們發現死了那麼多人，非常驚訝。幾天來他們在巴克斯核心空蕩蕩的走廊裡晃蕩。他們以前住的房間在拆解裝置第一波攻擊中被拆光了。這裡還有幾萬個廢棄的套房與房間，他們可以隨便挑一個來住，但是艾莉森跟我說死人留下來的任何東西她都怕……不管是雜七雜八沒有整理的東西也好，桌上遺留的餐具也好，還是少了孩子的嬰兒房也好。她說巴克斯核心到處都是鬼。

所以我就在巴克斯核心最右側樹林茂密的一個層地替他們蓋了個新家，用巴克斯核心的建築工機器人蓋的。我選的地方距離公共走廊很遠，走小路就能到達。這處層地的人工陽光很明亮，很逼真，氣溫一向非常舒適，平均溼度也很低。循環系統每天早晚都會吹起微風，每隔五天下一次雨。

他們願意住在那裡，等找到更好的地方再搬走。

* * *

我想他們應該會找到更好的地方住，但是不是在巴克斯，當然也不是在地球。現在我大部分的心思都放在避免巴克斯在愈來愈惡劣的環境中分崩離析，沒空管這件事。

地球赤道一帶的海洋開始沸騰。氣旋風橫掃沒有生命的陸地，大氣中過熱的水蒸氣愈來愈多。駭人的巨浪隨時可能會把殘破的巴克斯推向多岩石的南極陸棚，而且情況只會愈來愈糟。

我得操縱威力十足的假想智慧生物科技才行，也就是說我要擴大、強化我的控制。

我把一小群奈米級裝置（很像之前圍攻我們的拆解裝置）從軌道召喚下來，把巴克斯核心圍住保護。滾燙的海浪撞擊巴克斯岩石嶙峋的地方，又拍打巴克斯核心凹凸不平的塔，還好巴克斯核心還是很穩定，氣候還是很溫和，沒受影響。要維持這種平衡狀態，需要直接從太陽中心取得超大量能源。

這樣做也只是權宜之計。我們不久之後就得完全撤離這個星球。我想我應該做得到，但是我的肉身和我的大腦就會比現在還要分離。

這陣子我走在巴克斯核心的通道時，常常在光亮的表面被自己的倒影嚇到，因為我發覺自己仍然具有皮骨血肉，並留有被強迫重建的疤痕，還有一些看不見的傷害所留下的無形疤痕。

我父親把我製作成這個樣子，因為他相信假想智慧生物能讓人類免於死亡。巴克斯的宗教也有類似的信仰，在大腦邊緣設定好程式，要反抗「死亡」這個暴政。

而現在，阻礙信仰的石頭滾走了，露出的只有不知所謂的神的薄弱預言。我爸該有多失望啊！

「我能控制時間推移。」我跟特克還有艾莉森說，「我是說這裡的時間推移。」

他們是我朋友，卻還是很怕我現在的樣子，很怕我慢慢變成的樣子。我也不怪他們。

我到他們位於森林的家看他們。我當初幫他們蓋新家，是希望他們能住得舒適，落成的新家也的確很舒適。從窗戶看出去的樹木高大典雅。輕輕吹拂吊閘門的微風散發著生物生氣勃發的味道。他們要我跟他們一起坐在桌邊，艾莉森拿裝在碗裡的水果給我吃，特克倒了一杯水給我。艾莉森說我太瘦了，最近我的確常常忘了吃東西。

我告訴他們外面世界的狀況，膨脹的太陽漸漸侵蝕地球的大氣層。地球的外殼很快就會開始融化，到時候巴克斯就會漂浮在熔化的岩漿上。

「你能讓我們活下去。」特克把我幾個禮拜前跟他說的話重複一遍，「對吧？」

「我是有辦法，但是我們在這裡待下去也沒意義。」

「那還能去哪裡？」

太陽膨脹得很大，不過太陽系並非完全不能居住。木星和土星的衛星相對來說還是比較溫暖穩定。比方說木星的衛星歐羅巴，那裡的大氣毒性不會比地球強，所以巴克斯可以永遠在歐羅巴藍灰色的海洋航行。

「火星，」艾莉森突然開口，「如果你是說真的，我是說如果我們真的可以在行星之間穿梭……

火星上有個拱門……」

「現在沒有了。」之前因為火星有人居住，假想智慧生物一直在保護火星，但是最後一批土生土長的火星人幾百年前去世了，他們的遺體已經被徹底利用。最近幾十年，假想智慧生物任憑那道拱門傾頹毀壞（這些我是從假想智慧生物的資料庫知道的，這個資料庫已經成為我的第二記憶）。去火星是不可能了。

艾莉森還不死心：「可是你說巴克斯核心可以像太空船一樣，那能走多遠？走多快？」

「要走多遠都行，但是跟光速比起來那是相差十萬八千里。」

艾莉森不說，我也知道她在想什麼。組成世界連環的各行星是由拱門連接，但是彼此相距極遠。在特克那個年代就有天文學家計算過這些距離。從地球走到距離最近的人類世界，也要走上一百多個光年，要好幾輩子才走得到。「但是我可以改變時間推移，所以感覺不會那麼久，感覺只有一兩百天吧！」

「但是等我們走到那裡，世界連環跟現在又不一樣了。」艾莉森說。

「沒錯，因為已經過了幾千年，我們不可能知道到了那邊會是什麼情況。」

艾莉森望著遠處的樹林。人造陽光的幾道光芒像明亮抽象的手指一樣穿過樹林。這一層層地的頂部是深藍色的，這裡完全沒有昆蟲與鳥類，唯一的聲音就是樹葉的沙沙聲。

過了一會兒，艾莉森轉回頭看著特克，特克馬上點頭。「好，」艾莉森說，「帶我們回家。」

* * *

我創造了一個地域，把巴克斯核心還有下面一部分的島裝在裡面，也安排我的身體休眠。這個地域就是我們跟外面宇宙的分界。時空以一種全新的複雜幾何結構在我們身邊扭曲。巴克斯核心從奄奄一息的地球飛走，如同槍射出的子彈，只是我們感覺不到。我還改變了這個地域的空間曲度，製造有重力的假象。幾小時後，我們已經越過天王星與海王星的軌道。

特克跟艾莉森對這趟旅程都很好奇。我也想讓他們看看我們現在的位置，我是說直接讓他們看，不用經過中間媒介，但是從巴克斯內部絕對看不到外面的宇宙。用肉眼只能看到瀑布般的藍移能量，那真會把眼睛看瞎掉，就連最長的電磁波都被壓縮到足以致命的強度。不過我每隔一段時間就能擷取那個瀑布，把波長調小到肉眼能看見的程度，製作一連串的影像。我在特克與艾莉森在樹林的家中，把影像整理過後放給他們看。影像很壯觀，但是看了也不會讓他們覺得安心。太陽是黑暗太空當中的一點陰沉餘燼。在太陽圈的邊緣，已經看不到地球了。巴克斯核心緩慢旋轉，恆星從我們身邊經過，巴克斯核心的旋轉是以前留下來的殘存動作，我懶得改過來。艾莉森看了影像，小聲說：「好寂寞啊。」

外人看我們，一定會覺得我們很矛盾，是一個沒有黑洞的事相面，一個昏暗無光的泡沫，只釋放出幾縷輻射。

其實環繞我們的邊界比任何天然黑洞邊界的事相面都要來得複雜。人類的詞彙裡找不到一個字能形容這個邊界的運作方式。特克問過我，我倒是跟他解釋過，我說這個邊界既是邊界也是媒介。透過這個媒介，我能跟假想智慧生物保持聯繫。我們的一秒就是一年，我們算著時間，我開始感受到銀河系生態漫長的節奏，感受到荒廢、逐漸死去恆星的空虛，感受到光亮的世界連環（其中只有一個是熟悉的人類星球）在假想智慧生物的栽培下成長茁壯，感受到新形成的恆星與新冒出來的、有生物活動的行星上忙碌的活動。

但是這些都沒有靈魂，也沒有代理，只有盲目的複製和選擇，是無可言喻的美麗，卻又像沙漠一樣空洞。假想智慧生物的生態會繼續大量生產，把能吃的、能拿的重金屬和能源通通吃光、拿光才會停止生產。等到最後一個恆星陷入黑暗，假想智慧生物機器就會開採古老奇異點的重力井，等到這些奇異點消失，宇宙變得黑暗空洞……是的，我想那時候假想智慧生物也會死吧！他們會毫無抱怨默默死去，不像人類囉囉嗦嗦。沒有人會為他們哀悼，也沒有人會繼承他們留下的斷垣殘壁。

我愈來愈常忘記照顧自己的軀體。我生活在巴克斯核心中心的量子處理器，也愈來愈常活在包圍著巴克斯核心的假想智慧生物裝置雲層裡。雲層包圍著我們，也跟我們一起落在恆星之間。

我想特克和艾莉森總有一天會離開我，到時候我該怎麼辦？我要到哪裡去呢？又會變成什麼模樣呢？

ↂ　ↂ　ↂ

艾莉森保留了原版艾莉森對寫作的愛好，與其說保留，不如說是遺傳。我發覺她把從赤道洲沙漠到巴克斯群島大屠殺這一路上的所見所聞都寫下來，辛辛苦苦一個字一個字地寫在乾淨的白紙上。我問她要寫給誰看，她聳聳肩：「我不知道，應該是寫給我自己看吧！也許比較像是瓶中信。」

巴克斯核心現在不就是個瓶中信嗎？一個漂浮在海上，離岸很遠，玻璃瓶身被陽光和星光烤成綠色，裡面裝著骨血交織而成訊息的瓶子？

我鼓勵她一直寫下去。她拿給我看的每一頁我都記在腦子裡，我是說每一頁的內容我都儲存在空白記憶體裡面，不僅記在我那終將死亡的大腦裡，也記在領導的處理器裡，還有圍繞在我們身邊的那些假想智慧生物的雲端檔案庫裡。艾莉森終將死去，留下的可能只有這些文字。

我建議特克也把他的經歷寫下來，他倒是認為沒必要，我覺得聊天也可以。我那終將死去的身體每次拜訪他們在森林的家，我們都會聊上幾個鐘頭。領導知道一些特克的事情，這些事情我也都知道。特克之前跟奧斯卡說起他殺的那個男人，這件事我也知道。特克也暢所欲言。

「我研究了一下奧林．馬瑟。」他說，「他出生大腦就受損，這輩子大部分的時間都跟姊姊一起住在北卡羅萊納州。他常常跟人打架，也會喝酒，後來離家往西邊走，錢花光了就搶了一兩家商店，還把一個人打到住院。他不是聖人，連聖人的邊都沾不上。但是我殺他的時候並不知道這些。說真的，他只是一出生命就不好。如果換個際遇，他也許會有不一樣的結果。」

當然了，每個人換個際遇，結局都會不一樣。

我跟特克說，他要是把他對奧林．馬瑟和巴克斯核心的印象寫下來，我可以把他寫的跟艾莉森寫的一起保存起來，只要巴克斯跟假想智慧生物生態活著一天，就會保存一天。

「你覺得這樣有差嗎？」

「只有對我們有差，對別人都沒差。」

特克說他會考慮考慮。

特克跟艾莉森是我的朋友，我唯有的真正朋友。我得跟他們分開，實在很難過。我希望能保留一些他們的東西。

假想智慧生物的生態是一座森林，林木茂密，而且沒有思考能力，不過這並不代表這裡沒人住，或者應該說是鬧鬼才對。

我以前就知道些蛛絲馬跡。我並不是第一個存取假想智慧生物記憶的人類，當然我的情況非常特殊。火星人之前斷斷續續想要連上假想智慧生物的記憶，這種試驗後來遭到標準生物運動鎮壓。地球上第一個連上假想智慧生物記憶的人類是傑森．羅頓。他死後住在假想智慧生物的計算空間裡，延續著自己的生命，他現在應該還在那裡生活吧！但是他的行為能力，也就是他的代理，非常有限（我發覺他就跟鬼沒什麼兩樣）。

比我們還早來的非人類文明很多都已經進入這個森林裡了。

這些文明的形體早就衰敗死亡了，卻還留在森林裡。我要看到他們並不容易，因為他們的活動一向很隱蔽，以免假想智慧生物主機網絡發現之後予以刪除。他們是一堆堆在銀河生態系資料蒐集協定裡面運轉的資料，是一個個虛擬世界。

我能感覺到他們的存在，其他的就一無所知。這些資料的內容分布並不規則，又複雜到令人費解，不過當中倒是有真正的代理，不只是知覺，還有能影響外部系統的、經過思考的行動。

原來我並不孤單！不過這些陌生的虛擬體受到層層保護，我完全接觸不到。而且他們太古老，又太缺乏人性，就算跟我說話，我大概也聽不懂他們在說什麼。

ꕥ ꕥ ꕥ

我們第一次聊天到現在已經快要一年了，特克給我一疊紙，是他親手寫的他在巴克斯核心的經歷。（開頭是：我的名字叫特克．芬雷，我要說的是在我所熟悉、深愛的一切都逝去很久之後所發生的故事。）特克一句話都沒說，我鄭重向他道謝，就沒再提這事了。

我們慢慢接近世界連環其中一個行星的母恆星。我讓巴克斯核心減速，為這個新系統添加動能（也間接讓這個行星的恆星溫度升高了完全感覺不到的萬分之一度），也開始把巴克斯和外部宇宙的時間差異縮小。我們經過那個恆星最外面的行星軌道，我給特克和艾莉森看一個我拿到的畫面，母恆星在畫面上只是一個勉強可以看見的圓盤，天王星在可居住地帶的千里之外繞行，母恆星繞過天王星的邊緣。位在這個恆星系統深處的是一個行星，距離太遠了，在畫面上只能看到一個反射光點，居住在上面的人類叫這個行星（也許是曾經這麼稱呼）「雲港」（他們用十幾種語言這麼稱呼，沒有一種是英文）。

「雲港」水分豐沛，有幾個群島。這些群島就是雲港地幔的地殼板塊互相擠壓的地方。曾經有善良又比較平和的人類社會在這裡居住，居住在乾燥的陸地和許多人造群島上。雲港的政體多半屬於大腦皮層民主國家，也有少數激進標準生物火星人。不過這都是幾千年前的事了，現在應該會有所不同，也許完全不同。

艾莉森低聲問我，我對現在的雲港了解多少？

其實我在等待零星的信號，但目前還沒等到，收到的我也無法辨識，也許只是因為這裡的居民採用不容易失真的通訊方式。假想智慧生物當然還在這裡活動。恆星系統遠處冰冷的微行星仍然充斥著忙著繁殖的機器。

巴克斯核心外部環境的時間差降低到一比一，這時我和特克、艾莉森在一起。我做了一個顯示螢幕，這個螢幕大到占據了他們家最大房間的一整面牆，可以說是通往巴克斯之外世界的一個窗口。以前螢幕是一片空白，現在突然遍布星斗。

雲港出現在螢幕上，是放大的影像。以光年計算，我們還要幾分鐘才會到。

「好美啊。」艾莉森說。她從來沒有在太空看過這樣的世界，巴克斯人一向對太空旅行興趣缺缺。不過就算看膩太空的人也會覺得雲港很美。那是個深藍色與青綠色的捲曲新月形行星，有個冰冷的白色衛星，偏離陽光照耀的地平線半度左右。

「很像以前的地球。」特克說。

他看著我，等我回話。我一直沒開口，他說：「艾沙克，你還好吧？」

我沒辦法回答。

不好，我現在不好。我全身麻木，滿腦子都是謎樣的光芒與動作。我想站起來，卻翻倒在地。

我聽見遠方警報器的哭嚎聲，那是內建在巴克斯核心深處基礎建設的古老自動防禦系統，因為遭到入侵而發出警報，我看不見是誰入侵，我漸漸失去知覺了。

∽ ∽ ∽

雲港的人看到我們接近。我們的時間泡沫四周是扭曲的時空，這個扭曲的時空一面減速進入系統，一面釋放能量，又發出容易偵測到的契忍可夫輻射。所以雲港人就來與我們相見。

他們覺得我們可能不懷好意，他們知道我們不是一般的假想智慧生物機器。巴克斯離開地球之後的幾百年，他們對假想智慧生物的了解增加不少。我們一撤掉時間邊界，他們就讓巴克斯核心和當地的能源分離，用精心調節的抑制協定滲透了我們的處理器，如此一來領導就進入了休眠狀態。偏偏我大部分的知覺都內建在領導裡，所以我馬上失去知覺。

後來我終於能夠重建接下來發生的事。載著人類的太空船紛紛穿過失效的邊界，在巴克斯核心降落。他們進入巴克斯核心，如入無人之境，找到特克和艾莉森。特克跟艾莉森向他們解釋（等到語言問題解決之後）自己是誰、從哪裡來，又再三保證我沒有敵意，要他們趕快解除我的昏迷狀態。雲港大軍一直等到確定我沒有敵意之後，才肯讓我醒來。

這次見面氣氛不太祥和，不過等到我醒來，氣氛又稍微友善了一些。我在我的肉身醒來，躺在巴克斯核心醫護套房舒適的床上。我的心智功能已經完全恢復了。一個女人走進我的房間，自稱是「雲港諸國代表」，她自我介紹，又為我所受到的待遇向我道歉。

她的個子很高，皮膚是深色的，眼睛很大，間隔很寬。我問她特克跟艾莉森在哪裡。

「他們在外面等。」她說，「他們想見你。」

「他們遠道而來，想要找一個家。你們能不能給他們一個家？」

她微微一笑：「我想他們在這裡應該會過得很舒適。如果你想知道我們的世界，你的外部記憶可以讀到我們每個國家的公開紀錄。你可以自己判斷我們是怎樣的人。」

我一眨眼就讀完了那些紀錄，也覺得很滿意，只是我沒告訴她。

她說：「艾沙克·杜瓦利，你自己也是遠道而來。我們也可以安排一個地方給你住。」

「謝謝。」我說，「但是不用了。」

她皺起眉頭：「你這個人很特別。」

「特別到不能離開這個城市。」我把她已經知道的事又說一次給她聽。我說我跟領導的處理器分享了太多我的知覺，所以我不能離開。我的身體一旦抽離巴克斯核心，就只剩下一個流口水的軀殼。

「這個問題我們可以解決。」她很有信心。

她說人類對於假想智慧生物已經小有了解。雲港諸國已經開始在本地假想智慧生物網絡的計算空間裡建立虛擬殖民地。住在殖民地的都是些年老體衰的人，很想離開自己的肉身。她說我也可以這樣。

「我在這裡很滿意。」

「就一個人生活？」

「沒錯，就一個人生活。」

「你知不知道你將來過的會是什麼日子？是要永遠一個人關在這裡啊！不然就是自我意識衰退，變得混亂。」

「這些我可以預防。」

我看得出來她不相信我。「那你打算怎樣？就在銀河系晃來晃去，直到時間的盡頭？」

就像海中漂浮的瓶子。

「很久以前，」我說，「我爸爸有一間藏書室。我在那裡看過一本書，是拉伯雷寫的。拉伯雷知道自己不久人世，就說 Je m'en vais chercher un grand peut-être，意思是說，**也許我要去找偉人**。」

「可是他找到的只有死亡。」

我微笑：「也許吧。」

她也回我一個微笑，我想她大概很同情我。

我跟艾莉森和特克告別。艾莉森懇求我接受那個女人的建議，留在這裡，有形無形都沒關係。我還是拒絕了，艾莉森流下眼淚，我還是很堅持，我不想再次化身來到人間了。這一次也不是我要來的，我也不想這樣。

艾莉森走出房間，特克又待了一會兒。他說：「有時候我會想，是不是誰選中了我們來經歷這一切，經歷我們遭遇的一切。這些事感覺好奇怪啊，是不是？跟別人的人生不一樣。」

我也覺得跟別人的人生不一樣，但是我不覺得我們是被挑選出來的。「同樣的劇本也可能以千百種不同的方式上演，我們沒什麼特別的。」

「你覺得到了最後你會發現真相嗎？會發現能釐清一切的真相嗎？」

「我不知道。」也許吧，「我們都會墜落，都會在某個地方降落。」

「你眼前還有很長的路。」

「對我來說不算長，我是以光速前進。」

「你還是扛著包袱。」特克說。

我把巴克斯核心包覆在一個標準時間泡沫裡，借用日光加速。巴克斯核心升高飛出恆星系統最外面的行星軌道，進入星際真空，遠離雲港。我從有利位置出發，所以只花了一秒鐘。巴克斯的時鐘每一秒就是一世紀。

我沒有目的地。偶爾與巨型恆星擦肩而過，我的飛行軌道就朝著無法預測的方向走，活像一個醉鬼漫步在銀河。除了避開障礙之外，我完全沒有積極駕駛。

我常常「駕駛」著艾沙克・杜瓦利的肉身，漫步在巴克斯核心的各層地、各通道間。這座城市的日常節奏還在持續，還在調節大氣，照顧空蕩蕩的公園與花園。我走著走著，有時候會遇到負責維護的機器人走下大眾通道，還有機器人和尚趕著去做早課。他們看起來就像真人，但是沒有道德操守。我好想好想跟他們說話，我也不知道為何會這樣，後來還是克制住了。

維持晝夜循環實在是過時又沒意義，但是我的肉身還是比較喜歡晝夜循環。白天我沉浸在人造陽光下，到了晚上就看看從巴克斯檔案庫複製的古書籍，不然就是把特克和艾莉森留給我的回憶錄重看一遍。

我的肉身晚上睡著了，我就把自我意識擴張到容納整個巴克斯核心。我製作了逐漸老邁的銀河的模型，也製作了我在銀河的位置。我一點一點挖掘日益複雜的假想智慧生物生態的資料。有些恆星不久之前還很年輕，轉眼已經用光了核燃料，成了燃燒的餘燼，也就是褐矮星、中子星，是深不見底的墳墓裡的異類。與外部宇宙的時間推移相比，我的意識算是廣大又緩慢。我想假想智慧生物要是有一個中央意識，一定會這麼覺得。

以光速散布的信號在恆星之間流動，速度就跟艾沙克．杜瓦利大腦神經元交流一樣快。我開始了解整體的銀河，而不只是一個又一個的恆星綠洲，彼此之間相隔幾光年的虛無。假想智慧生物網絡穿過銀河，就像真菌菌絲穿過腐爛的樹一樣。我在晚上看，感覺像是千絲萬縷五顏六色的光線，交織成錯綜複雜的銀河結構，只能在晚上看到，白天就看不見了。欣欣向榮的世界連環就像有機分子的碳原子閉鏈一樣顯眼。死去的古老連環像蒼白的鬼魂一樣閃爍，連環上的假想智慧生物機器也因為缺乏資源而死，不然就是跑到附近的恆星繼續啃食。

活生生的銀河到處都是耗竭與更新。新科技、新能源一直被發現、利用、分享。

宇宙年歲漸長，又逐漸擴張，其他已經遙遠無比的銀河系更是逃往人類知覺的極限。就連這些遙遠模糊的結構都開始顯露他們不為人知的生命，散發著零星的信號，昭告天下他們也發展出了自己的類似假想智慧生物的網絡。信號在黑暗中像是沒人能聽懂的歌聲，愈來愈小聲，愈來愈小聲。

ક ક ક

早晚有一天我得拋棄我的肉身，完完全全活在領導的處理器裡，還有環繞巴克斯核心的假想智慧生物奈米科技雲端裡。不過我還是希望能有個身體在巴克斯核心四處走動。所以我就讓艾沙克．杜瓦利的肉身陷入昏迷，漸漸餓死。我做了一個更耐久的替身，是一個機器人的身體，也有人類的各種知覺，我可以把我的意識付諸實行。替身做好了，我用我非有機的手臂拿起我有機的屍體，拿到回收站，讓巴克斯核心的封閉生化迴路吸收屍體的蛋白質。我毫不後悔，也毫不悲傷，為何要悲傷後悔呢？我已經成為現在的樣子。我那脆弱軀體裡面的自我意識已經先前往恆星系統了。我的老軀體就是銀河系，邊界就是皮膚，我滿心歡喜地把我脆弱的軀體送給巴克斯核心的森林吃。

巴克斯核心並不是完全自給自足。我不得不從恆星星雲採集微量元素，補充不能回收的養分。當然長久來看，巴克斯核心就跟所有重子物質一樣難逃一死，即使住在時間堡壘裡面也一樣。死亡只是時間的問題。

꩜ ꩜ ꩜

我追求一切的終點。

巴克斯核心進入銀河中央長長的橢圓軌道。我開始把我的意識分段，就是短暫的時間有知覺，接著長時間靜止不動，然後才又有知覺。這樣一來就算身處包圍巴克斯核心的時間泡沫裡，我還是會覺得時間流逝得更快了。

巴克斯核心的重要器官都呈現無序狀態，化學鍵斷裂，系統故障無法修復，還有放射性衰變。森林被疫情和乾旱消滅殆盡，碎石也逐漸堵塞公共走道。負責維修的機器人自己都欠缺維修，所以也故障了。調節大氣的機器是巴克斯核心的肺，結果先是喘不過氣，後來也故障了。巴克斯核心現在的空氣有毒，還好沒有活人在這裡呼吸。

領導的量子處理器受到多重冗餘保護，目前還在運作，不過也只是暫時而已。

宇宙愈來愈冷了。銀河系的「恆星育嬰場」，也就是孕育恆星的灰塵與氣體濃度現在都太稀薄，無法孕育恆星。老恆星苟延殘喘，壽終正寢，又沒有新恆星取而代之。假想智慧生物生態逃離逐漸擴張的黑暗，逃往銀河系的緻密核，採集大黑洞的潮汐力做為能源。

假想智慧生物躲在銀河系還在跳動的心臟裡，這時又發生了一件事：假想智慧生物的資料處理機制被那些想要逃離死亡的有感物種吸收、控制。這些離散的虛擬體成長，彼此相遇，有時候還會合併（人類就是一種有感物種繁殖的源頭，不過這樣的虛擬後代並不算標準「人類」）。大量的「後死亡」有感物種開始一起做集體決策，也算是一種以光年為單位的大腦皮層民主國家。漸漸死去的銀河系開始形成單一思想。

這些思想都無法用一般語言表達，不過現在變大的我聽得懂，至少能懂個大概。

我「駕駛」著機器人身體，最後一次走過巴克斯核心的廢墟，走過這裡破裂歪斜的塔，遼闊的層地不是一片黑暗就是照明微弱。巴克斯已經走過幾個世界的海洋，現在在最大的海洋航行，但是過不久我就要拋棄巴克斯了。我已經開始把我的記憶與身分轉存在假想智慧生物的雲端奈米裝置，這些裝置又連結剩下的假想智慧生物網絡，能源都是來自古代奇異點的發電機。

就連這個秩序與意義的最後堡壘也在劫難逃。讓宇宙膨脹的那股幽靈般的能量很快就會讓物質解體，只留下一堆散開來的次原子微粒。我想到時候宇宙就真的是一片黑暗，我也可以休眠了。

現在巴克斯核心還是繼續航行。真空侵入這裡日漸衰敗的防線。空無一物的巴克斯核心向空虛低頭。沒有感應重力，裡面的東西從殘破的圍牆漏出來，飛入太空。

我的軀體範圍超出了巴克斯核心，延伸到巴克斯核心之外，實在很尷尬。

ᔕ ᔕ ᔕ

假想智慧生物網絡的虛擬國家為了解決生存問題，運用大量計算能力，所以整個網絡變得更複雜，更稠密。重力出現異常狀況，顯然有比宇宙還大的巨型結構存在。這個巨型結構就是幽靈般能源的些微變化，也許可以做為一種媒介，把有組織的智慧生物帶離無序的沙漠。但是要如何帶離？又會付出怎樣的代價呢？

我沒有參與這些討論。我自己的想法雖說是完全無形，畢竟還是很有限，無法完全了解這些。反正這些討論永遠不可能付諸文字，光是一個想法的開場白就能寫上萬卷書、用上大隊譯者，還要用從未存在的語彙表達。

宇宙的三度空間巨型結構開始瓦解，這也是注定上演的結局。隨著巨型結構瓦解，新領域出現在我們眼前。新微粒、新力量從量子泡沫當中成形，隱藏的時空面向就此展開。我本來希望最終會是全然黑暗，結果並非如此。那個以前叫做假想智慧生物網絡的實體，那個與我密不可分的實體，突然無量擴張。

我沒辦法用言語形容我們進入的領域，我們不得不發展出新的知覺，才能感覺得到，也要發展出新的思考方式才能了解。

我們進入一個廣大破碎的多面空間，發現這裡不是只有我們。多面結構裡面住著一些實體，就是這些實體吸收了我們曾經居住的四度空間時空。我們已經夠老了，這些實體比我們還老。我們已經夠大了，他們比我們還大。我們在他們面前出沒，他們根本沒注意到，不然就是故意不理。

我從新的地方看，可以看到我以前居住的宇宙全貌。我發覺宇宙是一個超球體，內建在充斥各種可能的雲層裡，是從宇宙起源大爆炸一直到物質崩解所有可能的量子軌道的總和。所謂的「現實」，就是我們知道的歷史，我們推斷的歷史，其實只是這麼多可能的軌道當中最有可能發生的一條而已。還有其他無數條軌道，是另外一種感官的真實：是眾多卻有限的、沒有走過的路徑，是許許多多量子的其他選擇形成的、鬼魅般的森林，是未知海洋的海岸。

ᘐ ᘐ ᘐ

把信息放進瓶子裡，讓瓶子隨波逐流是不切實際的行為，是崇高的人類行為。如果你想寫個信息，你會寫什麼呢？寫個方程式？寫一篇告白？還是寫一首詩？

這是我的告白，這是我的詩。

在沒有實現的歷史深處有著沒有實現的人生，微小到微不足道，埋藏在千萬年的時間、幾百光年的空間裡。沒有實現的人生是不真實的，就只因為這些人生從未實踐，從未有人看見。我知道我有能力碰觸這些人生，讓這些人生實現。如果我這樣做，就會製造一個不可預測的新時間支流，不會消滅老歷史，但是會與老歷史並肩。要付出的代價就是失去我的意識。

我永遠無法**進入**那個四度空間的時空，我所做的干預會製造一個從那個時候開始的新歷史……要這麼做，我的生命就必須結束。

ꕥ ꕥ ꕥ

無可避免的不是死亡，而是改變。改變是唯一恆久不變的現實。虛擬實境會進化，一點點一點點一直進化下去。聖人變成罪人，罪人變成聖人。塵埃變成人，人變成神，神又變成塵埃。

我真希望我能把這些話說給特克．芬雷聽。

我可以插手干預我自己的未來，但是我不想這樣做，也沒有必要這樣做。我希望我做的最後一件事能造福世界，就算我不能預知最終結局也無所謂。

ꕥ ꕥ ꕥ

在未實現事件的鏡像走廊深處，在北卡羅萊納州拉雷市郊的汽車旅館房間裡，一個女人用肉體換取一個棕色的塑膠瓶，她以為裡面裝的是一公克中基安非他命。跟她上床的那個男人是位失了業的風鑽操作員，在加州開建築公司的表親給了他一份工作，前往加州的路上，他在這裡休息。他沒戴保險套，做完就開車走了。他開房間的時候，給那女人吸了點甲基安非他命，那是真貨。他留在化妝台上的小瓶子裡裝的只是糖粉。

奧林．馬瑟的人生從一開始就不光彩。他母親有厭食症，早產生下他，他還是個嬰兒就要承受戒毒的痛苦。他活下來了，但是母親營養不良，又有多種毒癮，還是害苦了他。奧林這輩子都不可能像別人一樣輕輕鬆鬆規畫人生，實踐理想。他將常常為自己行為的後果而感到出乎意料，不過多半是糟到出乎意料，不是好到出乎意料。

他是我所能製造的最完美的人類，我不可能讓他更完美，我沒那麼大本事。我能給他的只有文字。我把文字寫入這個小孩的小腦裡，我就煙消雲散了，影子世界就成了真實世界。

他睡在出租拖車地板的床墊上，幾步之外，他姊姊愛瑞兒坐在塑膠椅上，用有缺口的碗吃著沒加牛奶的麥片，一邊看著聲音調小的電視。奧林夢到他在沙灘上走著，其實他只看過電影裡的沙灘。他在夢裡看到有個東西在浪裡翻滾，是個瓶子，綠色玻璃經年累月被陽光照射、被鹽水浸泡，已經褪色了。他拿起瓶子，瓶子密封得非常牢固，沒想到他一碰就開了。

瓶子裡面的紙滾了出來，奧林把紙攤開。他還沒學會識字，竟然能看懂上面的文字。他一頁一頁看，全部看完了。他永遠不會忘記他看到的。

他看到的是：我的名字是特克．芬雷。

還有：我的名字是艾莉森．寶若。

還有：我的名字是艾沙克·杜瓦利。

✻ ✻ ✻

我的名字是艾沙克·杜瓦利……

✻ ✻ ✻

我寫不下去了。

✻ ✻ ✻

我的名字是奧林·馬瑟，這是我的名字。

✻ ✻ ✻

我的名字是奧林·馬瑟，我在懷俄明州拉勒米市的一間溫室工作。

我在溫室的苗圃工作，植物與育種的桌子之間有一些通道。要從一個地方走到另一個地方就得經過這些通道，但照顧植物不用擔心會踩到植物。這些通道互相連結，往哪邊走都一樣，每條路的起點都一樣，終點也一樣，不過一次只能站在一個地方。

我想我是一出生就知道特克．芬雷、艾莉森．寶若與艾沙克．杜瓦利，他們也許是我的夢境，也許是我的記憶。我小時候受盡他們的折磨，他們像幻象一樣出現在我眼前。就像我姊常說的，像風一樣吹透我。

所以我才會突然坐公車到休士頓，所以我才會把夢境寫在筆記本裡。

到了休士頓，事情的發展跟我想的不一樣（柯爾醫師，這個妳也知道。我想大概只有妳會看到我寫的這幾頁……除非妳拿給柏斯警探看，妳可以拿給他看，沒關係的）。我想我走的路大概跟夢裡不一樣。好比說我並沒有搶劫店家，我想其實我可以搶劫的。天知道我有時候是又飢餓又憤怒，不過每次我想傷害別人，我都會想起特克．芬雷跟那個全身著火的人（那就是我啊！），以及背負一條人命是多麼可怕的事。

我在溫室大部分都是上夜班，不過這裡一直都開著大燈。好像身在一個永遠都是晴天正午的屋子裡。我喜歡這裡潮溼的空氣，喜歡植物生長的氣味，就連化學肥料的刺鼻氣味也喜歡。柯爾醫師，妳還記不記得我在國家照護房間外面的那些花？妳說那叫天堂鳥。那些花看起來像鳥，其實不是鳥。但是花兒無法選擇自己的樣貌，花兒只是時間與自然的產物。

我工作的溫室沒有天堂鳥，不過我還記得天堂鳥有多美，看起來真的好像鳥喔！

柯爾醫師，我想我不會再寫信給妳了。請別誤會，我只是想把這些煩心事拋諸腦後。柏斯警探介紹給我的這些人都對我很好。他們幫我找到這份工作，還幫我跟愛瑞兒找到地方住。他們做的事情並不合法，但是他們是好人。他們也不是罪犯，只是覺得他們能發明更好的生活方式。也許他們會成功。如果成功了，那世界應該就不會像我寫的那樣貧瘠有毒。我希望世界不會變成這樣。

當然我不知道他們會不會成功。不過柯爾醫師，他們真的值得信賴。我知道妳很信任柏斯警探。他沒必要幫我，卻還是幫了。我相信他是好人。我很感激他，感激妳也是同樣的道理。

唔，我想說的就是這些。我馬上又得去上班了。

我不會再寫信了。

愛瑞兒跟妳問好，她要我跟妳說休士頓實在熱斃了。

奧林・馬瑟敬上

於懷俄明州拉勒米市

時間迴旋三部曲：時間漩渦

作　　者　羅伯特・查爾斯・威爾森
譯　　者　龐元媛
責任編輯　張蘊之、陳詠瑜（初版）、王正緯（二版）
校　　對　魏秋綢
版面構成　張靜怡
裝幀設計　徐睿紳

行銷業務　鄭詠文、陳昱甄
總 編 輯　謝宜英
出 版 者　貓頭鷹出版

發 行 人　凃玉雲
發　　行　英屬蓋曼群島商家庭傳媒股份有限公司城邦分公司
　　　　　104 台北市中山區民生東路二段 141 號 11 樓
　　　　　畫撥帳號：19863813；戶名：書虫股份有限公司
城邦讀書花園：www.cite.com.tw　購書服務信箱：service@readingclub.com.tw
購書服務專線：02-2500-7718~9（周一至周五上午 09:30-12:00；下午 13:30-17:00）
24 小時傳真專線：02-2500-1990；25001991
香港發行所　城邦（香港）出版集團／電話：852-2877-8606 ／傳真：852-2578-9337
馬新發行所　城邦（馬新）出版集團／電話：603-9056-3833 ／傳真：603-9057-6622
印 製 廠　中原造像股份有限公司
初　　版　2011 年 7 月
二　　版　2019 年 7 月
定　　價　新台幣 1599 元／港幣 533 元（《時間迴旋三部曲》套書不分售）
I S B N　978-986-262-386-2

讀者意見信箱　owl@cph.com.tw
投稿信箱　owl.book@gmail.com
貓頭鷹知識網　www.owls.tw
貓頭鷹臉書　facebook.com/owlpublishing

【大量採購，請洽專線】(02) 2500-1919

國家圖書館出版品預行編目資料

時間迴旋三部曲：時間漩渦 / 羅伯特・查爾斯・威爾森 (Robert Charles Wilson) 著；龐元媛譯. -- 二版. -- 臺北市：貓頭鷹出版：家庭傳媒城邦分公司發行, 2019.07
面；　公分
譯自：Vortex
ISBN 978-986-262-386-2（平裝）

874.57　　108007706